최성윤 교수와 함께 읽는

구운몽

서연비람은 조선 시대 왕궁 내, 강론의 자리였던 서연(書筵)에서 강관(講官)이 왕세자에게 가르치던 경전의 요지를 수집하여 기록한 책(비람備覽)을 말합니다. 서연비람 출판사는 민주주의 국가의 주인인 시민들 역시 지속 가능한 과거와 현재, 미래의 이치를 깨우치고 체현해야 한다는 믿음으로 엄선한 도서를 발간합니다.

서연비람 고전 문학 전집 3

최성윤 교수와 함께 읽는 구운몽

초판 1쇄 2018년 10월 25일
2판 1쇄 2021년 11월 30일
지은이 김만중
옮긴이 최성윤
펴낸이 윤진성
펴낸곳 서연비람
등록 2016년 6월 29일 제 2016-000147호
주소 서울시 강남구 도곡로 422, 5층
전자주소 birambooks@daum.net

ⓒ 서연비람 2018, Printed in Korea.

ISBN 979-11-89171-07-0 04810
ISBN 979-11-89171-06-3 (세트)

값 12,000원

「이 도서의 국립중앙도서관 출판예정도서목록(CIP)은 서지정보유통지원시스템 홈페이지(http://seoji.nl.go.kr)와 국가자료종합목록시스템(http://www.nl.go.kr/kolisnet)에서 이용하실 수 있습니다. (CIP제어번호 : CIP2018031699)

서연비람 고전 문학 전집

3

최성윤 교수와 함께 읽는

구운몽

김만중 | 최성윤 옮김

서연비람

차례

책머리에

우리나라 사람치고 「구운몽」의 존재를 모르는 사람은 거의 없다고 해도 지나친 말이 아니다. 하지만 소수의 고전소설 전공자를 빼면 「구운몽」의 실체를 전반적으로 확인한 사람은 많지 않다는 말도 진실에 가깝다.

300여 년 전 김만중이 창작한 이래 수많은 「구운몽」의 이본(異本)이 나왔는데, 그 고전으로서의 가치를 인정받은 이후에는 어린 학생들을 위한 판본도 적지 않게 생산되었다. 그런데 또다시 하나의 이본을 세상에 더하게 된 셈이다. 「구운몽」의 고전적 가치를 그대로 간직하고 있으면서도 학생들이 쉽게 읽을 수 있도록 풀어내는 일은 쉽지 않은 일이었다.

기존에 출판된 학생용 「구운몽」들이 가진 장점과 단점은 제각각이다. 그렇지만 고전소설이 지닌 방대한 어휘와 내용을 그대로 수용할 경우 어렵거나 지루하게 느껴지기 십상이고, 요즘의 실정에 맞게 번안하는 경우에는 축약 혹은 생략되는 부분과 흥미를 위해 과장되는 부분 때문에 전체적인 균형이 허물어져 버리는 문제가 생기기 일쑤였다.

이러한 점을 고려하여 이번에 내는 「구운몽」은 최대한 작품의 전모가 드러날 수 있도록 생략되는 부분을 최소화했다. 한편, 흥미롭고 쉬운 독서가 이루어질 수 있도록 문장을 다듬고 작품 전후의 맥락이 제대로 이어질 수 있도록 인과관계로 놓일 수 있는 에피소드에 특별히 신경을 썼다.

그러다 보니 필자는 이 작업 과정에서 내내 작품의 부족한 부분을 보완하는 것이 아니라 오히려 원작자의 천재성을 확인하고 있었다. 단 하나의 인물이나 에피소드도 우연히 끼어들거나 도중에 사라져 버리는 것이 없을 정도로 「구운몽」은 정교하게 설계된 작품이다. 김만중은 장편소설을, 작가의 상상력이 마음껏 활개 치는 환상소설을 창작하면서 어디 한부분이라도 빠뜨리면 전체가 흔들리는 완벽한 구조물을 만들어 낸 것이다.

「구운몽」은 꿈 이야기다. 누구나 꿈을 꾼다. 「구운몽」은 김만중의 꿈일지도 모른다. 당대의 선비들이 보편적으로 가질 수 있는 꿈이라고 확장된 해석을 할 수도 있겠다. 누구나 쉽게 하룻밤 꿈과 같은 인생의 덧없음을 이야기하지만, 세상에 덧없는 인생이, 꿈이 있을까?

21세기를 살아가는 우리들에게도 꿈이 있다. 꿈이 있어야 한다. 요즘의 학생들은 무슨 꿈을 꿀까? 그것이 궁금했다. 허무맹랑하다고 스스로 깎아내릴 것이 아니라 배짱 좋게 세상을 다 가지려는 꿈을 꾸어야 할 나이가 있다. 스무 살 직전까지의 조그만 성취에 목표를 두고 그것에 조금 모자랐다고 아예 인생을 포기하거나 절망하는 학생들을 보면 마음이 아프다.

「구운몽」을 읽으면서, 참으로 엉뚱하게도, 인생에는 정답이 없다는 교훈을 얻기 바란다. 이 책을 읽는 동안만이라도 하룻밤 꿈이 가지는 가능성을 믿고 진취적 상상력을 마음껏 펼치는 시간을 만끽했으면 좋겠다.

「구운몽」을 읽기 전에

하늬　교수님, 「구운몽」이라고 읽어 보셨어요?

교수님　하늬가 웬일로 「구운몽」에 관심을 가지게 된 걸까? '구운몽'이라는 최신 게임이라도 나왔니?

하늬　왜 이러세요. 저도 이제 책 좀 읽어 보려고요.

교수님　그런데 어쩌다가 콕 짚어서 「구운몽」이냐고요. 무슨 숙제라도 받은 거야?

하늬　안 읽어 보셨죠?

교수님　진짜 읽을 건가 보구나. 「구운몽」, 참 재미있는 소설이지. 그런데 그 속뜻이 뭐랄까, 좀 어렵게 느껴지는 것 같기도 하고…….

하늬　엄마도 그랬어요. 제가 고전소설 중에 읽을 만한 것이 있느냐고 여쭤봤더니, '짧고 쉬운 이야기부터 읽을래, 길고 어려운 이야기부터 읽어 볼래?' 하시더라고요. 엄마가 웃는 표정이 어쩐지 제 자존심을 건드리는 것 같아서 긴 것부터 읽겠다고 해 버렸죠.

교수님 그래, 길기도 하고 좀 어려울 수도 있지만, 기왕 시작하는 것 「구운몽」부터 읽어 버리면 다음 작품들은 좀 쉽게 느껴지기도 할 거야. 그런데 읽기 전부터 겁낼 필요는 없어. 그냥 재미있는 옛날이야기겠지 하고 마음 편하게 한 장 한 장 넘기면 되는걸.

하늬 그런데 '구운몽'이 무슨 뜻이지요?

교수님 한자를 그대로 옮기면 아홉 구(九), 구름 운(雲), 꿈 몽(夢)이니까, 아홉 구름의 꿈이라는 뜻일 텐데……, 이때 아홉 구름이란 소설 속에 등장하는 인물들을 빗댄 것이란다. 좀 멋있지 않니?

하늬 그러면 아홉 사람이 각자 꾼 꿈 이야기를 책 한 권에 모아 놓은 건가요?

교수님 아홉 사람이 모두 꿈을 꾼 것이기는 한데, 꿈꾸기 전에 한번 우연히 만난 아홉 사람이 꿈속 세상에서 사방으로 흩어져 다시 태어났다가 나이를 어느 정도 먹은 후에 모두 모인단다. 남편과 아내가 되어서.

하늬 남편과 아내로요? 아홉 명이면 짝이 안 맞는데요?

교수님 안 맞아도 심하게 안 맞지. 남편이 한 명이고 아내가 여덟 명이니까. 뭐 그렇게 놀랄 건 없어. 옛날이야기니까 그렇다고 생각할 수도 있고, 어차피 꿈이잖니. 꿈속에서나마 한바탕 신나게 살아 보자는 속셈은 누구나 가질 수 있는 거니까.

하늬 「구운몽」이 꿈 이야기라는 것은 저도 들었어요. 하룻밤 꿈에 화려한 인생을 다 살아 보고 별것 아니구나 하고 깨닫는, 뭐 그런 거잖아요.

교수님 그게 다라면 참 쉽지. 어려울 게 뭐 있겠니? 하지만 그런 정도만 어디서 듣고 「구운몽」을 다 안다고 생각하거나, 줄거리만 대충 파악하고 전체 작품은 읽지 않은 사람들이 대부분이란다. 작품을 다 읽어 보면 김만중이라는 작가의 솜씨가 참 대단하구나 하고 느낄 수도 있고, 「구운몽」의 작품 속 인물들이 하나하나 살아 있는 것처럼 느껴지기도 한단다. '일장춘몽'이니 '인생무상'이니 하는 옛말이 그렇게 간단하지 않다는 것도 깨달을 수 있지.

하늬 꿈과 현실을 왔다 갔다 하는 이야기라면 판타지라고 생각해도 되나요?

교수님 그렇지. 300여 년 전에 조선의 선비가 쓴 판타지 소설이라니, 흥미롭지 않니? 옛날이야기라고 해서 무조건 따분하다고 생각할 필요는 없단다. 만화든 영화든 요즘 작품들 속에도 전생이니 저승사자니 염라대왕이니 하는 소재들이 쓰이는 것을 보면 너희들도 익숙하게 느낄 만한 이야기니까.

하늬 그런데 고전소설을 읽어 보려고 하면 어려운 한자로 된 단어들이나 옛날 말투가 막 튀어나와서 처음부터 하품이 나는 데요.

교수님 그럴 것 같기도 하다. 그러면 내가 조금이라도 쉽게 풀어서 이야기해 줄 테니 한번 같이 읽어 보자꾸나.

그런데 그보다 먼저 아주 짧은 이야기 하나를 먼저 소개해 줄게. 이것은 「구운몽」이 쓰였던 당시보다 훨씬 더 옛날, 신라 시대 이야기인데, 『삼국유사』라는 역사책에 실려 있다. 「구운몽」처럼 이 이야기의 주인공도 스님이고, 꿈속에서 다른 삶을 살다가 꿈을 깨어 무언가 깨닫는다는 이야기의 틀도 같다. 그런데 꿈속 이야기의 분위기는 서로 완전히 다르니 비교해 보면서 읽으면 재미있을 거야.

함께 읽으면 재미있는 꿈 이야기, 「조신 설화」

옛날 신라 때 서라벌에 있던 세규사라는 절의 농장이 명주 날리 군에 있었다. 세규사에서는 조신이라는 이름의 중을 파견하여 농장을 맡아 관리하게 했다. 조신은 농장에서 근무하다가 고을 태수 김흔의 딸을 보고 그 미모에 반하여 사랑에 빠졌다. 그래서 여러 번 낙산사로 가서 관음보살 앞에 손을 모으고 빌었다.

'김 낭자와 결혼하여 함께 살게 해 주십시오.'

몇 년의 세월이 지나도록 조신은 시간이 날 때마다 낙산사의 관음보살 앞으로 가서 빌기를 계속했다. 그러나 야속하게도 그 여인은 다른 곳으로 시집을 가고 말았다. 조신은 다시 관음보살 앞으로 가서 자기 소원을 들어 주지 않았다고 원망하며 슬피 울었다. 날이 저물도록 김 씨 생각에 사무쳐서 울던 조신은 지쳐서 깜빡 잠이 들었다.

조신의 꿈속에 갑자기 김 씨가 문을 열고 들어와 활짝 웃으며 반갑게 인사했다.

"저는 몇 년 전 스님을 어렴풋이 알게 된 때부터 마음속으로 몹시 사랑하여 잠시도 잊지 못했습니다. 부모의 명을 이기지 못해 억지로 딴 사람에게 시집을 가게 되었지만, 지금은 죽어서도 한 무덤에 묻힐 동반자가 되고 싶어 이렇게 찾아왔습니다."

조신은 뛸 듯이 기뻤다. 당장 그녀와 함께 즐거운 나날을 보낼 희망에 부풀어 고향으로 돌아갔다. 이후 그녀와 사십여 년 간 같이 살면서 자녀 다섯을 낳았다.

그러나 기쁨은 잠시뿐이었다. 집이라고는 다만 사방 벽뿐이고 나물죽마저도 제대로 먹을 수 없을 정도로 가난했기 때문이다. 그러다가 마침내 집을 버리고 유랑하는 신세가 되었다. 식구들을 이끌고 이리저리 다니면서 구걸을 하여 간신히 목숨을 이어갔다.

이렇게 십 년 동안 산으로 들로 정처 없이 헤매며 다니니 옷은 해어지다 못해 누더기가 되어 몸을 제대로 가릴 수조차 없었다. 그러던 어느 날 명주의 해현령이라는 고개를 넘을 때 열다섯 살 먹은 큰아이가 갑자기 굶어 죽고 말았다. 조신 부부는 통곡을 하면서 아이를 길가에 묻었다.

남은 네 아이를 데리고 그들 내외는 우곡현이라는 고을에 이르렀다. 유랑에 지친 가족은 그곳의 길가에 초가집을 짓고 살았다. 부부는 이미 늙고 병들었으며 굶주림에 지쳐 일어나기조차 힘들었다.

할 수 없이 열 살 된 딸이 밥을 구걸하러 다니다가 마을의 개에게 물리고 말았다. 아이가 아파서 울부짖으면서 부모 앞에 와 쓰러지니 조신과 김 씨는 참혹한 광경에 탄식하며 눈물을 하염없이 흘렸다.

김 씨가 갑자기 눈물을 훔치더니 작심한 듯 말을 꺼냈다.

"내가 처음 당신을 만났을 때는 얼굴도 아름다웠고 나이도 젊었으며 입은 옷도 곱고 깨끗했습니다. 한 가지라도 맛있는 음식이 있으면 당신과 나누어 먹었고, 얼마 안 되는 옷감이라도 생기면 당신과 나누어 입었습니다. 이렇게 살아온 지 오십 년입니다. 부부간의 정은 더 깊어졌고, 사랑은 굳게 얽혔으니, 정말 두터운 인연이라고 하겠습니다.

그러나 요즘 와서는 병이 해마다 심해져 쇠약한 늙은이가 되었고, 굶주림과 추위도 점점 더해집니다. 남의 집 곁방살이도 번번이 거절당하고 간장 한 병을 구걸해도 사람들이 들어주지 않으니, 무수한 문전걸식의 치욕스러움은 이제 산더미처럼 무겁게 느껴집니다. 아이들은 무슨 죄입니까? 이토록 추워하고 배고파해도 미처 돌봐 줄 여력이 없는데, 어느 겨를에 사랑이라는 명목으로 부부간의 애정을 느낄 수가 있겠습니까?

젊은 얼굴과 예쁜 웃음은 풀 위의 이슬과 같고, 굳고 향기롭던 아름다운 약속도 바람에 나부끼는 버들가지 같을 뿐입니다. 이제 당신은 내가 있어서 더 괴롭고 나는 당신이 있어서 근심이 더합니다. 곰곰이 지난날의 행복했던 일들을 돌이켜 보니, 그것이 바로 근심의 시작이었습니다.

당신과 내가 어쩌다가 이런 지경에 이르렀습니까? 여러 마리 새들이 다 함께 굶어 죽는 것보다는 차라리 혼자 남은 새가 거울을 들여다보고 짝을 부르는 것이 나을 것입니다. 추울 때 뿌리치고 더울 때 붙잡는 것은 사람으로서 차마 할 수 없는 일이지만, 떠나고 머무르는 것이 사람의 뜻대로 되는 것은 아니요 헤어지고 만나는 것도 운명에 따르는 것입니다. 그만 헤어집시다.”

조신은 아내의 말을 듣고 옳다고 여겼다. 그래서 각각 아이 둘씩 나누어 데리고 막 떠나려는 참이었다. 아내가 마지막으로 길을 일러 주었다.

“나는 고향으로 향해 갈 테니 당신은 남쪽으로 가십시오.”

서로 잡았던 손을 놓고 돌아서서 발걸음을 떼려던 바로 그때, 조신은 꿈에서 깨었다.

타다 남은 등잔불이 깜박거리고 있었다. 밤도 기울어 희부옇게 동이 트려고 했다.

이튿날 아침에 얼굴을 들여다보니 수염과 머리카락은 모두 하얗게 세어 있었다. 조신은 막막하여 넋이 나간 듯 세상의 일에 뜻이 없어졌다. 이미 고달픈 인생에 싫증이 나서 마치 한평생의 고생을 다 겪고 난 것 같았으며, 재물을 욕심내는 마음도 얼음 녹듯이 깨끗이 사라졌다. 관음보살 앞에 서서 그 모습을 바라보기가 부끄러워지고, 잘못을 뉘우치는 마음이 솟구쳐 참을 수 없었다.

조신은 꿈속에서 굶어 죽은 큰아이가 생각났다. 그래서 부랴부랴 아이를 묻은 해현령으로 갔다. 길가의 무덤을 파 보니 아이는 간곳없고 돌미륵이 나왔다. 조신은 돌미륵을 물로 깨끗이 씻어서 근처의 절에 모신 후 서라벌로 갔다. 세규사에 도착하여 농장을 관리하는 직책을 반납하고 자신의 재산을 바쳐 정토사라는 이름의 절을 세우고는 부지런히 착한 일을 했다. 조신이 언제 어디로 가서 생을 마쳤는지는 아무도 모른다.

하니 꿈을 깬 것이 정말 천만다행이네요. 정말 끔찍한 악몽이에요.

교수님 그렇지. 어쩌면 현실의 삶이 고달파서 좋은 꿈이라도 꾸고 싶은 것일 텐데, 꿈속의 세상이 현실보다 더 끔찍하니…….

하니 「구운몽」이 「조신 설화」 이야기와 다르다면 신나는 꿈이겠네요. 조신 스님은 참 운도 없지. 어쩌면 스님이 말도 안 되는 소원을 빌다가 벌을 받은 것일 수도 있지 않을까요?

교수님 그것도 재미있는 생각이다. 조신의 꿈은 관음보살의 따끔한 가르침이었을까? 꿈속의 아내가 관음보살의 변신이라면? 그런 의문을 가져 볼 수 있겠지. 꿈속에서 낳은 아들이면 애초부터 있을 수 없는 존재인데 땅속에서 돌미륵으로 나온 것은 무슨 일인지? 등등.

하니 알 듯 모를 듯해요. 이야기는 쉽게 읽을 수 있는데, 그런 질문들은 쉽게 답할 수 없는 것들이에요.

교수님 정답을 맞히라고 물은 게 아니란다. 그런 질문들이 스스로 마음속에서 생겨나면 궁금한 마음에 더 흥미진진하게 책의 구석구석을 읽을 수 있고, 다 읽은 후에 일일이 답하지 못하더라도 여운이 남는다면 충분하지. 이 작품의 주제는 '욕심내지 말고 살자'이다. 그런 답을 내놓고서 작품을 다 이해했다고 생각하는 사람이 가장 어리석은 사람이다. 답을 찾으려고 하지 말고 이건 뭘까? 왜 그럴까? 하고 계속 물으면서 「구운몽」의 세계를 헤엄쳐 보자꾸나.

함께 읽으면 재미있는 꿈 이야기, 「조신 설화」

구운몽

육관 대사의 제자 성진과 여덟 선녀의 만남

중국에 있는 이름 높은 산 중에 동쪽의 태산, 서쪽의 화산, 가운데의 숭산, 북쪽의 항산, 남쪽의 형산을 가장 먼저 손꼽는다. 그중에서도 형산은 세상에서 가장 멀리 떨어져 있는 만큼 인간 세계에서 볼 수 없는 경치를 지닌 아름다운 산이다.

형산의 남쪽에는 구의산이 있고 북쪽에는 동정호가 있으며 소상강의 물줄기가 산의 삼면을 둘러 흐른다. 형산은 제각각 그 형세를 뽐내는 일흔두 봉우리를 품고 있는데, 그 가운데 우뚝 선 다섯 봉우리가 축융봉, 자개봉, 천주봉, 석름봉, 연화봉이다. 이 다섯 봉우리는 언제나 구름 속에 묻혀 있어 청명한 날이 아니면 그 웅장하고 아름다운 모습을 볼 수 없었다.

형산을 둘러싼 신령하고 기이한 옛이야기는 너무 많아 헤아리기조차 어렵다. 먼 옛날 우임금은 홍수를 다스리고 백성을 안정시킨 공덕을 비석에 새겨 이곳에 세웠는데 그 흔적이 아직도 지워지지 않고 남아 있다고 한다. 또 진나라 때의 선녀인 위 부인은 천상의 선녀들을 거느리고 이곳에 내려와 반대 세력을 평정한 후 남악 위 부인이라고 불리게 되었는데, 지금까지도 머무르며 형산을 지키고 있다.

당나라 시절에 인도에서 온 스님이 형산의 빼어난 형세와 경치에 반하여 그 다섯 번째 봉우리인 연화봉 자락에 암자를 지었다. 그가 바로 육관 대사이다. 대사는 이곳에서 부처님의 법을 전하였는데, 듣는 사람마다 감탄과 칭찬의 말을 아끼지 않았다.

사람들은 모두 육관 대사를 일컬어 '살아 있는 부처께서 세상에 오셨다'고 칭송했다. 대사를 믿고 따르는 사람들이 수를 헤아리기 어려울 만큼 많아지자 너도나도 큰 법당이 필요하다고 입을 모았다. 부자들은 재물을, 가난한 사람들은 재물 대신 마음과 힘을 아낌없이 내어놓기로 했다.

모두의 노력이 모여 마침내 큰 절이 세워졌다. 절의 모습은 연화봉과 동정호의 웅장하고 아름다운 경치와 잘 어울려서 천하의 으뜸이라 부를 만했다.

육관 대사에게서 배우고 도를 깨닫기 원하는 사람들이 각지에서 연화1도량2으로 몰려들기 시작했다. 그리하여 대사의 문하에서 배우는 제자의 수만도 수백 명에 이르게 되었다. 그중에 눈처럼 흰 얼굴과 가을 물처럼 맑은 마음을 가진 스무 살 젊은이가 있었

---

1 연화(蓮花) : 연꽃
2 도량(道場) : 부처나 도살이 도를 얻는 곳. 또는, 도를 얻으려고 수행하는 곳. 불도를 수행하는 절이나 승려들이 모인 곳을 말한다.

다. 얼마나 총명하고 지혜로운지 어린 나이에도 불경의 이치를 가장 먼저 깨닫곤 했다. 육관 대사가 지극히 아끼고 사랑하여 자신의 도를 전수할 그릇으로 생각한 그 제자의 이름은 성진이었다.

육관 대사가 제자들을 모아 놓고 부처님의 법을 가르치는 자리에 흰 옷을 입은 낯선 노인이 함께 말씀을 듣곤 했다. 그 노인은 사실 동정호의 용왕이었다.

어느 날 대사가 제자들에게 물었다.

"동정호의 용왕이 여러 번 찾아와 경을 들었는데 아직 답례하지 못했다. 나는 이제 늙고 병들어 절 밖 출입을 하지 않은 지 벌써 십여 년이 되는구나. 너희 중에 누가 나 대신 가서 용왕을 찾아뵙고 인사를 전하지 않겠느냐?"

가장 먼저 성진이 나서서 대답했다.

"허락해 주신다면 제가 가겠습니다."

내심 성진이 자원하기를 바랐던 육관 대사는 기쁜 미소를 띠고 자상하게 당부했다.

"그럼 네가 가도록 해라. 몸가짐을 단정히 하고 예의를 갖추는 것을 잊지 말아라."

성진은 스승 앞에서 물러나와 승복을 단정하게 갖춰 입고 동정호를 향하여 갈 채비를 마쳤다. 법당을 벗어나 절 문 바깥으로 나선 것이 실로 오랜만이라 자기도 모르게 마음이 설레었다.

성진이 육관 대사의 심부름을 하러 동정호로 간 사이에 절에는 낯선 손님들이 찾아왔다.

"어떻게 오셨습니까?"

절을 지키는 문지기는 손님들의 아름다운 용모와 옷차림에 한 번 붙인 눈길을 뗄 수 없었다.

"저희는 남악 위 부인의 시녀들입니다. 부인의 명으로 대사님께 인사하러 왔습니다."

문지기는 손님들에게 잠깐 기다리라고 했는지, 그냥 아무 말도 못 했는지도 기억나지 않았다. 그는 몇 번이나 뒤를 돌아보며 절 문 밖의 선녀들을 다시 확인하고 법당으로 허둥지둥 달려갔다.

"대사님, 남악 위 부인께서 보내신 선녀님들이 찾아왔습니다."

세상 사람이 아닌 듯 아름다운 선녀들의 모습이 도무지 믿기지 않는 문지기의 목소리는 저도 모르게 높아져 있었다. 대사는 문지기의 수선스러운 꼴을 보자니 저절로 웃음이 났다.

"반갑고 귀한 손님이니 어서 안으로 모셔 오너라."

여덟 선녀들이 문지기를 따라 법당 안으로 들어섰다. 한 걸음 한 걸음이 물 위를 떠가는 꽃잎과 같이 가벼웠다. 그들은 한 사람씩 앞으로 나와 신선의 꽃을 대사의 주변에 세 번 흩어 뿌리며 인사하고, 위 부인의 말씀을 전했다.

"대사께서는 산의 서쪽에 계시고, 저는 동쪽에 있어 사는 곳이 멀지 않고 먹는 음식 또한 다를 바가 없는데, 하늘의 일이 바빠 미처 찾아뵙지 못했습니다. 대사님의 말씀을 직접 듣고 싶은 마음은 굴뚝같지만 오늘 저를 따르는 선녀 여덟 명을 보내서 대신 안부를 여쭙니다. 함께 보내 드리는 선물은 대사님을 존경하는 제 마음의 표시이니 사양치 말고 받아 주십시오."

선녀들은 각각 가지고 온 꽃과 음식, 진귀한 보물을 받들어 올렸다. 육관 대사는 시중을 드는 제자에게 위 부인의 선물을 부처님께 바치라고 명했다.

"고맙습니다."

대사는 두 손을 모아 선녀들에게 답례하고 나서 위 부인에게 인사를 전해 달라고 부탁했다.

"하늘 일로, 인간 세계의 일로 바쁘신 위 부인께서 어찌 저처럼 늙고 부족한 중 하나까지 걱정하시고 살피시는지 모르겠습니다. 부디 부인께 감사한 마음을 전해 주세요."

심부름을 온 여덟 선녀는 정갈한 절 음식을 대접받은 후 인사하고 법당을 나왔다. 돌아가는 길에 만나는 모든 것이 처음 접하는 것처럼 보고 듣는 것마다 신기하고 새로웠다. 호기심에 찬 그녀들의 재잘거림은 도무지 그칠 것 같지 않았다.

"남악 형산은 물줄기 하나 언덕 하나도 모두 우리 집 것이나 다름없었다는데, 육관 대사가 절을 세운 뒤로는 경계가 나뉘어 이쪽으로는 발걸음을 하지 못했구나. 연화봉 경치를 이렇게 가까이 두고도 즐기지 못했다니 정말 안타까운 일이다."

한 선녀가 탄식하듯 말하자 다른 선녀가 눈을 동그랗게 뜨고 반

육관 대사의 제자 성진과 여덟 선녀의 만남

짝이며 모두의 시선을 한데 모았다.

"그럼 우리 이왕 온 김에 구경이나 더 하고 갈까? 아직 해가 저 물려면 멀었으니 말이야."

"그래, 오늘 같은 기회가 또 언제 있을지 모르잖아."

"물소리가 이리 가까운 걸 보면 폭포가 있는 모양인데, 거기서 땀을 식히고 쉬면서 시도 짓고 노래도 부르고 하면 좋겠어."

"돌아가면 궁중의 자매들이 얼마나 부러워하겠어."

모두가 맞장구를 치고 신이 나서 발걸음이 날아갈 듯하였다.

선녀들은 물 흐르듯 천천히 정상에 올라 폭포수가 시작되는 곳을 굽어보고 그 물줄기를 따라 내려와 한 돌다리에 이르렀다.

봄날이었다. 온갖 꽃이 골짜기에 가득하고 새들의 소리는 사람의 마음을 들뜨게 했다. 여덟 선녀는 다리 위에 앉아 말을 잊은 채 물을 굽어보았다. 여러 골짜기의 물이 다리 밑으로 모여 넓은 연못을 이루고 있었다. 물빛은 어찌나 맑은지 마치 보배로운 거울을 깨끗이 닦아 놓은 듯하고, 그 거울에 비친 여덟 선녀의 모습은 한 폭의 미인도처럼 보였다. 선녀들은 물그림자에 비친 풍광에 취하여 날이 저무는 줄도 모르고 시간을 보내고 있었다.

이때 성진은 동정호 물나라의 길을 열고 용왕이 있는 수정궁으로 나아갔다. 육관 대사가 보낸 사람이 왔다는 말에 용왕은 매우 기뻐하며 손수 궁궐 밖에까지 나와 마중했다.

"귀한 손님이 오셨으니 주안상을 준비하도록 해라."

분주한 손길이 오가더니 금세 잔치 상이 펼쳐졌다. 용왕은 성진을 가운데 자리에 앉히고 진수성찬을 대접하며 손수 잔을 들어 술을 권하기까지 했다. 성진은 용왕의 배려에 고마우면서도 몸 둘 바를 몰라 고개를 숙이며 사양했다.

"술은 마음을 어지럽게 하니 부처님의 제자들은 이를 가까이 할수 없습니다. 용왕님의 배려는 감사합니다만 부처님의 가르침을 어길 수 없으니 용서해 주십시오."

용왕이 빙그레 웃으며 대답했다.

"부처님의 다섯 가지 가르침에 술 마시지 말라는 말이 있다는 걸 나도 안다오. 하지만 궁중에서 쓰는 술은 인간 세상의 것과 달라 다만 사람의 기운을 밝게 돋워 줄 뿐 마음을 어지럽게 하지 않습니다."

용왕이 연거푸 권하는 통에 성진은 끝내 거역할 수 없었다. 용왕의 극진한 마음을 뿌리치는 것도 예의가 아닌 것 같아 한 잔 두잔을 받아 비우다가 석 잔째가 되니 아닌 게 아니라 기분이 좋아지는 것 같기도 했다. 스승님의 화난 얼굴이 가끔씩 떠오르기도 했지만, 용궁의 술이라 그런지 온몸으로 봄기운이 서려 드는 것 같고 마음은 한껏 가벼워져 풍선처럼 들떴다.

'아무리 인간 세상의 술과는 다르다지만 더는 안 되겠다.'

성진은 아쉬운 마음과 두려운 마음의 경계에서 겨우 정신을 차리고 자리를 떠나야겠다고 결심했다.

"시간이 많이 늦었습니다. 이제 절로 돌아가야겠습니다."

성진은 용왕께 하직하고 물나라를 나와 바람처럼 연화봉으로 향했다. 화창한 봄볕이 온몸을 나른하게 했다. 산자락에 다다르고 절이 얼마 남지 않았는데, 용궁에서 마신 술은 아직 덜 깨어 얼굴이 붉게 달아올랐다. 성진은 못내 걱정을 떨칠 수 없었다.

'술을 마신 것을 아시면 스승님께서 몹시 야단치실 텐데 어쩐담……'

성진은 곧바로 냇가에 가서 웃옷을 벗고 세수를 했다. 그때 어디선가 기이한 향기가 코끝을 간지럽게 했다. 향촉 냄새일까, 꽃향기는 아닐까. 그것은 아직껏 맡아 보지 못한, 무어라 말로는 표현할 길이 없는 묘한 향기였다.

'이 물 상류에 무슨 꽃이 피었나? 물에서 이렇게 진한 향기가 풍기다니……'

성진은 다시 의복을 단정하게 입고 물을 따라 걸었다. 마침 이때 여덟 선녀는 돌다리 위에서 이야기꽃을 피우다가 성진과 마주치게 되었다. 성진은 그들의 아름다운 모습에 그만 정신이 아득해지고 말았다. 그리고 아까부터 온 산에 깃들어 있던 향기가 이곳에서 풍겨 나온 것임을 알게 되었다.

그렇다고 마냥 구경만 하고 있을 수는 없었다. 성진은 여덟 선녀와 시선이 마주치자 공손하게 말을 걸었다.

"저는 연화봉 육관 대사의 제자입니다. 스승님의 심부름으로 산 아래에 갔다가 이제 절로 돌아가는 길입니다. 돌다리는 매우 좁고 여러분이 다리 위에 앉아 있는 탓에 지나가기 어렵게 되었습니다. 잠깐 비켜 주시면 고맙겠습니다."

여덟 선녀는 성진의 모습을 보고 잠깐이나마 장난을 걸어 보고 싶어졌다. 그러나 겉으로는 예를 갖추는 척하며 대답했다.

"우리는 남악 위 부인의 시녀들입니다. 부인의 심부름으로 육관 대사께 문안하고 돌아가는 길이었지요. 옛말에 남자는 왼쪽으로 여자는 오른쪽으로 지난다는 말이 있지만, 이 다리는 너무 좁고 우리가 이미 앉아 있으니 스님께서 지나가기 마땅치 않습니다. 다른 길로 가시는 게 어떨는지요."

성진은 좀 약이 올랐지만 아름다운 선녀들과 다투듯 말을 주고 받는 것이 마냥 기분 나쁘지는 않았다.

"냇물이 깊고 다른 다리는 없는데 저보고 어느 길로 가라 하시나요?"

성진의 뛰어난 외모를 보고 멋진 목소리를 들은 선녀들은 문득 그의 능력을 시험할 좋은 기회를 얻었다고 생각했다.

"옛날 달마 대사는 갈대 잎을 타고 바다를 건넜다고 하지 않습니까? 스님께서 육관 대사님의 가르침을 받으셨다면 신통력이 있을 것입니다. 그런데 이만한 냇물을 건너지 못하여 여인네들과 길을 다투십니까?"

성진은 선녀들의 마음을 알겠다는 듯이 빙긋 웃었다.

"이제 보니 선녀님들은 지나가는 사람에게서 길 값을 받으려 하는군요. 가난한 중에게 무슨 돈이 있겠습니까? 마침 어여쁜 구슬이 몇 개 있으니 그것으로 길을 살 수 있을까요?"

호기심 가득한 선녀들의 시선이 성진의 희디흰 손에 모였다. 성진은 주위의 복숭아나무 가지 하나를 꺾어 선녀들 쪽으로 가볍게 던졌다. 가지에 매달려 있던 복숭아꽃 여덟 봉오리가 각각 영롱한 빛의 구슬이 되어 선녀들의 치맛자락 아래 흩뿌려졌다.

선녀들이 제각기 하나씩 주워 들고 성진을 향해 찬연히 한번 웃는 듯하더니 어느새 몸을 솟구쳐 공중으로 날아올랐다. 성진은 돌다리 위에 혼자 남아 그들이 가는 곳을 물끄러미 바라보고 있었다. 마침내 구름 그림자가 사라지고 향기도 자취를 감추었다.

저녁 무렵이 되어 절에 도착한 성진에게 육관 대사는 늦게 돌아온 이유를 물었다. 성진은 차마 자초지종을 모두 말하지는 못했다.

"용왕님께서 극진히 대접하고 자꾸 붙잡으셔서 거절하기가 어려웠습니다."

겨우 그렇게만 대답했다. 그의 방으로 돌아오니 날은 이미 저물어 어둑어둑해졌다. 크게 꾸지람을 듣지 않은 것이 그나마 다행이라고 생각했다.

　빈 방에 홀로 있으니 성진의 마음은 뒤숭숭해져서 아무리 애써도 차분히 가라앉지 않았다. 천정 위로 낮에 본 여덟 선녀의 얼굴이 차례차례로 떠올랐다가 사라지곤 했다.

　'이 절에 온 지 얼마나 된 것인가. 스승님의 은덕으로 도를 깨우치고 많은 사랑을 받았으나 생각해 보면 허무하구나. 얼마나 이런 생활을 더 해야 할 것인가. 내일의, 내년의, 십 년 후의 내 모습은 과연 어떻게 될까. 그냥 이렇게 산에서 늙어 가는 것은 아닐까?'

　생각은 꼬리를 물고 끝없이 이어지는데 어느덧 밤이 깊었다. 촛불을 켜고 바르게 앉아 보기도 하고 마음을 진정시키려 불경을 읽어 보기도 했지만 여인들의 모습이 뇌리에서 사라지지 않고 구슬처럼 영롱한 목소리, 웃음소리가 귓전에서 맴돌아 도무지 집중이 되지 않았다.

　'남악 위 부인의 시녀들이랬지. 나도 이 절에 들어오지 않았다면 벌써 결혼을 할 나이가 되지 않았는가. 예쁜 가정을 꾸리고 아이들을 낳아 기르며 오순도순 살고 있었을지 모르지. 남자로 세상에 태어나서 공부를 하고, 과거에 급제하면 장수가 되거나 정승이 되고, 어진 임금을 도와 백성들을 위해 일하는 것, 그리하여 자랑스러운 이름을 후세에까지 떨치는 것도 보람된 일이 아닐까? 지금처럼 부처님의 제자로 사는 것도 검소하고 고결하여 의미 있는 삶이

겠지만 이제 와 생각하니 심히 적막하구나.'

그러는 동안 여인들의 그림자는 눈을 감아도 점점 더 선명하게 떠올랐다. 그들은 마치 황홀한 자태로 유혹하는 듯하기도 했고, 붙잡힐 듯 붙잡힐 듯 다가왔다가 까르르 웃으며 멀어지기도 했다. 진정 손을 뻗으면 닿을 것처럼 여덟 선녀가 가까이 서 있는 것 같아 눈을 떠 보니 이미 간 곳이 없다. 성진은 그제야 뉘우치며 생각했다.

'부처님의 가르침에는 뜻을 바르게 함이 으뜸이라고 했다. 내가 스승님의 제자가 된 지 벌써 십 년이 되었고, 이전에는 한 번도 구차한 마음을 먹지 않았는데, 이제 와서 잘못된 마음을 품고 일을 그르칠 수는 없지.'

향로에 향을 다시 피우고 바른 자세로 고쳐 앉은 성진은 이내 정신을 가다듬고 염주를 고르며 불경을 읽기 시작했다.

양소유로 다시 태어난 성진

 "스님, 잠자리에 드셨습니까? 대사님께서 부르십니다."문 밖에서 동자승이 부르는 소리가 났다. 성진은 깜짝 놀랐다.

'깊은 밤에 나를 부르시는 걸 보니 무슨 일이 있는 게 틀림없다.'

성진은 서둘러 동자승의 뒤를 따라 법당으로 갔다. 육관 대사는 모든 제자를 모아 놓고 등불을 낮같이 밝힌 채 기다리고 있었다. 스승의 목소리가 가을 서리처럼 차갑게 성진의 목덜미에 내려앉았다.

"성진아, 네 죄를 아느냐?"

성진은 얼른 무릎을 꿇었다.

"제가 스승님을 모신 지 십 년이 되었습니다. 그동안 한 번도 스승님의 말씀을 어긴 적이 없었습니다. 무슨 말씀을 하시는지 알 수 없으니 죄가 있다면 가르쳐 주십시오."

육관 대사는 성진의 말에 더욱 화가 난 듯 언성을 높였다.

"중이 공부해야 할 세 가지 행실이 있다. 바로 몸과 말씀과 뜻이다. 네가 용궁에 가서 술을 마셨으니 몸의 공부를 그르쳤고, 돌다리에서 여자를 만나 불순한 말을 주고받았으니 말씀의 공부 또한 그르쳤다. 그도 모자라 절에 돌아온 후에는 세상의 부귀영화를 부러워하고 순간의 아름다움에 유혹되어 부처의 제자 됨을 쓸쓸하게 여겼으니 이는 뜻의 공부를 그르친 것이 아니냐. 세 가지 행실을 한꺼번에 허물어 버린 것이다. 너는 이제 여기 머무를 수가 없다."

성진은 크게 혼날지 모르겠다는 각오로 스승님을 뵈었지만, 이렇게 쫓겨나게 될 줄은 꿈에도 몰랐다. 그래서 얼른 머리를 조아리고 울며 빌었다.

"스승님! 제가 정말 잘못했습니다. 하지만 술을 마신 것은 용왕님께서 간곡히 권하신 탓이고, 여인들에게 말을 건네었던 것은 절로 돌아오는 길을 그들이 막고 있었기 때문입니다. 절에 돌아온 후에 잠깐 세상의 유혹에 사로잡힌 것은 사실이지만, 스스로 뉘우치고 마음을 바로잡기 위해 애쓰는 중이었습니다. 괘씸하시면 차라리 종아리를 때려 주십시오. 어찌 이렇게 쫓아내려 하십니까? 이제 와서 제가 어디로 가겠습니까?"

육관 대사는 얼음장 같은 얼굴을 누그러뜨리지 않았다.

"네가 스스로 가고 싶어 한 것이 아니냐. 그래서 가라고 하는 것이다. 그런데 어디로 가라느냐고 내게 묻는 것이냐? 네가 가고 싶은 곳이 바로 네가 갈 곳이다. 여봐라, 황건역사가 거기 있느냐?"

대사의 부름에 어느새 공중에서 염라대왕의 장수가 내려와 우뚝 섰다.

"너는 이 죄인을 저승에 데리고 가서 염라대왕께 넘겨주어라."

성진은 스승의 말이 너무도 야속하고 아득하여 눈물을 비 오듯 흘렸다.

"스승님, 제 말씀을 들어 주십시오. 제가 잘못한 것은 백번 뉘우치고 벌을 받겠습니다. 그러나 제 단 하루의 실수가 염라대왕을 만나야 할 만큼 큰 죄입니까?"

성진이 서럽게 우는 것을 보니 대사의 마음도 착잡해졌다. 그래서 아끼는 제자를 위해 마지막 위로의 말을 전했다.

"마음이 깨끗하지 못하면 산중에 있어도 도를 이루기 어렵다. 하지만 자기의 근본을 잊지 않으면 속된 세상에 있더라도 반드시 돌아올 길이 있을 것이다. 네가 정말 오고 싶은 마음이 있다면 내가 손을 잡아 데려올 테니 걱정 말고 가거라."

성진은 더 빌어도 아무 소용이 없다는 것을 깨달았다. 말없이 부처님과 스승께 절하는 성진의 눈에는 눈물이 비 오듯 흘러내렸다. 황건역사의 뒤를 따라 터벅터벅 걷는 성진의 발걸음은 한없이 무거웠다.

"육관 대사가 보내는 죄인을 데려왔습니다."

황건역사의 우렁찬 목소리에 굳게 닫혀 있던 저승 문이 열렸다. 역사는 곧장 염라대왕 앞으로 성진을 데려갔다. 무릎을 꿇고 오들오들 떨고 있는 성진을 보고 염라대왕은 고개를 갸웃하며 물었다.

"자네는 연화도량의 성진이 아닌가. 내가 듣기로는 머지않아 큰 도를 깨닫고 세상 사람들을 구제할 큰 그릇이라 하던데 대체 무슨 일로 여기 온 것인가?"

그 말을 들은 성진은 부끄러워 몸 둘 바를 몰랐다.

"제가 부주의하여 길 위에서 남악 선녀를 만나고 마음으로 흠모한 까닭에 스승님께 죄를 얻었습니다. 대왕님께서 합당한 벌을 주십시오."

염라대왕은 적잖이 난감했다. 이런 죄인은 처음이었기 때문이다. 그래서 주위 신하를 시켜 지장보살님께 의견을 여쭈어보고 오라 명령했다. 하지만 지장보살은 '수행하는 사람이 오고 가는 것은 자신의 뜻대로 맡길 일이니 구태여 물을 필요가 없다'는 회신을 보내왔다.

할 수 없이 염라대왕이 성진의 죄에 대한 판결을 내리려는 그때였다. 황건역사의 우렁찬 목소리가 다시 한번 쩌렁쩌렁 저승을 울렸다.

"육관 대사의 명으로 다시 여덟 죄인을 인솔하여 왔습니다."

성진은 깜짝 놀랐다. 차례로 걸어 들어와 염라대왕 앞에 무릎을 꿇는 죄인들은 아까 낮에 만난 그 선녀들이었기 때문이다. 염왕은 그 여인들을 보고서도 그들이 누구인지 미리 알고 있었다는 듯이 물었다.

"남악의 선녀들아, 신선들의 세계에는 끝없는 경치와 즐거움이 있거늘 어쩌다가 여기에 온 것인가?"

여덟 선녀들 또한 어쩔 줄을 모르고 두려워하며 대답했다.

"저희들은 위 부인의 심부름으로 육관 대사께 문안하러 갔다가 돌아오는 길에 젊은 스님을 만났습니다. 그 스님의 모습이 깜빡 반할 만하고 말이나 행동 또한 남다른 데가 있어 얼른 길을 비켜 주지 않고 몇 마디 말을 주고받았습니다. 이것을 눈치채신 대사님께서 부처의 깨끗한 땅을 더럽혔다 하여 남악 위 부인께 알리시고 저희들을 이곳으로 보내게 하셨습니다. 저희들이 이제 어느 세상에서 어떻게 다시 태어날지는 오로지 대왕님의 손에 달린 것이니 부디 관대한 처분을 내려 주십시오."

염라대왕은 골똘히 한참을 고민하다가 저승사자 아홉 명을 불러 각각 은밀하게 분부를 내렸다. 갑자기 궁전 앞에 큰 회오리바람이 일어났다. 성진과 여덟 선녀는 저승사자들과 함께 순식간에 바람에 쓸려 공중으로 솟구쳐 올랐고 이내 사방팔방으로 흩어졌다.

성진은 정신을 차릴 틈도 없이 거센 바람에 실려 낯선 곳에 다다랐다. 바람이 그치고 발이 땅에 닿는 것이 느껴져 조심스레 눈을 뜨고 주위를 둘러보았다. 사방에는 푸른 산이 둘러 있고 시냇

양소유로 다시 태어난 성진

물이 굽이쳐 흐르고 있었다. 대나무 울타리와 초가집이 군데군데 눈에 띄기도 했다.

저승사자는 성진을 이끌고 어느 집 문 앞에 섰다. 성진에게 문밖에서 기다리라 하고 안으로 들어간 사자는 한참이 지나도 나오지 않았다. 그러던 중 그곳을 지나가던 사람들이 나누는 이야기를 듣게 되었다.

"이 집 양 처사 부부의 나이가 쉰이 넘었지? 이제야 처음으로 아이를 가졌다니 참으로 드문 일 아냐?"

"그러게 말이오. 임신했다고 들은 지가 꽤 오래된 것 같은데 아직도 무소식인 모양이지?"

성진은 그것이 마치 자기를 두고 하는 말 같았다.

'내가 아마 양 처사의 자식이 되어 태어나려는가 보다. 이렇게 인간 세상에 다시 태어나게 되는구나. 그건 그렇고 내가 지금 이곳에 왔다고 해도 분명 정신만 왔을 것이 아닌가. 연화봉에 남은 육신은 틀림없이 화장하여 뿌려지겠지. 내 나이 아직 젊어서 제자 한 명 두지 못하였으니 누가 나의 사리를 거두어 줄까?'

이런저런 생각에 스스로 처량해질 때쯤 저승사자가 나와 손짓했다.

"여기는 당나라 땅이고, 양 처사의 집이다. 처사와 그 부인 유씨가 너의 부친과 모친이 될 것이다. 어서 들어가 새로운 인연을 놓치지 마라."

성진이 머뭇머뭇 안으로 들어가 보니 양 처사가 초라한 옷차림으로 앉아 약을 달이고 있었다. 약 냄새는 코를 찌르고 방 안에서는 여자의 신음 소리가 다급하게 들려왔다. 사자가 뒤에서 재촉하며 얼른 방에 들어가라 하는데 성진은 이 모든 것이 당황스럽기도 한 데다 어쩐지 마음에 내키지 않았다. 참지 못한 저승사자는 성진의 등을 힘껏 밀쳤다.

성진은 허공에 엎어지며 그만 정신이 아득해졌다. '사람 살려!' 하고 크게 소리치려는데 그 소리는 목구멍을 통과하며 어른의 말이 되지 않고 아기 울음소리로 변해 터져 나왔다.

아이를 받던 노파가 축하하며 말했다.

"아기 울음소리가 이렇게 크니 장군감입니다."

양 처사는 문밖에서 초조하게 기다리던 끝에 어찌나 반가운지 약사발을 들고 허겁지겁 달려 들어왔다. 갓난아이로 막 환생한 성진의 눈에도 양 처사 부부의 기뻐하는 모습이 선히 보였다.

형산 남악의 연화봉을 잊지 못하고 가끔 그리워하던 성진은 배고파 울면 젖을 먹이는 부모의 따뜻한 정에 점차 익숙해져 갔다. 그러는 동안 언제부터인지도 모르게 전생의 일은 아득하게 잊어버려 기억하지 못하게 되었다.

양 처사는 늦둥이를 바라보는 재미에 흠뻑 빠졌다. 옆에서 한동안 물끄러미 바라보기도 하고, 잠을 깰까 조심조심 머리를 쓰다듬기도 하다가 문득 아기를 돌보고 있는 유 부인에게 넌지시 말을 건네었다.

"내 아들이라서 그러는 게 아니라 이 아이는 하늘나라에서 내려온 게 틀림없어. 세상 사람이 이렇게 귀한 얼굴과 늠름한 골격, 총명한 눈빛을 가질 수 있을까? 아이에게 이 세상은 잠깐의 소풍일지 몰라."

아들을 한 번씩 다시 볼 때마다 양 처사에게는 확신이 더해 갔다. 그래서 아버지는 인간 세계에서 잠시 머물다가 하늘나라로 돌아갈 것이라는 뜻을 담아 아들의 이름을 '소유'라고 지었다.

인간 세상의 세월은 물 흐르듯 빠르게 흘러갔다. 소유의 나이가 어느덧 열 살이 되었는데, 얼굴은 옥을 조각해 놓은 듯하고 눈은 새벽별처럼 빛났다. 글솜씨나 지혜는 이미 어른보다 낫다고 할 만큼 뛰어났다. 그 총명하고 늠름한 모습을 자랑스럽게 바라보던 양 처사는 어느 날 부인 유 씨에게 말했다.

"나는 원래 세상 사람이 아니라 신선이었소. 당신과 인간 세상의 인연을 맺고 그동안 이곳에 머물렀습니다. 봉래산 신선들은 내게 자주 연락하고 어서 돌아오라 했지만, 당신이 외로울까 염려하여 가지 못했어요. 이제 이토록 영특한 아들이 있으니 당신에게 의지가 될 것이고, 지금은 살림살이가 어렵다 해도 나중에는 큰 부귀영화를 누리게 될 것입니다."

양 처사는 흰 용과 푸른 학을 타고 나타난 신선들과 함께 그들의 세계로 날아갔다. 이후 가끔씩은 편지를 보내왔지만 끝내 집에 돌아오지는 않았다.

양 처사가 집을 떠난 후에 어머니와 아들은 서로 의지하며 살았다. 몇 년이 더 지나자 양소유의 재주를 알아보는 사람이 많아져 널리 명성을 떨치게 되었다. 고을 태수는 소유를 신동이라 하여 임금께 알리고 나랏일을 맡아볼 인재로 추천했는데, 소유는 모친을 홀로 남겨 두고 떠날 수 없다는 이유로 정중히 사양했다.

소유의 나이는 이제 고작 열네댓 살이었다. 비범한 용모와 재주를 타고난 데다 열심히 공부하고 수련한 결과를 더하였다고는 하지만 글솜씨에 무예까지 통달한 그의 경지는 세상 사람들과 비교할 수 없었다.

하루는 소유가 어머니께 어렵사리 말문을 열었다.

"아버님께서 하늘나라로 가실 때 제게 우리 가문을 맡기셨는데, 아직 저희 집은 가난을 면치 못했습니다. 제가 만일 어머님을 모신다는 핑계로 집을 떠나기를 겁내거나 넓은 세상으로 나아가지 않는다면 이는 아버지께서 바라던 뜻이 아닐 것입니다. 서울에서 과거를 실시하고 온 나라의 인재를 두루 찾는다 하니 잠깐 어머니 곁을 떠나 제 공부를 시험해 보고 오겠습니다."

유 씨는 아들의 늠름하고 장한 모습에 가슴이 벅차오름을 느꼈다. 어린 나이에 먼 길을 떠나는 것이 못내 걱정되기는 하였지만, 끝내 막을 수 없으리라는 것을 알았다.

양소유로 다시 태어난 성진

버드나무 아래에서 마주친 인연

양소유는 심부름 하는 어린아이 한 명을 데리고 나귀 한 마리를 몰면서 여러 날을 걸어 화음현이라는 고을에 이르렀다. 주변의 경치가 점점 화려해짐을 느끼고 문득 과거 시험 볼 날을 계산해 보니 아직은 좀 여유가 있었다. 그래서 좀 천천히 가기로 하고 경치 좋은 곳이나 유적지가 보이면 찾아가 돌아보기로 했다.

어느 날은 길 위에서 멀리 바라보니 버드나무 수풀이 푸릇푸릇한데, 그 사이에 비친 작은 누각의 모습이 매우 그윽하고 아름다웠다. 소유는 나귀 등에서 내려 무엇에 이끌리듯 천천히 그곳으로 걸어갔다. 버들가지가 가늘고 길게 땅에 드리운 모양이 마치 바람에 나부끼는 비단실 같았다.

'내 고향에도 아름다운 나무가 많지만 여태 이런 버들은 보지 못한 것 같다.'

소유는 탄복하며 그 자리에서 시를 짓고 소리를 내어 읊었다.

버들은 푸르러 베를 짜 놓은 듯하니
긴 가지가 그림 같은 누각에 드리웠네.
바라건대 그대 부지런히 심으라,
이 나무 내 본 중에 가장 멋스러우니.

버들은 어찌하여 푸르고 또 푸르른가.
긴 가지가 빛나는 기둥에 드리웠네.
바라건대 그대 부질없이 꺾지 말라,
이 나무 내 본 중에 가장 다정스러우니.

양소유의 목소리는 청아하게 울렸다. 지나던 봄바람이 그 소리
를 귀하게 감싸 누각 위로 받쳐 올리는 듯했다. 누각 가운데에서
봄잠에 빠졌던 어여쁜 아가씨가 그 소리에 깨어 창을 열었다. 난
간에 기대어 밖을 바라보던 아가씨는 양소유와 두 눈이 마주치고
말았다.

구름처럼 풍성한 머리카락이 귀밑에까지 드리웠고 옥비녀는 반
쯤 기울어졌는데 졸음에서 막 깨어난 그 모습은 어찌나 아름다운
지 말로는커녕 그림으로도 표현하기 어려울 지경이었다. 두 사람
은 말문이 막혀 한참을 서로 마주 보기만 하고 있었다.

마침 심부름 하는 어린아이가 양소유를 찾으러 왔다. 여인은 누
각의 창문을 닫고 뒤로 사라졌다. 그윽한 향기만이 바람에 실려

버드나무 아래에서 마주친 인연

날아오고 있을 뿐이었다. 양소유는 하필 그때 자신을 찾으러 온 어린아이가 원망스러웠지만, 다시 만나기 어려울 것을 짐작하고 숙소를 향해 더딘 발걸음을 옮겼다.

아름다운 아가씨의 이름은 진채봉이었다. 어머니가 일찍 돌아가셔서 아버지 진 어사를 모시고 살고 있었다. 한창 어여쁠 나이였지만 그때까지 누구와도 혼인을 언약한 적이 없었는데, 마침 진 어사가 서울에 가고 없는 사이 홀로 집에 있다가 양소유를 만난 것이다.

양소유가 나귀를 타고 떠난 후 채봉은 두근거리는 심장을 억누를 수 없었다. 아무 표현도 하지 못하고 그저 얼빠진 사람처럼 서 있었던 자신이 바보처럼 여겨졌다. 언제 다시 만날지도 모르는데, 아무 기약도 없이 귀한 인연을 스스로 저버린 것 같아 자꾸 마음이 쓰였다.

'대장부와 만나 함께하는 것은 여자의 일생에서 무엇보다 중요한 일이다. 영화롭거나 치욕스러운 인생, 괴롭거나 즐거운 인생은 누구를 만나느냐에 달려 있는 것이라 해도 지나친 말이 아니다. 아무리 내가 여자의 몸이라지만 평생을 함께하고 싶을 만큼 마음에 드는 사람을 만나면 먼저 자기 뜻을 내보이는 것이 결코 부끄러운 일은 아니리라. 처녀의 몸으로 직접 배필을 구한다고 하면 사람들이 쑥덕거릴지도 모르지만, 그렇다고 행실이 부정한 여인이라고 손가락질할 까닭이야 있나? 그냥 아버지 돌아오신 후에 찾아

달라고 해야 할까? 그러나 그 사람의 이름도 어디 사는지도 알지 못하는데 어떡하나! 그러다가 시일이 늦어져 일을 그르치면? 아무래도 안 되겠다. 지금 직접 나설 수밖에.'

채봉은 다급하게 편지를 쓰고 봉투에 넣은 뒤 유모를 불렀다.

"유모, 이것을 가지고 요 앞 객점에 가 주어야겠어. 우리 집 누각 아래에서 시를 읊던 남자를 찾아야 해. 청혼한다는 편지이니 예의를 갖추어 신중하게 전해 줘요. 그 남자의 얼굴이 옥같이 희고 아름다워서 여느 사람들과는 확연히 다르니까 만나기만 하면 금방 알아볼 수 있을 거예요. 그러니 누구에게 부탁하여 전하지 말고 꼭 직접 건네었으면 좋겠어."

평소와 다른 채봉의 모습에 유모는 그 뜻을 짐작하면서도 걱정이 앞섰다.

"저야 아가씨께서 시키시는 대로 할 따름이지요. 그러나 나중에 나리께서 무슨 일이 있었느냐고 물으시면 뭐라고 하시겠습니까?"

채봉은 이미 결심이 굳은 후라 단호히 대답했다.

"그 일은 내가 알아서 할게. 유모는 아무 걱정 하지 말아요."

유모는 고개를 끄덕이고 나갔다가 몇 걸음 가지도 않고 도로 들어왔다.

"그런데 만일 그분이 이미 결혼을 했거나 약혼한 여자가 있다고 하면 어쩌지요?"

채봉은 잠시 생각했다. 하지만 아무리 생각해 봐도 이대로 놓쳐

버려서는 안 될 기회인 것 같았다. 유모를 바라보며, 동시에 자신에게 다짐하듯 또박또박 힘주어 말했다.

"불행히 결혼을 했다면 내가 그 사람의 소실3이 되어도 좋아. 하지만 내가 보기에 그 사람은 아직 젊고, 유부남 같아 보이지는 않았어."

채봉의 유모는 객점에 가서 누각 아래 버드나무 시를 읊던 선비가 누구인지 수소문했다. 마침 양소유는 저녁 식사를 마치고 문밖에 바람 쐬러 나와 있다가 이 노파가 찾는 사람이 바로 자기임을 알았다.

"제가 저녁 무렵에 누각 아래에서 시를 읊은 사람입니다. 무슨일로 저를 찾으십니까?"

유모는 양소유의 잘생긴 얼굴을 보고 단번에 자신이 찾는 그 사람임을 직감했다.

"여기서 말씀드리기는 곤란합니다. 묵고 계신 방이 있으면 안으로 들어가시지요."

양소유는 노파를 객실로 데려가 다시 한번 자신을 찾는 이유를 물었다. 하지만 유모는 양소유의 물음에 대답하지는 않고 양소유의 얼굴을 이모저모 뜯어보며 이것저것을 확인하려 했다.

---

3 소실(小室) : 첩. 본처 외에 혼인하지 않고 데리고 사는 여자

"손님께서 버드나무 시를 읊으신 누각이 어디쯤이었습니까?"

"저는 이곳에서 멀리 떨어진 시골 사람입니다. 처음 서울 근처에 와서 여기저기를 두루 구경하다 보니 큰길 북쪽 누각 앞에 아름답게 우거진 버드나무 숲을 보게 되었습니다. 그곳에 가서 우연히 글을 읊었던 것입니다."

"손님께서는 그때 누군가를 보셨습니까?"

"제가 갔던 바로 그때 선녀 한 사람이 누각 위로 내려왔나 봅니다. 세상에는 없을 것만 같은 어여쁜 아가씨가 누각에 있었고 기이한 향기가 풍겼습니다."

그제야 유모는 자세한 이야기를 털어놓기 시작했다.

"선비님께 자초지종을 말씀드리지요. 그 집은 제가 모시는 진어사 댁이고 당신이 만난 여인은 우리 집 아가씨입니다. 우리 아가씨는 원체 지혜롭고 총명하지만 무엇보다도 사람을 알아보는 능력을 지니고 있습니다. 선비님을 한 번 보고는 천생의 연분이라고 생각하셨답니다. 그런데 우리 진 어사 나리께서는 일이 있어 서울에 가 계시니 아가씨 생각에는 절차를 갖추어 일을 하다가 때를 놓칠까 두려우셨나 봅니다. 그리하여 부끄러움을 무릅쓰고 저를 보내신 것입니다. 선비님의 성씨와 고향, 또 결혼은 하셨는지 알아 오라고 하십니다."

소유는 이 말을 듣고 띌 듯이 기뻤다.

"아가씨께서 절 마음에 들어 하신다니 제가 고마울 따름입니다.

저는 초나라 사람 양소유라고 합니다. 고향 집에 나이 드신 어머니가 계시니 혼례를 위한 절차는 양가 부모님께 우선 알리고 진행해야겠습니다. 그러나 혼인의 언약은 지금 한마디로 결정할 것이니 앞으로도 제 마음은 결코 변하지 않을 것을 약속합니다."

채봉의 유모는 양소유의 말을 믿음직하게 여기고 소매에서 작은 봉투 하나를 꺼냈다. 소유가 그것을 받아 열어 보니 버드나무 시 한 수가 적혀 있었다.

누각 앞에 버들을 심어 놓고
님 타고 오신 말을 매어 머물게 하려 했더니
어찌하여 가지를 꺾어 채찍을 만들고
가는 길을 재촉하려 하시는가.

양소유는 채봉의 시를 보고 매우 놀랐다. 그 글솜씨 또한 화려하고도 은은한 외모와 다를 바 없이 뛰어났기 때문이다. 누각 위에 어려 있던 채봉의 얼굴, 그 아름다운 입술에서 기이한 향기와 함께 낭랑한 목소리가 자신의 고막을 쟁쟁하게 울리는 것 같았다. 소유는 얼른 답례하는 시를 지어 붓으로 쓰고 유모에게 건네면서 말했다.

"댁의 아가씨는 진나라 사람이고 나는 초나라에 있으니 한 번 돌아간 후에는 다시 소식을 전하기가 어렵고, 사이를 왕래하며 찬찬히 돌볼 중매쟁이도 딱히 없지 않습니까. 그러니 오늘 밤 한번 만나 보는 것은 이떨끼요? 이가씨께 한빈 여쭤봐 주세요."

채봉의 유모는 소유의 편지를 받아 들고 급히 집으로 돌아갔다. 편지 속의 화답 시에는 소유의 다급하고도 간절한 마음이 고스란히 담겨 있었다.

버드나무 천 가닥 만 가닥의
실가지마다 마음이 굽이굽이 맺혔습니다.
바라건대 달 아래 인연의 끈으로
봄소식처럼 반가운 약속을 정하고자 합니다.

유모는 채봉에게 기쁜 소식을 전하기 위해 날아갈 듯이 가벼운 발걸음을 재촉했다. 휘영청4 밝은 달이 유모의 백발을 내리비추고 있었다. 그야말로 유모 자신이 달 아래 인연의 끈인 셈이었다. 그 사이 채봉은 초조한 마음으로 밖을 내다보며 문이 열리기만을 고대하는 참이었다.

"아가씨, 일이 잘되었습니다."

숨이 턱밑까지 차오른 유모의 말에 채봉의 얼굴에는 화색이 돌았다. 유모는 소유의 편지를 채봉에게 내어 주고 나서, 오늘 밤 만

---

4 휘영청 : 달빛 따위가 몹시 밝은 모양

낳으면 좋겠다는 말까지 함께 전했다.

채봉은 잠시 생각에 빠졌다.

'혼인 전에 남녀가 만난다는 것만으로도 좋지 않은 소문이 날 수 있을 텐데, 심지어 밤에 만난다면 이웃 사람들의 의심이 더할 것 아닌가. 게다가 아버님께서 돌아와 들으시면 크게 걱정하실지도 몰라. 차라리 조금만 더 기다린 다음 내일 낮에 만나 언약을 하는 편이 낫겠다.'

채봉은 유모에게 자신의 생각을 차근차근 말하고 행여나 오해가 생기지 않도록 잘 전해 줄 것을 부탁했다. 채봉의 의사를 전해 들은 소유도 처녀답지 않은 신중한 태도에 감탄하며 날이 밝은 후에 찾아가겠다고 말했다.

기다림이 있는 삼월 봄밤은 괴로울 정도로 길었다. 소유는 객실의 천정을 바라보며 거의 뜬눈으로 밤을 지새우다시피 했다. 그러다가 까무룩 선잠이 든 새벽녘에 멀리 서쪽으로부터 몹시 시끄러운 소리가 들려왔다.

깜짝 놀라 자리에서 일어난 양소유는 밖으로 나가 보았다. 큰길은 벌써부터 북새통이었다. 군인들과 말들, 피난하는 사람들까지 한데 뒤엉켜 비명 소리가 진동하였다. 소유는 아무나 붙들고 다급히 물었다.

"이게 무슨 일이오?"

"전쟁이 났답니다."

"적군이 닥치는 대로 노략질을 일삼고, 남자들은 누구든 잡히는 대로 병사로 삼아 전장으로 데려간답니다."

사람들은 다급하게 한마디씩 하고 급히 어디론가 달려가는데, 그렇다고 정해진 곳이 있는 것 같지도 않았다. 분명한 것은 이러고 있을 겨를이 없다는 것이다. 소유는 급히 심부름하는 어린아이를 데리고 남전산 깊은 골짜기로 피신했다.

얼마나 달려왔을까, 산꼭대기에 초가집 하나가 보였다. 흰 구름이 자욱하게 끼어 있고, 학의 울음소리가 맑게 들려왔다. 턱까지 차오른 숨을 헐떡이며 허겁지겁 그 집을 향해 다가가니 도인 한 사람이 앉아 있다가 소유를 보고 말했다.

"그대는 피난하는 사람이구나."

"그렇습니다."

"양 처사의 아들이 아닌가? 얼굴이 매우 닮았다."

"어떻게 저를 알아보십니까?"

"그대의 부친께서 나와 함께 바둑을 두고 간 적이 있다. 부친께서는 잘 지내시니 염려하지 마라. 이왕 이곳에 왔으니 하룻밤 자고 내일 내려가도 늦지 않을 것이다."

양소유는 감사의 뜻을 표하고 자리에 앉았다. 도인은 소유를 물끄러미 바라보다가 벽 위에 걸린 거문고를 가리키며 물었다.

"거문고를 연주할 수 있는가?"

소유는 겸손하게 대답했다.

"거문고 타기를 즐기기는 하지만 잘하지는 못합니다."

"그럼 한번 들려줄 수 있겠는가?"

도인이 지켜보는 가운데 소유는 아는 곡을 골라 정성껏 연주했다. 연주가 끝나자 도인은 빙긋이 웃은 후에 스스로 시범을 보여 세상에 전하지 않는 옛 곡조를 하나하나 가르쳐 주었다. 소유는 음악을 좋아하는 데다 타고난 재질이 있어 한 곡조씩 들을 때마다 일일이 따라 연주했다.

도인은 매우 기뻐하며 푸른 옥으로 깎아 만든 퉁소를 꺼내 마저 한 곡조를 가르치고 나서 소유를 향해 말했다.

"이 거문고와 퉁소, 그리고 예언서를 한 권 네게 주니 나중에 반드시 쓸 데가 있을 것이다."

소유는 도인에게 절하며 그것을 받았다.

"제가 선생님을 만난 것은 분명 제 아버님께서 인도하신 덕분일 것입니다. 선생님께서는 도가 높으시니 인간 세상의 일을 여쭤봐도 될까요? 제가 어제 산 아래에 사는 여자를 만나 혼인하기로 하였는데 난리통에 이곳으로 피해 와 있는 지금도 궁금하기가 이를 데 없습니다. 과연 그 여자와 결혼하게 되겠습니까?"

도인은 껄껄 웃고 대답했다.

"이 혼사의 앞날이 심히 어두우나 천기를 어찌 미리 누설할 수 있겠느냐? 네가 맺게 될 아름다운 인연은 여러 곳에 흩어져 있으니 그 여자에게만 연연할 필요는 없다."

다음 날 아침 산중의 맑은 새소리에 소유는 잠을 깼다. 도인께 인사하고 악기와 예언서를 챙겨 산에서 내려오는데, 문득 뒤를 돌아보자 도인의 집은 어디론가 사라지고 보이지 않았다.

그리고 보니 어제 산에 들어올 때는 버드나무 꽃이 지지 않았었는데, 하룻밤 사이에 계절이 변하여 바위 사이마다 국화가 만발해 있었다. 소유가 이상하게 생각하고 길에서 만난 사람에게 물어보니 이미 계절은 여름을 지나 가을이 되어 있었다. 그동안 황제는 난리가 난 지 다섯 달 만에 오랑캐를 물리쳤고, 세상을 평정한 후 과거를 내년 봄으로 연기하였다 했다.

소유는 황급히 진 어사의 집을 찾아 달려갔다. 버드나무 숲만이 그대로 남아 있을 뿐 아름다운 누각과 집의 담장은 무너져 폐허가 되어 있었다. 소유는 눈물을 흘리며 버들가지를 붙들고 채봉이 지은 버드나무 시를 읊고 또 읊었다.

한껏 지쳐 자신이 봄에 머물던 숙소로 돌아온 소유는 주인을 붙잡고 물었다.

"길 건너 진 어사 댁 식구들은 어디로 갔나요?"

주인은 딱하다는 듯 혀를 차면서 말했다.

"아직 모르시는군요. 진 어사는 역적이 내린 벼슬을 받았다는 이유로 처형되었습니다. 그 집 아가씨는 궁녀로 잡혀갔다고도 하고, 영남 땅의 노비로 끌려갔다고도 하는데 분명치는 않습니다."

소유의 눈에는 자신도 모르는 사이 굵은 눈물이 흘러내렸다.

'어제 도인께서 내 혼사에 대해 심히 어둡다 말씀하시더니 채봉 아가씨는 이미 죽었을지도 모른다.'

날이 저물도록 방황하다가 한잠도 이루지 못한 소유는 더 물어 볼 곳도 없고 하여 그만 고향으로 돌아갔다. 소유의 어머니는 서울에서 난리가 났다는 말을 듣고, 돌아오지 않는 아들이 전쟁통에 죽지나 않았을까 걱정하고 있던 중이었다. 드디어 모자가 서로 만나 붙들고 우는데 마치 죽었다 살아온 사람을 대하는 듯했다.

풍류남아 양소유와 절세미인 계섬월의 만남

세월은 흘러 이듬해 봄이 되었다. 양소유는 다시 서울로 가서 입신양명의 꿈을 이루어야겠다고 생각했다. 어머니 유 씨는 소유의 두 손을 잡고 걱정스런 목소리로 당부했다.

"작년에 과거를 보러 갔다가 위태한 지경을 겪기도 했고 네 나이가 아직 젊기도 하니 급제하여 이름을 떨치는 일이 바쁜 것은 아니다. 하지만 네가 가는 것을 말리지는 않겠다. 네 나이 열여섯인데 아직 배필을 정하지 못했고 우리 마을은 가난하고 외딴 곳이어서 합당한 처녀를 찾기가 쉽지 않구나. 내 외사촌 누이동생 한 사람이 있는데 수행 끝에 도인이 되었으니 아직 서울에 살아 있을 것이다. 아주 생각이 깊은 사람이고 지체 높은 가문의 사람들과도 교류가 있으니 찾아가 내 편지를 보여 주면 도움을 줄 것이다."

결혼 이야기가 나오자 소유는 진채봉의 얼굴이 떠올라 금세 슬픔에 잠겼다. 유 씨 부인은 아들의 마음을 알아채고 말했다.

"그 아가씨는 이미 죽었을 가능성이 높고 만약 살아 있다고 해도 만날 길이 없으니 더 생각하지 마라. 새롭고 아름다운 인연을 맺는 것이 늙은 어미를 위로하는 일일 것이다."

소유는 어머니께 절하고 길을 나섰다.

여러 날을 걸어서 낙양 성이 가까워졌다.

'낙양은 예로부터 번화하고 큰 도시이다. 내가 작년에는 다른 길로 가는 바람에 이곳을 구경하지 못했으니 이번에는 그냥 지나치지 않을 터이다.'

양소유가 성 안으로 들어서니 도시의 화려함이 과연 듣던 것과 같았다. 주위의 오묘한 경치와 도성의 아름다운 건물들이 어울려 정말 천하제일이라 부를 만했다. 소유는 길을 지나다가 한 아름다운 누각 앞에 멈춰 섰다. 좋은 말들이 길가에 가득하고, 누각 위에서는 온갖 풍류를 즐기는 소리가 흥겹게 번지고 있었다. 무슨 잔치가 벌어진 것인가 궁금하여 소유는 심부름하는 아이를 시켜 알아보도록 했다.

"성 안의 여러 선비들이 유명한 기생들을 모아 놓고 봄 경치를 즐기고 있다 합니다."

아이의 말에 소유는 곧 나귀에서 내려 누각 위로 올라가 보았다. 젊은 선비 십여 명이 아름다운 수십여 명 여인들과 함께 술잔을 기울이며 이야기를 나누고 있었다. 그들은 옷차림이 수려하고 말과 행동은 의기양양했다.

젊은이들은 누각 위로 올라온 양소유를 보고 그 빼어난 외모에 감탄하며 앉을 자리를 내어 주었다. 그들은 서로 자신을 소개하며 인사하고 나서 이야기를 나누었다.

"과거를 보러 가는 길이시군요."

"그렇습니다."

"과거를 보러 가신다면 비록 우리가 초청한 손님은 아니라 해도 오늘 모임에 참여하는 것이 어색하지 않을 듯합니다."

"여러분이 말씀하는 것을 들으니 오늘 모임은 단순한 술자리가 아닌가 봅니다. 아마 시를 읊으며 서로의 글솜씨를 견주어 보는 모임이겠지요. 초나라의 미천한 선비인 저 같은 사람은 나이도 어리고 세상 물정에도 어두워 이 화려한 모임에 참여하는 것이 걱정되는군요."

누각에 모인 선비들은 소유의 공손한 태도에 업신여기는 마음이 생겨 더욱 의기양양한 태도로 웃으며 말했다.

"이미 우리 사이에 끼었으니 시를 지어도 좋고, 못 하겠으면 짓지 않아도 좋으니 같이 술이나 드십시다."

악기가 연주되고 노랫소리가 울려 퍼졌다. 소유는 이십여 명이나 되는 기생들의 얼굴을 차례로 훑어보았다. 그런데 그중 노래도 하지 않고 말도 하지 않으며 홀로 단정히 앉아 있는 아름다운 여인의 모습이 눈에 띄었다. 마치 하늘의 선녀가 인간 세상에 내려온 것 같은 모습에 소유는 잠깐 정신이 아찔했다.

술잔을 잡고 있으면서도 자꾸 신경이 쓰여 양소유는 그 미인을 자꾸 돌아보게 되었다. 그런데 자세히 보니 그 여인 앞에 글을 쓴 것이 수북하게 쌓여 있었다. 소유는 여러 젊은 선비들에게 물었다.

"저기 쌓여 있는 것은 선비님들이 직접 쓰신 글인가 봅니다. 제가 한번 구경해 보아도 괜찮겠습니까?"

선비들이 머뭇거리는 사이에 그 미인이 몸을 일으켰다. 그리고 소유가 앉은 자리에 선비들의 글을 가져다가 놓았다. 소유는 십여 장 되는 글을 하나씩 뒤적여 읽어 보았는데, 그중 나은 것도, 못한 것도 있었지만 대개 평범한 글들이었다. 소유는 속으로 생각했다.

'낙양에 재주 있는 선비가 많다 하더니 이들이 쓴 것을 보면 말짱 헛된 소리다.'

글들을 간추려 도로 미인에게 보낸 후에 소유는 일부러 존경하는 체하며 말했다.

"시골의 선비가 우물 안 개구리로 지내다가 여러 선비님들의 주옥같은 글을 구경하니 참으로 대단합니다."

사람들은 술에 취해 크게 웃었다.

"여기 낙양은 인재가 많기로 유명합니다. 예로부터 과거가 있으면 낙양 사람이 1등이나 2등, 못해도 3등은 꼭 했지요. 여기 모인 우리들도 글깨나 쓴다는 이야기를 들었지만 우리끼리는 누가 더 나은지 결정할 수가 없었소. 저기 앉은 여인의 이름이 계섬월인데 얼굴이면 얼굴, 노래면 노래, 그리고 춤까지 천하에 으뜸이지만,

그뿐 아니라 글을 보는 눈이 신령과 같습니다. 그래서 오늘 낙양의 선비늘이 보여 각각 지은 글을 섬월에게 보여 수고 우열을 청하려는 것이지요."

두 씨 성을 가진 선비가 나서서 한마디 덧붙였다.

"그뿐 아니라 섬월이 뽑은 가장 좋은 글의 임자를 그녀의 집으로 보내 오늘 밤 꽃다운 인연을 맺게 하기로 했다오. 양 선비 또한 남자이니 우리와 더불어 우열을 겨뤄 보지 않겠소?"

양소유는 몇 번 사양하다가 못 이기는 척 붓을 놀려 금세 시 한 수를 적었다. 사람들은 소유의 글씨가 살아 움직이는 듯한 것에 놀라고, 시에 깊은 속뜻이 담겨 있음을 알고서 한 번 더 놀랐다. 소유는 붓을 내려놓고 모두에게 말했다.

"선비님들께 가르침을 청하는 것이 마땅하지만, 오늘은 섬월이 심사위원이라 하니 혹 마감 시간이 지났을까 걱정됩니다."

섬월은 양소유의 글을 한번 내려 보더니 의미심장한 미소를 짓고, 곧 청아한 목소리를 내어 그것을 노래로 부르기 시작했다. 섬월의 노랫소리가 하늘로 올라가 그 여운이 허공에 머뭇거리니 모두들 넋을 잃은 듯 얼굴색이 변하였다.

사람들은 처음에 양소유의 나이가 어린 것을 업신여겨 시 짓는 솜씨가 없을 줄로 알고 권했던 것인데, 그의 글이 빼어난 것을 섬월이 알아보고 노래로 부르는 것을 보자 흥이 완전히 달아나 버렸다. 섬월을 양소유에게 양보하기는 싫었지만 약속을 어길 수도 없어 서로 눈치만 보고 있었다. 양소유는 선비들의 마음을 짐작하고 몸을 일으켜 자리를 떠나고자 했다.

"제가 우연히 여러 형님들의 허락을 얻어 이처럼 대단한 모임에 참여하게 된 것을 영광으로 생각합니다. 하지만 가는 길이 바빠 더 있기 어려우니 과거 시험이 끝나고 다음에 다시 뵙게 되면 마저 즐기는 것이 좋겠습니다."

양소유의 태연한 태도와 목소리에 선비들은 다행이라 여기고 굳이 잡으려 하지 않았다. 소유가 막 나귀 등에 오르려는데 섬월이 버선발로 따라 나와 귓속말로 전했다.

"다리 남쪽 분칠한 담 밖에 앵두꽃이 무성하게 핀 집이 바로 제 집입니다. 선비님이 먼저 가서 기다리세요."

종종걸음으로 다시 누각에 오른 섬월은 선비들을 향해 물었다.

"여러분께서 합의하셔서 오늘 밤의 인연을 제가 뽑은 노래 곡조로 정하였는데, 이제 어찌하는 것이 좋겠습니까?"

모인 사람들은 의논을 해 보아도 별 좋은 생각이 나지 않았다.

"방금 그자는 원래 구경꾼이었는데 구태여 신경 쓸 필요가 있는가?"

한 사람이 말하고 다른 선비들도 반대하지 않는 듯했으나 섬월은 정색을 하고 되받았다.

"선비에게 신의가 없으면 되겠습니까? 이 자리에 이미 노래와 음식이 부족하지 않으니 여러분께서는 남은 흥을 다하십시오. 저는 마침 몸이 불편하여 더 모시기가 어려울 듯합니다. 먼저 일어나셨습니까."

사람들은 이미 약속한 것이 있어 섬월이 돌아가는 것을 말리지 못했다.

양소유는 성 남쪽 주점에 들러 쉬다가 날이 어두워지자 섬월의 집을 찾아가 보았다. 섬월은 등불을 밝히고 소유를 기다리고 있었다. 두 사람은 반갑게 인사하며 굳이 기쁜 마음을 숨기지 않았다.

섬월은 옥 술잔에 술을 가득 붓고 노래를 부르며 술을 권했다. 양소유는 섬월의 고운 자태와 부드러운 정에 이끌려 간장이 녹아 끊어지는 듯했다. 흥겨운 밤이 무르익을 대로 익어 새벽이 오기 전에 섬월은 침상에서 소유에게 넌지시 말했다.

"제 일생을 선비님께 맡기고자 하니 제 말씀을 들어주십시오. 저는 원래 소주 사람입니다. 아버님께서는 역승5 직에 계셨는데 불행히도 타향에서 돌아가셨습니다. 워낙 집이 가난하고 고향이 멀어 아버님의 시신을 옮겨 장사지낼 수 없었습니다. 그러자 계모는 저를 이곳 기생집에 팔아 넘겼지요."

조용하고 담담하면서도 가슴에 맺힌 한이 고스란히 느껴지는

---

5 **역승(驛丞)** : 각 지역의 역참(驛站)을 관리하는 하급 관리

섬월의 목소리를 소유는 묵묵히 듣고 있었다. 섬월의 이야기는 구름 사이를 지나는 달처럼 머무르는 듯 이어지곤 했다.

"온갖 치욕을 참고 지금까지 살아온 것은 하늘이 저를 가엾게 여기시어 언젠가는 마음에 맞는 사람을 만나게 해 주리라 믿었기 때문입니다. 제가 사는 누각은 큰길가에 있으니 수레 소리, 말발굽 소리가 밤낮으로 그치지 않습니다. 그 어느 사람이 이곳을 향했다가 제가 있는 곳을 그냥 지나치겠습니까? 삼사 년 사이에 수많은 사람들이 이곳을 찾았으나 선비님과 비교할 만한 사람은 없었습니다. 그러니 만약 저를 부정한 여인이라고 여기지 않으신다면 평생 물을 긷고 밥을 짓는 종이 되더라도 따르겠습니다."

양소유는 한참을 생각하던 끝에 답했다.

"그렇게까지 생각해 주다니 고맙기는 하지만, 나는 가난한 서생이고 늙은 어머님이 계십니다. 당신과 결혼하겠다고 하면 어머님께서 반대하실 듯하고, 만일 소실로 들인다면 당신이 만족하지 않을 듯하니 어찌해야 할지 모르겠소."

섬월은 손을 내저으며 말했다.

"무슨 말씀을 하십니까? 천하의 재주 있는 사람들 중에 당신보다 나은 이가 없을 것이니 이번 과거에서 장원을 하실 것은 물론 승상이나 대장 벼슬 또한 시간문제일 것입니다. 이름난 미인들마다 당신을 따르고자 할 것은 묻지 않아도 알 일입니다. 제가 잠시나마 당신의 사랑을 독차지하려 언감생심6 욕심을 내겠습니까? 선비님께서는 높은 가문의 어진 부인과 결혼하십시오, 그 후에 저를 전하다 하여 버리지만 말아 주세요. 오늘부터 몸가짐을 깨끗하게 하고 당신의 분부를 기다리겠습니다."

밤은 깊어 가는데 두 사람의 이야기는 그칠 줄을 몰랐다.

"작년에 내가 과거를 보러 가던 길에 화주 땅을 지나다가 우연히 진 씨 성을 가진 여인을 본 적이 있소. 그 여인의 용모와 재주가 당신 못지않게 뛰어났는데, 불행히도 전쟁이 나서 헤어지고 말았다오. 그 사람이라면 모를까 어디 가서 그만한 신붓감을 구할 수 있겠소?"

소유의 말에 섬월은 짚이는 데가 있다는 듯이 대답했다.

"진 어사의 따님 말씀이시군요. 어사께서 이곳에서 벼슬을 하였으니 아가씨는 저와 절친한 사이였습니다. 아가씨의 미모와 재주를 생각하면 당신이 그를 보고 사랑하지 않을 수 없었겠지요. 그러나 이미 헛된 꿈처럼 지나간 일이니 다른 곳을 알아보십시오."

양소유는 고개를 저으며 말했다.

"절세의 미인이 어디 그렇게 흔하겠소. 채봉 아가씨와 당신이

---

6 **언감생심(焉敢生心)** : 어찌 감히 그런 마음을 품을 수 있겠냐는 뜻으로 전혀 그런 마음이 없다는 뜻으로 쓰임.

풍류남아 양소유와 절세미인 계섬월의 만남

이미 한 시절에 있으니 다시 그만한 미인을 찾는 것은 한 시대가 지나야 가능한 일일지 모르지요."

섬월이 크게 한 번 웃었다.

"정말 우물 안 개구리와 같은 말씀을 다 하십니다. 우리 기생들 사이에 떠도는 말을 하나 일러 드릴까요? 천하에 뛰어난 기생 셋이 있으니, 강남의 만옥연, 하북의 적경홍, 낙양의 계섬월이라 합니다. 섬월은 곧 저이니 제가 스스로 그 셋 중 하나에 슬쩍 이름을 끼워 넣었다 치더라도 경홍과 옥연은 당대의 이름난 미인들입니다. 어찌 이 넓은 천하에 다른 미인이 없겠습니까?"

"그럴 리가 있는가. 아마도 그 두 사람이 당신과 더불어 어깨를 나란히 하는 것이 과분한 일이겠지."

"옥연은 사는 곳이 멀어 제가 직접 보지 못하였으나 그를 보았다는 사람들마다 칭찬하지 않는 사람이 없으니 결코 헛된 명성이 아닐 것입니다. 그런데다 경홍은 제게 형제 같은 벗이니 모를 리가 있겠습니까."

섬월은 자신의 친구인 적경홍의 사정을 양소유에게 찬찬히 들려주었다. 경홍은 패주 땅의 넉넉한 집안에서 태어났다. 부모를 일찍 여의고 숙모의 손에서 자랐는데, 나이 열넷이 되어 하북 땅 곳곳에 그 미모가 알려졌다. 그리하여 문턱이 닳도록 중매쟁이들이 드나들기 시작했는데, 경홍은 제 숙모에게 모든 중매쟁이들을 돌려보내라 하고 결코 자신을 허락하지 않았다.

경홍은 스스로 생각하기를 '시골 여자로서는 스스로 사람을 듣고 보기 어렵다. 만약 기생이 된다면 세상의 이름 난 영웅호걸을 많이 볼 수 있을 테니 내 마음에 맞는 사람을 고를 수 있을 것이다' 하여 기생이 되기를 자원했다. 불과 한두 해도 지나지 않아 그 명성이 자자하여 보는 사람마다 선녀로 여기게 되었다 한다.

"경홍과 제가 일전에 만났을 때 누구든 먼저 마음에 드는 남자를 만나면 서로 추천하여 같이 살자고 약속했었습니다. 저는 이제 선비님을 만나 소망을 이루었으나 불행히도 경홍은 하북 연나라의 궁중에 있으니 당장 약속을 지키기는 어려운 처지입니다."

섬월의 말을 모두 들었지만 양소유는 도무지 믿지 않았다.

"당신 말처럼 기생들 중에서는 아름다운 여인이 간혹 있겠지만, 양반 가문의 여인들 중에서는 찾아보기 어렵지 않을까?"

"제가 직접 눈으로 확인하지는 못했지만 사람들의 말을 들어보면 서울 정 사도 댁의 따님의 미모와 재주가 당대 여자들 중에서는 제일이라고 합니다. 서울에 가시면 한번 찾아보시는 것이 좋을 듯합니다."

이처럼 묻고 답하기를 계속하다가 이미 날이 밝았다. 갈 길을 준비하는 양소유에게 섬월은 자상하게 당부했다.

"여기는 당신이 오래 머물 만한 땅이 아닙니다. 어제 모였던 여러 귀공자들의 기분이 매우 불쾌해 보였습니다. 혹시 당신께 해로운 짓을 할까 두려우니 일찍 떠나시는 게 좋겠습니다. 앞으로 모실 날이 많을 것입니다."

양소유는 섬월의 손을 꼭 잡고 눈빛으로 약속하며 말했다.

"당신의 말을 마음에 새기고 잊지 않겠소."

두 사람은 이별의 눈물을 굳이 감추지 않고 마주 잡았던 손을 놓았다.

신부를 찾기 위해 여장을 한 소유

양소유는 다시 여러 날을 걸어 마침내 서울에 도착했다. 과거 시험 날짜는 아직 많이 남아 있었다. 소유는 먼저 어머니의 당부를 따라 이모가 연사7로 계신다는 '자청관'을 수소문해 찾았다. 여인들이 모여 도를 닦는 도장인 자청관에서 이모는 예순이 넘은 나이와 수행의 경지에 따라 으뜸가는 자리에 있었다.

소유가 큰절로 인사하고 어머니의 편지를 드리니 이모는 반가우면서도 슬픈 기색을 보이며 입을 열었다.

"내가 너의 모친과 만나 보지 못한 지가 벌써 이십여 년이 되었구나. 그 사이에 태어난 사람이 이렇듯 휜칠하게 장성하였으니 인간의 세월은 참으로 흐르는 물과 같다. 사실 내 나이 이미 늙었고 번잡하거나 시끄러운 것이 싫어져서 신선 세계로 가려 하던 참이었다. 그런데 언니의 편지 가운데 내게 하는 부탁이 있으니 너를 위해 조금 더 인간 세계에 머물러야겠구나."

---

7 **연사(鍊師)** : 도교(道敎)에서 덕이 높고 사상이 정밀한 자를 일컫는 말

이모는 사람됨을 살피려는 듯 물끄러미 소유의 얼굴을 들여다
보았다.

"네 풍채의 맑고 아름다움이 마치 신선과도 같아 평범한 여염집
규수와는 어울리기 쉽지 않을 것이다. 내가 좀 더 알아볼 터이니
시간이 날 때 한 번 더 찾아오도록 해라."

소유는 이모께 감사의 인사를 하고 자청관을 나왔다. 과거 시험
이 얼마 남지 않았으니 열심히 마무리 공부를 해야 할 때였다. 하
지만 내로라하는 낙양 선비들의 보잘것없는 글솜씨를 본 뒤였으
므로 과거 시험에 대한 절박한 마음은 많이 흐려져 있었다.

마음이 싱숭생숭해진 소유는 며칠이 채 지나지 않아 다시 이모
를 찾아갔다.

"가진 재주와 아름다움을 보면 분명 너의 짝이 될 만한 규수를
찾았다. 다만 대대로 정승을 할 만큼 워낙 지체 높은 가문의 딸이
니 그쪽에서 너를 마음에 들어 할 리가 없다. 네가 이번 과거에서
장원 급제를 하면 모를까……. 그렇지 않다면 혼사고 뭐고 모두 부
질없는 일이 될 테니 이렇게 나를 찾아와 시간을 낭비할 생각 말
고 어서 돌아가 공부에 힘써야 할 것이다."

"이모님, 대체 어느 집 아가씨인데 그러십니까?"

"춘명문 안에 사는 정 사도 댁 규수이다."

"그 아가씨를 이모님께서 보신 일이 있습니까?"

"보고말고. 내가 보기에 그는 하늘 사람이니 말로써는 형용하기 어려울 만큼 어여쁘더구나."

양소유는 정 씨 성을 가진 규수가 이전에 섬월이 말하던 아가씨임을 짐작했다. 그러니 더욱 자신이 직접 확인해 보고 싶은 마음이 굴뚝같아졌다.

"이모님, 제 자랑을 하려는 것은 아니지만, 이번 과거는 제 손안에 있는 것이나 다름없습니다. 무엇보다 그렇게 아름답다는 여인의 얼굴을 제가 직접 보고 싶습니다. 너무 무례하다 하지 마시고 제가 청혼할 여인의 얼굴을 한번 볼 수 있도록 도와주세요."

"남녀의 구별이 엄중한데 재상 가문의 처자를 어떻게 쉽게 볼 수 있겠느냐. 아마 내 말이 믿음직하지 않은가 보구나. 그렇게 의심스러우냐?"

"제가 어찌 감히 의심을 하겠습니까? 그러나 사람의 마음이 다 각각 다르듯이 이모님의 보는 눈과 제 눈이 다를 수도 있지 않겠습니까?"

"그것도 정도의 문제니라. 봉황이나 기린을 보고 감탄하지 않는 사람은 없다. 구름 한 점 없는 하늘을 보고 그 맑고 푸름을 알아보지 못할 사람이 있느냐. 만일 눈 없는 사람이 아니라면 백이면 백 모두 그 아가씨의 미모가 세상에 다시없을 줄 알 것이다."

간절히 졸라 보았으나 뜻을 이루지 못한 양소유는 풀이 죽은 채로 숙소로 돌아왔다.

신부를 찾기 위해 여장을 한 소유

양소유는 이튿날 날이 새자마자 다시 자청관으로 들어갔다. 이모는 소유를 보고 어이없다는 듯 빙그레 웃음을 지었다.

"이렇게 일찍 다시 오다니 무슨 까닭이 있는 것이로구나."

"정 소저를 직접 보지 못하고는 도통 마음을 잡을 수 없겠습니다. 우리 어머니께서 정성을 다해 부탁하신 것을 봐서라도 이모님께서 한 번만 도와주세요. 무슨 신통방통한8 계교가 없을까요?"

연사는 머리를 절레절레 흔들었다.

"네 고집도 참 대단하구나. 그러나 쉽지 않은 일이다."

연사는 한참을 궁리하다가 마침내 입을 열었다.

"네 총명함이 출중하다는 것은 알겠지만, 글공부하느라 악기 다루는 법을 배울 시간이 있었는가 모르겠구나."

양소유는 지난해 과거 보러 가다가 난리가 나는 통에 만전산으로 피했다가 우연히 만났던 도인을 떠올렸다. 그때 받았던 거문고와 통소는 늘 지니고 다녔으며, 도인에게서 배운 곡조는 아직도 또렷이 기억하고 있었다.

"일전에 낯선 도인을 만나 거문고와 통소로 풍류 곡조를 전수받은 적이 있습니다."

연사는 고개를 끄덕이며 비밀 얘기를 하듯 목소리를 낮추었다.

"그 댁의 문이 다섯 층이나 되고 담장은 드높으니 밖에서 안을

---

8 **신통방통하다** : 매우 대견하고 칭찬해 줄 만하다.

들여다볼 수 없고, 그 댁 아가씨는 바깥출입을 하지 않는 것으로 유명하니 밖에서 만나 볼 길도 없다. 오직 한 가지 방도가 있는데 한번 들어보려느냐?"

"볼 수만 있다면 어찌 따르지 않겠습니까?"

"정 사도가 요사이 몸이 편치 않아 벼슬을 하지 않고 정원 가꾸기와 음악에 재미를 붙였다고 한다. 사도의 부인 최 씨 또한 풍류를 매우 좋아하는 사람이다. 그 딸은 태어나면서부터 매우 총명하여 모르는 것이 없는데다가 무엇보다 음악에 조예가 깊기로 명성이 자자하다. 최 부인은 어느 곳이든 뛰어난 음악가가 있다 하면 초청하여 그 딸과 함께 듣고 가락이나 장단의 기법을 비평하기를 즐긴다. 네가 그 집 사람들에게 악기 다루는 실력을 보여줄 수 있다면 정 소저의 얼굴을 볼 기회가 생길 것이다."

"그런데 제가 어떻게 그 댁으로 들어갈 수 있겠습니까?"

"나흘 후 정 씨 댁에서 향촉을 선물하러 사람이 올 것이다. 그때 잠깐 거문고를 타서 듣게 하면 분명 그 사람이 돌아가 못 보던 악사가 있다고 부인에게 알리지 않겠느냐. 부인이 들으면 너를 초청할 듯한데, 그 댁에 들어가 따님을 보게 될지 못 볼지는 인연에 달린 것이니 장담은 못 하겠으나 이 외에 다른 방책은 없다."

"아무리 그렇다 해도 부인과 따님이 남자를 초청할 리 있겠습니까?"

"네가 얼굴이 곱상하고 수염도 많이 나지 않았으니 여자 옷을 입고 변장한다면 알아보기 힘들 것이다. 어찌하겠느냐?"

양소유는 이제 되었다 싶어 기쁜 낯으로 덥석 절부터 했다.

"시키시는 대로 하겠습니다."

정 소저는 집안의 외동딸이었다. 정 사도의 부인 최 씨가 출산에 임박하여 정신이 몹시 어지러운 중에 앞을 바라보니 선녀 하나가 손에 구슬을 가지고 들어왔다. 그 구슬의 영롱함에 마음을 뺏겼다가 잠깐 정신을 차려 보니 그새 딸을 낳았다. 딸의 이름을 경패라고 짓고 금이야 옥이야 길렀는데, 얼굴과 자태, 재주와 인성이 도무지 세상 사람 같지 않았다. 그러다 보니 어울리는 짝을 찾기 어려워 결혼할 나이가 되었건만 아직 혼인을 약속한 곳이 없었다.

하루는 부인이 경패의 유모 노파를 불러 심부름을 시켰다.

"이 향촉을 가지고 자청관에 좀 다녀와야겠네. 옷감과 음식도 넉넉히 싸 가지고 가서 연사께 드리고 오게."

노파는 이것저것을 챙겨 자청관으로 향했다. 연사는 향촉과 옷감, 음식들을 받은 후 노파를 대접했다. 그러던 중 어디에선가 거문고 소리가 들려왔다. 귀를 기울여 들을수록 그 소리는 맑고 묘하였다. 노파는 궁금함을 참지 못하고 물었다.

"연사님, 제가 우리 댁 부인을 모신 이후 유명한 거문고 연주를 많이 들었는데, 지금 이 곡조는 처음인 것 같습니다. 대체 누가 연주하는 셧입니까?"

"며칠 전에 초나라에서 젊은 여인이 서울을 구경할 겸 이곳에 와서 머물고 있다오. 저렇게 이따금 거문고를 타는데, 나야 음악을 잘 알지 못하니 그저 그런가 보다 했지요. 당신이 칭찬하는 걸 보니 분명 잘 타는 모양이구려."

"우리 부인께 말씀드리면 반드시 부르실 것 같으니 어디 가지 못하게 저 사람을 여기 좀 더 붙들어 두세요."

노파는 두 번 세 번 당부하고 돌아갔다.

연사는 노파를 보내고 소유를 불렀다.

"일이 잘 될 것 같구나."

"저는 이모님만 믿겠습니다."

좋은 소식이 오기를 초조하게 기다리는 시간은 그리 오래 가지 않았다. 그럼에도 소유에게는 그 시간이 몇 달 몇 년보다도 길게 느껴졌다. 고작 하루가 지났을 뿐이었다. 정 사도 댁에서 거문고 타는 여자를 부른다는 소식이 왔다.

양소유는 여자 도인의 옷차림으로 거문고를 안고 나섰다. 정 사도의 집에 다다르자 그 규모와 풍광이 실로 감탄할 만했다. 정 사도의 부인이 의자에 앉은 모습은 매우 단아하고도 위엄이 있었다. 소유는 거문고를 옆에 놓고 부인께 머리를 숙였다.

"이리로 올라오시오."

부인은 소유에게 자리를 권하고 이모저모를 살펴보면서 말을 걸었다.

"어제 아이의 유모가 자청관에 갔다가 신선의 풍류를 듣고 왔다고 하기에 참 궁금했다오. 이제 도사를 내 눈으로 직접 보니 맑은 기운이 느껴져 마치 마음이 깨끗해지는 것 같구려."

양소유는 혹시나 자신이 남자라는 것을 들킬까 봐 조심스럽게 몸을 숙이고 대답했다.

"저는 원래 초나라 사람입니다. 구름처럼 정처 없이 떠도는 인생인데, 보잘것없는 재주가 인연이 되어 부인을 뵙게 되니 참으로 뜻밖의 일입니다."

"도사께서는 무슨 곡조를 즐겨 타시오?"

"제가 일찍이 기이한 도인을 만나 여러 곡조를 배웠습니다만, 그것들은 모두 옛날 노래들입니다. 요즘 사람들이 듣기에는 맞지 않을지도 모르겠습니다."

"도사의 거문고를 좀 구경할 수 있을까요?"

부인은 소유의 거문고를 뜯어보고 감탄하며 좋은 재목이라 칭찬했다. 소유는 이것저것 거문고에 대해 설명하다가 그만 조급증이 일 것 같았다. 무엇보다 정 소저의 얼굴을 보고 싶은데 방문은 굳게 닫혀 있고 젊은 처녀의 모습은 그림자도 비치지 않았다.

"제가 비록 옛 곡조를 배우기는 했지만 홀로 연주할 뿐 누구에게 들려준 적은 없었습니다. 그래서 제대로 연주하는 것인지 평가해 줄 만한 사람을 만나지 못했습니다. 사정판에서 듣자니 이 댁 아가씨께서 음악에 조예가 깊고 연주뿐 아니라 비평에도 재능이 뛰어나다 하더군요. 제 연주를 들으시고 한 수 가르쳐 주시기를 청해도 되겠습니까?"

"그야 어려울 것 있겠소. 음악을 좋아하는 여자들끼리 한데 어울려 서로 가르침을 주고받는 것이 얼마나 즐거운 일이겠소."

부인은 시녀에게 경패를 데려오라 일렀다.

소유는 가슴이 두근거렸다. 이제야 풍문으로만 듣던 절세미인을 두 눈으로 보게 되는구나. 마침내 방문이 열리고 향기로운 바람과 함께 눈이 부시도록 아름다운 아가씨가 들어섰다. 소유는 그만 숨이 멎을 것 같았다.

시녀가 양소유 앞에 상을 놓고 금향로에 향을 피워 놓았다. 소유는 거문고를 안고 마음을 가다듬었다. 첫 곡조의 연주가 시작되고 거문고 소리가 방 안을 가득 채우자 약간 굳어 있던 경패의 얼굴은 점점 환하게 풀렸다. 거문고 줄 위에서 춤추던 소유의 손가락이 긴 여운과 함께 공손히 모아졌다. 소저는 들뜬 목소리로 칭찬했다.

"아름다운 곡입니다! 당나라 시절의 태평한 기상이 뚜렷이 나타났습니다. 많은 사람이 이 곡조를 연주하지만 당신처럼 뛰어난 품

격은 보지 못했습니다. 그러나 이는 세속의 소리이니 다른 곡조를
더 듣고 싶습니다."

양소유는 얼른 다른 곡조를 연주했다.

"이 곡조 또한 아름답기는 합니다. 그러나 즐거운 한편 음란하
고 슬픈 감정에 지나치게 기댄 감이 있습니다. 나라가 망함을 주
제로 삼은 곡이니 이것 말고 다른 곡조를 연주해 주십시오."

소유는 한 곡조가 끝날 때마다 경패의 비평을 하나하나 음미하
며 여러 곡조를 연달아 연주했다. 경패는 각각의 곡조가 어떤 연
고를 가졌으며 이름이 무엇인지를 소상히 알고 있었다. 소유는 경
패의 총명함과 소리에 대한 탁월한 감수성을 보고 감탄하지 않을
수 없었다.

소유가 인간사의 기쁨과 슬픔을 솔직히 표현한 곡조로부터 우
아하고 장엄하며 숭고한 곡조들을 차례로 연주하니 경패는 여덟
번째 연주에 이르러 마침내 만족한 표정을 지었다.

"이 곡조야말로 지극히 높고 아름다우니 이보다 나은 소리는 없
을 것입니다. 비록 다른 곡조가 있다 해도 이제 그만 듣는 것이
좋겠습니다."

경패의 말은 분명 더할 나위 없는 칭찬이었지만 양소유는 좀 당
황했다. 자신의 계획대로라면 가장 중요한 한 곡조가 남았기 때문
이다. 소유는 마지막 한 곡, 사랑의 노래로 경패의 마음을 완전히
훔칠 계획이었던 것이다.

"제가 전에 들으니 풍류 곡조가 아홉 번 변하면 하늘에서 신령이 내린다 합니다. 조금 전까지 연주한 것이 여덟 곡이니 한 곡조만 더 연주하겠습니다."

경패는 소유의 목소리에서 왠지 다급한 감정을 느낄 수 있었다. 영문을 모를 일이었다. 대체 무슨 곡이 남았기에 이렇듯 서두르는 것일까. 그런 경패의 의아한 마음을 아는지 모르는지 양소유는 그렇게 하라는 대답을 듣기도 전에 거문고 연주를 시작했다.

그윽한 기운의 곡조가 방 안을 가득 채우고 마당으로까지 번져 나갔다. 사람뿐 아니라 온갖 미물의 기운까지 흥분시킬 만한 솜씨였다. 뜰 앞의 꽃들이 나비를 유혹하듯 봉오리를 벌리고 어디선가 제비와 꾀꼬리가 날아와 쌍으로 춤을 추었다. 경패 또한 소유의 연주에 취해 조금씩 얼굴이 붉어졌다. 몸과 마음속 어둑했던 구석이 봄꿈처럼 환히 밝아 옴을 느꼈다. 술을 마신 것도 아닌데, 현기증이 났다.

양소유는 경패의 마음이 물결처럼 일렁이며 움직이는 것을 느꼈다. 그럴수록 그의 손 위에서 뛰노는 곡조는 대담해지고 또 화려해졌다. 경패의 마음을 완전히 사로잡아 꼼짝 못 하도록 끌어안을 심산이었다.

그런데 웬일인가. 무언지 알 수 없는 마음에 저절로 이끌려 거문고를 연주하는 손과 악사의 얼굴을 번갈아가며 바라보던 경패

신부를 찾기 위해 여장을 한 소유

는 별안간 몸을 일으켜 문을 열고 나가 버렸다. 옥 같은 보조개에는 붉은 기운이 어려 있었고, 잠깐 동안의 걸음걸이는 당황하여 비틀거리는 모양이 역력했다. 그 모습을 지켜본 소유는 놀란 마음에 급히 거문고를 밀치고 자리에서 일어났다. 그 잠시 동안 두 젊은이가 서로의 마음으로 밀고 당기기를 거듭한 것을 최 부인은 하나도 눈치채지 못하고 있었다. 얼이 빠진 듯 방문을 바라보고 서 있는 소유에게 부인은 다시 자리에 앉을 것을 권하고 나서 물었다.

"지금 연주한 것은 처음 듣는데 무슨 곡인지요?"

양소유는 다시 경패가 들어와 주기를 간절히 바라며 대답했다.

"비록 선생님께 소리를 배우기는 했으나 그 곡명은 듣지 못했습니다. 소저께서 알고 계실지도 모르니 돌아와 가르쳐 주시면 좋겠습니다."

그러나 경패는 다시 들어올 기미가 없었다. 부인이 시녀를 시켜 알아보게 하니 '마침 감기 기운이 있어 불편하니 못 나오겠다'는 답이 돌아왔다.

양소유는 경패가 자기 정체를 알아차렸음을 직감했다. 그렇다면 마음을 졸이면서 자리에 오래 남아 있을 일이 아니었다.

"소저의 귀한 몸이 불편하시다 하니 저는 그만 물러가겠습니다."

"아니, 귀한 연주만을 듣고 별 대접도 하지 못했는데, 벌써 가다니요. 그럼 사례의 뜻으로 선물을 마련해 놓았으니 이것이라도 가지고 가시지요."

"부모를 떠나 수행하는 사람이 우연히 악기를 인연으로 귀한 분들과 함께한 것인데 어찌 감히 악공의 연주 값을 받겠습니까?"

양소유는 그렇게 아쉬운 마음을 뒤로한 채 하직 인사를 하고 서둘러 정 사도의 집을 빠져나왔다.

자신의 침실로 돌아간 경패는 걱정하는 어머니께 이미 몸이 나았음을 우선 전했다. 물론 처음부터 몸이 편치 않았던 것은 아니었다. 오직 불편했던 것은 그의 마음이었을 뿐이다.

'어쩜 그렇게 감쪽같이 속을 수가 있담.'

경패는 내내 분한 마음을 억누를 수 없었다.

'어렸을 적부터 누구보다 총명하다는 소리를 듣던 내가 남자와 여자도 구분하지 못해 치욕을 당하다니…….'

생각할수록 어이가 없고 자신이 바보 같았다. 수치스러움에 발갛게 달아오른 경패의 얼굴을 바라보며 말할 틈을 찾던 시녀가 조심스럽게 입을 떼었다.

"아가씨, 무슨 일이 있었습니까?"

마치 자매처럼 살갑게 경패와 짝을 이루어 지내는 이 시녀의 이름은 춘운이었다. 그의 성은 가 씨이며 서촉 지방 사람이었다. 그 아비는 서울 아전이 되어 정 사도 집과 인연을 맺었으나 일찍 병들어 죽었다. 춘운의 나이 열 살에 의지할 곳이 없게 되니 정 사도 부부는 그것을 가엾게 여겨 또래인 경패와 함께 놀며 지낼 수 있도록 하였다. 춘운 또한 경패 못지않게 용모가 수려하고 태도가 단정하여 절세의 미인이라 할 만하였다. 글을 짓거나 글씨를 쓸 때에도, 그림을 그리거나 바느질을 할 때에도 그 솜씨가 경패와 다툴 정도로 뛰어났다.

어릴 적부터 경패와 춘운은 형제처럼 사이가 좋아서 잠깐이라도 떨어져 혼자 있으려 하지 않았다. 비록 명분은 주인과 시녀였으나 사실 둘도 없는 벗과 같이 지냈다. 이날도 경패의 마음속에 무엇인가 걱정거리가 있음을 가장 먼저 눈치챈 것은 그림자처럼 그 곁을 지키는 춘운이었다.

"시녀들에게 들으니 거문고 타는 여인이 안채에 왔는데, 얼굴이 신선 같고 풍류 곡조를 연주하는 솜씨가 아가씨께서 매우 칭찬하실 만큼 뛰어나다고 하더군요. 그래서 저도 몸이 좀 불편하지만 안채로 가서 들으려 했는데, 왜 그렇게 서둘러 돌아갔답니까?"

경패는 금세 다시 낯빛이 붉어졌다.

"얘, 너도 잘 알지만 나는 일생 동안 몸가짐을 조심하여 중문에도 잘 나가지 않고, 그러다 보니 친척들도 내 얼굴을 자주 보지 못했다. 그런데 하루아침에 간사한 사람에게 속아 반나절이나 웃고 떠들며 수치스러운 경우를 당하였으니 어째야 좋을지 모르겠다."

"아가씨 그게 다 무슨 말씀이세요?"

"이끼 왔던 여인이 얼굴도 과연 빼어나고 연주 또한 세상에 없을 만큼 뛰어난 것이 사실인데, 다만⋯⋯."

경패는 다음 말을 쉽게 잇지 못했다.

"다만 어떠했다는 말씀입니까?"

춘운은 참지 못하고 재우쳐 묻자 경패는 못 이기는 척 속을 털어놓았다.

"그 여인이 차례차례 여덟 곡조를 연주하는데, 나는 그것에 대해 하나하나 평론하고 순임금[9]의 '남풍가[10]' 연주 후에 그만 듣기를 청하였다. 그런데 한 곡조가 더 남았다고 하며 새소리를 연주하더구나. 가만히 들으니 그것은 봉황 두 마리가 서로 희롱하며 유혹하는 곡조가 아니냐. 그제야 이상한 생각이 들어 가만히 살펴보니 용모와 몸가짐이 분명 여자와 달랐다. 반나절이 넘게 여장한 남자와 말을 주고받았으니 이렇게 수치스러운 일이 있겠느냐. 어머니께는 차마 말씀을 못 드렸으니 네가 아니었다면 누구에게 이 분한 마음을 털어놓을까?"

춘운은 웃으면서 경패의 속을 떠보듯 물었다.

"봉황이 어울리고 사랑하는 곡조를 여자라고 연주하지 못하겠

---

9 순임금 : 중국 고대 요순 시대의 임금. 덕이 높은 성군(聖君)의 대명사로 쓰인다.
10 **남풍가(南風歌)** : 순임금이 스스로의 정치 철학을 다짐하기 위해서 작사하고 지은 노래. 남방 사람들의 생활상을 반영한 최초의 시(詩)로 꼽힌다.

습니까? 아가씨께서 괜한 오해를 하시나 봅니다."

"그렇지 않다. 그 능청스러운 사람이 거문고로 연주한 곡조들에는 다 숨겨 놓은 뜻이 있었다. 아무 뜻 없이 왜 봉황의 노래를 맨 나중에 탔겠느냐. 게다가 여자 중에도 용모가 고운 이와 우람한 이가 있겠지만, 그 사람처럼 기운이 호탕한 이는 보지 못하였다. 내 생각에는 이번에 과거를 보러 서울에 모인 방방곡곡의 선비들 중 한 사람이 나의 용모와 재주를 시험하려 괘씸한 꾀를 낸 것 같구나."

"차라리 잘 되었습니다. 그가 남자라면 얼굴이 아름다움을 이미 알았고, 기상이 호방하고 음률에 정통한 것을 보면 그 재주 또한 출중함을 알게 된 셈이니까요. 게다가 아가씨는 일부러 그 남자를 만난 것이 아니라 우연히 같은 자리에 있게 된 것이니 누가 아가씨더러 잘못을 묻겠습니까. 너무 속상해하지 마십시오."

그렇게 두 처녀의 이야기는 날이 저물도록 그칠 줄을 몰랐다.

며칠이 지났다. 외출했다가 귀가한 정 사도는 과거에 급제한 선비들의 명단을 부인에게 보이면서 말했다.

"경패의 혼사를 의논할 때가 이미 늦은 것 같구려. 이번 과거에 급제한 선비들 중 괜찮은 사람이 있을까 보았더니 장원급제한 양소유가 눈에 띕니다. 회남 출신이라는데 나이 열여섯에 지은 글을 모두가 칭찬해 마지않으니 당대의 인재임에 틀림없소. 들은 바로는 얼굴도 빼어나고 아직 혼인도 하지 않았다 하니 이 사람을 우리 사위로 심으면 어떨까 하오."

최 부인은 남편이 사윗감이라 여기는 양소유가 어떤 사람인지 부쩍 궁금해졌다.

"아무리 그래도 한번 사람을 보고 결정해야 할 것입니다."

정 사도 또한 부인의 말을 듣고 보니 양소유를 직접 보아야겠다는 생각이 들었다.

"그래야겠군. 어려운 일은 아닐 테지."

혼인할 나이가 된 딸의 부모는 그렇게 설레는 마음을 주고받으며 사위가 될 사람의 얼굴을 속으로 그려 보느라 시간 가는 줄 몰랐다. 방문 밖에서 딸이 자신들의 이야기를 몰래 숨죽이고 엿듣는 것은 더더욱 몰랐다.

경패는 자기 방으로 돌아와 아버지가 하던 말을 춘운에게 전했다. 시집을 가게 될지도 모른다는 막연한 두려움이나 설렘보다 양소유라는 선비의 정체가 궁금했다.

"며칠 전 우리 집에 와서 거문고를 연주하던 여인이 스스로 초나라 사람이라 했고 나이는 열예닐곱[11]쯤 되어 보였다. 회남이라면 또한 초나라 땅이고 양 선비의 나이가 열여섯이라 하니 자꾸 의심이 간다. 아버지께서 그를 우리 집으로 데려올 듯하니 네가

---

11 **열예닐곱** : 열여섯이나 열일곱쯤 되는 수

좀 살펴보아라."

"저야 그날 그 사람을 보지 못했는데 어찌 알겠습니까? 양 선비가 집에 오면 아가씨께서 직접 확인하실 수밖에요."

춘운은 경패를 놀리듯 대꾸해 주었지만, 양소유가 집으로 온다면 무엇을 탐지하여 어떻게 확인할지 혼자 곰곰이 생각해 보는 것이었다.

한 사람을 섬기기로 한 두 신부

양소유는 과거에 장원으로 급제한 후 재주를 인정받고 한림원에 들어갔다. 금세 명성이 자자해진 탓에 고관대작들의 집에서 구혼이 밀려들었지만 소유는 그것들을 모두 물리쳤다. 그러면서 내심 정 사도의 집에서는 언제 전갈을 보내올까 기다렸다.

마침내 정 사도 집에서 구혼하는 편지가 양소유에게 전해졌다. 양소유는 그 편지를 소매에 넣고 급히 시일을 정하여 직접 사도 댁으로 갔다. 화려한 관복에 어사화를 꽂고 풍악을 울리며 양소유의 행차가 정 사도의 집 앞에 이르렀다.

정 사도는 부인에게 '양 장원이 왔소' 한마디 하고 서둘러 이 젊은 선비를 맞이했다. 집안사람이 모두 나와 장원급제를 했다는 선비의 얼굴을 구경하고 있는데, 오직 경패 한 사람만은 방 안에서 나오지 않았다.

구경꾼들 가운데 섞여 양소유를 멀리서 바라보던 춘운은 최 부인을 모시는 유모 노파에게 꾀를 내어 물었다.

"대감마님께서 부인과 하시는 말씀을 들으니 예전에 와서 거문고 타던 여인이 저분의 외사촌이랍니다. 어떻습니까? 친척이니 두 사람의 얼굴이 비슷하겠지요?"

유모 노파는 무릎을 탁 쳤다.

"그러고 보니 정말 꼭 닮았구나! 얼굴이나 행동거지나 다른 곳을 찾을 수가 없다. 아무리 외사촌 남매라지만 이렇게 닮을 수가 있나."

춘운은 바로 경패에게 달려가 고했다.

"아가씨 말씀이 맞는 듯합니다. 전에 왔던 여인과 똑같이 생겼답니다."

"그럼 얼른 또 가서 무슨 말이 오가는지 듣고 이야기해 줘."

춘운은 조바심 난 경패를 뒤로하고 나갔다가 한참 후에야 돌아왔다.

"우리 대감마님께서 아가씨와 결혼하기를 청하니 양 한림께서 겸손한 태도로 받아들였습니다. 대감마님께서는 크게 기뻐하시면서 주안상을 들이라 명하셨습니다."

경패는 놀라서 눈이 동그래졌다.

"이런 큰일을 어떻게 그리 쉽게 정하실 수 있나?"

그사이 경패의 방문을 두드리는 소리가 났다.

"아가씨, 마님께서 부르십니다."

경패는 즉시 어머니의 거처로 갔다. 최 부인은 들뜬 목소리로 웃으며 딸에게 말했다.

"양 장원이 정말 재주 있는 사람이더구나. 네 아버지가 이미 혼사를 허락하셨으니 우리 늙은 부부는 의지할 데가 생겨 더 이상 근심이 없다."

"양 장원의 얼굴이 전에 와서 거문고 타던 여인과 꼭 닮았다던데 과연 그렇습니까?"

"그렇더구나. 그 여인의 신선과 같은 모습을 내가 잊지 못하고 있었는데, 양 장원의 얼굴이 완연히 다름이 없었다. 그것만으로도 양 장원의 외모가 얼마나 뛰어난지 네가 알 수 있겠구나."

경패는 어머니의 기분을 살피면서 조심스럽게 입을 열었다.

"어머니 아버지께서는 양 장원을 마음에 들어 하시고 그토록 외모가 출중하다고는 하지만 저는 왠지 이 혼인이 꺼려집니다."

"참 이상하구나. 아직 얼굴도 보지 못했으면서 무엇이 그렇게 꺼려진다는 말이냐?"

"그동안 차마 어머니께 말씀드리지 못한 것이 있습니다. 전에 우리 집에 와서 거문고를 타던 그 여인이 곧 양 장원입니다. 여장을 하고 몰래 들어와 제 얼굴을 훔쳐보려 한 것입니다. 그것도 모르고 반나절 동안 말을 섞었으니, 저는 부끄럽고 분해서 못 견디겠습니다."

부인이 놀라 말을 잇지 못하는 사이 정 사도는 양소유를 돌려보내고 얼굴 가득 미소를 띤 채 안으로 들어왔다.

"경패야, 오늘 사위를 얻는 기쁨이 이루 말할 수 없구나."

경패는 아버지의 말에 대답도 하지 않고 마주 웃지도 않은 채 고개를 푹 숙이고 앉아 있었다. 결국 최 부인이 딸의 말을 대신 전할 수밖에 없었다.

"일전에 자청관에서 온 여자 도사가 이 앞에서 거문고를 연주하고 우리 모녀가 그것을 들은 일이 있었습니다. 그 여인의 용모가 워낙 수려하고 거문고 솜씨는 또 얼마나 절묘한지 세상에 그런 연주는 처음 듣는 것이었지요. 그렇게 반나절 연주를 듣고 이야기를 나누다가 돌아갔는데, 경패 말로는 그가 바로 오늘 왔던 양 장원이랍니다."

무슨 말인지 금방 알아들을 수가 없어 어안이 벙벙한 아버지에게 경패는 덧붙여 이야기했다. 양소유가 엉큼한 생각을 가지고 자신의 얼굴을 보러 여장을 하고 들어왔다는 것, 연주한 곡조의 이름과 순서에 숨은 의도가 있었다는 것 등을 연거푸 설명했다. 모르는 남자와 한방에서 반나절을 보내었으니 얼마나 부끄러운가, 아무 의심도 하지 못하고 계략에 속았으니 얼마나 분한가, 게다가 자신을 유혹하기 위해 봉황의 노래를 마지막 곡으로 연주하다니…….

그런데 웬일인지 정 사도의 얼굴에는 마냥 재미있는 옛날이야기를 듣는 것처럼 웃음기가 가시지 않았다.

"듣고 보니 양 장원은 정말 풍류를 아는 인재로구나. 옛날 왕유라는 선비는 악사의 복장으로 태평 공주의 집에 가서 비파를 탔다고 하지만 그것이 지금까지 아름다운 일로 전해지고 있다. 양 장원은 숙녀를 만나기 위하여 잠깐 여인의 복장을 했을 뿐이니 어찌 보면 재주 있고 정 많은 사람의 자상함이라 하겠다. 무슨 해로울 것이 있겠느냐? 하물며 너는 그를 여자로 알고 보았으니 부끄러운 일을 한 적이 없는 셈이다."

"소녀의 마음에 부끄러울 것은 없다 해도 모르는 사람에게 그처럼 속은 것은 분해서 어쩔 줄을 모르겠습니다."

정 사도는 크게 한 번 웃었다.

"그야 내가 관여할 일이 아니다. 나중에 네 신랑에게 따지려무나."

최 부인은 부녀의 이야기를 듣다가 틈을 타서 물었다.

"양 장원이 언제 혼인을 하자 합니까?"

"관습에 따라 절차를 진행하되 가을 이후에 사돈 부인을 모셔와 상견례를 하자더군."

며칠이 지나고 정 사도는 길일을 택해 양소유가 준비한 예물을 받았다. 그리고 이후로부터 정 사도의 집 화원 별당에 거처를 정하고 양소유를 머물게 했다. 그날부터 소유는 사위의 예를 갖추어 정 사도 부부를 모셨다.

어느 날 경패는 춘운의 침실을 지나다가 별 뜻 없이 안을 들여다보게 되었다. 춘운은 비단 신에 모란꽃을 수놓다가 봄기운을 이기지 못하고 수틀에 기대어 졸고 있었다. 경패는 춘운이 깨지 않도록 조심조심 방 안으로 들어가 춘운의 솜씨를 구경하며 감탄하고 있었다. 그러다 문득 옆을 보니 작은 종이에 글을 써서 접어 놓은 것이 있었다. 몰래 펴 보니 그것은 춘운이 꽃신을 글감으로 하여 지은 글이었다.

옥같이 귀한 이와 친하게 지내는 나날이 아까워
걸음걸음 서로 따르며 잠시도 떨어지지 않았건만
마침내 촛불을 끄고 옷을 벗고 띠를 풀고 나면
마침내는 상아 침상 아래 홀로 남겨질 것이로다.
경패는 춘운의 글을 보고 애잔한 감정에 사로잡혔다.

'춘운의 글솜씨는 더욱 좋아졌구나. 자신을 신에 비유하고 나를 옥 같은 이라 했다. 어릴 적부터 신었던 신처럼 떨어질 사이 없이 늘 함께 지내 왔는데, 내가 시집을 가고 나면 헤어지게 될까 봐 걱정하는 모양이다. 춘운은 이렇게도 나를 아끼는구나.'

경패는 춘운의 글을 읽고 또 읽었다.

"어쩌면 이 아이는 나와 함께 한 침상에 오르고자 하는 것이다. 나와 더불어 한 사람을 섬긴다면 헤어지지 않을 수 있는 것이 아닌가. 그렇다면 춘운도 양 한림에게 반한 것이 틀림없다."

경패는 자는 춘운을 그대로 남겨 두고 어머니를 찾았다. 부인은 마침 봄송을 데리고 사위가 먹을 음식을 준비하고 있었다.

"양 한림이 우리 집에 온 후로 어머니께서 의복이며 음식을 손수 장만하시느라 애를 쓰시니 마음이 무겁습니다. 이미 결혼 절차가 끝났다면 제가 마땅히 해야 할 일이 아닙니까? 그 전까지 어머니께서 계속 수고하실 것을 생각하면 죄송스럽기 짝이 없습니다. 제 생각에는 춘운이 어떤 일이라도 잘 해낼 것이니 그 아이를 화원에 보내 양 한림을 보살피도록 하는 것이 어떨까요?"

부인은 곰곰이 한참을 고민하다가 말했다.

"총명한 춘운이 어찌 그만한 일을 감당하지 못하겠느냐. 그러나 그 아비가 우리 집에 공이 있고, 춘운 또한 인물이 남보다 뛰어난 아이니 이제는 좋은 배필을 만나 혼인을 하여야 할 것이다. 그래서 네 아버지도 늘 어진 신랑감이 있나 살피고 계시는 중이란다. 얼마 지나지 않아 네가 혼인하여 양 한림과 살림을 차린다고 해도 춘운이 소실이 되어 너를 따라가고 싶다고 할지, 따로 제 짝을 찾아 결혼하기를 원할지 어떻게 알겠느냐?"

"춘운은 저와 헤어지기를 원치 않습니다."

"주인이 시집갈 때 몸종이 따라가는 일은 흔하지만 춘운은 예사 몸종과 다르다. 그 출중한 재주가 아깝지 않으냐?"

어머니와 딸이 제 주장을 굽히지 않고 이야기를 계속하는 동안 정 사도가 들어왔다. 부인은 남편에게 경패의 의견을 전하고 자신은 그 뜻과 다름을 이야기했다.

정 사도는 두 사람의 의견을 들은 후에 다시 한참을 궁리하다가 마치 판결을 내리듯 신중하게 말했다.

"춘운이 우리 딸 못지않게 용모와 재주가 뛰어나고 또 서로 떨어지지 않으려 할 만큼 친하니 굳이 헤어지게 할 이유가 없을 것 같소. 경패의 이야기를 들어보니 결국 둘 다 양 한림을 섬기기 원하는 것 같은데, 그렇다면 누가 먼저일지 나중일지는 큰 문제가 아닐 것이오. 그렇다면 춘운을 먼저 양 한림에게 소실로 보내 그의 외로움을 위로하는 것이 나쁠 것이 없소. 다만 아무 절차 없이 그냥 보내기는 춘운의 처지가 너무 초라하고, 잠깐 예를 차리고자 하면 경패의 정식 혼인 전이라 마땅하지 않으니 어찌하면 좋겠소?"

경패는 아버지가 자신의 뜻을 알아주는 것이 고마웠다. 그리고 갑자기 좋은 생각이 났다는 듯이 얼굴을 활짝 펴고 말했다.

"제게 좋은 수가 있습니다. 아버지, 어머니께서는 그저 보고만 계십시오."

경패는 얼른 자리에서 일어나 춘운의 방으로 발걸음을 옮겼다.

"춘운아, 내가 너와 함께 꽃가지를 꺾어 가지고 놀며 날이 저무는 것도 모르던 때가 엊그제인 것만 같은데 이제 남의 집에 시집을 가게 되었구나. 나뿐만 아니라 너도 이제 시집갈 때가 다 된 처녀 아니냐. 그동안 생각해 보지 않았을 리가 없으니 나한테 이야기해 보아라. 어떤 남자에게 시집가고 싶으냐?"

느닷없는 경패의 물음에 춘운은 고개를 푹 숙이고 대답했다.

"저로서야 아가씨의 은혜를 갚을 길이 없으니 죽을 때까지 모시면서 떠나지 않는 것이 소원입니다."

경패는 춘운의 마음을 확인하고 정다운 마음이 새록새록 더하였다.

"내 애초부터 네 마음이 나와 꼭 같을 줄 알았다. 그래서 말인데 너와 긴히 의논할 일이 있구나. 양 한림이 거문고 곡조로 속인 것을 내가 분하게 여기는 것은 너도 잘 알 것이다. 나도 그를 속여 멋지게 복수를 한번 하고 싶은데 네가 좀 도와주어야겠다."

"아가씨 말씀을 어찌 순종하지 않겠습니까. 하지만 나중에 양 한림을 뵈면 낯을 들기 어려울까 두렵습니다."

"사람에게 속고 부끄러운 것을 참느니 차라리 사람을 속이고 부끄러운 게 나을 것 같아 하는 말이다."

춘운은 장난꾸러기 같은 얼굴을 하고 조르는 경패를 차마 뿌리치지 못하면서도 한편으로는 두렵고 또 한편으로는 설레는 마음을 이길 수 없었다. 그래서 마침내 고개를 끄덕이고야 말았다.

"네, 아가씨가 시키시는 대로 따르겠습니다."

그렇게 경패와 춘운, 두 사람은 서로 헤어지지 않고 한 사람의 신랑과 혼인하기로 약속했다.

한림이라는 벼슬은 원래 일이 많지 않고 한가한 편이었다. 화원 별당12에서 지루함을 느낄 때면 주막에 가서 술을 한잔하기도 하고 성 밖에 나가 꽃을 구경할 때도 있었다.

하루는 술병을 허리에 차고 십여 리를 걸어 맑은 시냇물이 흐르는 소나무 숲으로 갔다. 때는 봄과 여름 사이라 어지럽게 피었다가 진 꽃잎들이 물결을 따라 흘러 내려오니 마치 무릉도원13인 것처럼 아름다웠다. 흐르는 물을 따라 더욱 깊은 숲속으로 향해 가던 양소유는 문득 흩어진 꽃잎과 함께 떠내려 오는 종이 한 장을 발견했다. 궁금한 마음에 건져 보니 그 종이에는 '신선의 개가 구름 밖에서 짖으니 양 선비가 온 것이 아닌가?' 하는 글귀가 씌어 있었다.

양소유는 이를 무척 기이하게 여기면서도 부쩍 호기심이 일었다. '이 위에 무슨 마을이 있는가? 이 글은 분명 평범한 사람의 글이 아니다.'

무엇에 홀리기라도 하듯 양소유의 발걸음은 더욱 깊은 숲속으로 옮겨졌다. 그러다 보니 날은 이미 저물고 능선 위로 달이 떠올랐다. 달빛을 따라가던 양소유는 문득 이미 돌아가기는 늦었고 잘

---

12 **별당(別堂)** : 본채의 곁이나 뒤에 따로 지은 집이나 방. 장성한 자녀나 노모의 거처로 주로 쓰였다.

13 **무릉도원(武陵桃源)** : 도연명의 「도화원기(桃花源記)」에 나오는 말로, '이상향', '별천지'를 비유적으로 이르는 말

곳을 구하지도 못했다는 생각에 비로소 당황했다. 그때 열 살 정도 되어 보이는 푸른 옷을 입은 여자아이가 물가에서 소유를 보고 어디론가 급히 달려가며 소리쳤다.

"아가씨, 낭군님께서 오셨습니다."

수십 걸음쯤 떨어진 곳에 계수나무 가지 우거진 작은 집이 하나 있고, 달빛은 휘영청 밝은데 한 여자가 푸른 복숭아꽃 아래에 서 있었다. 여자는 양소유가 다가오는 것을 보고 정중하게 마중했다.

"낭군이시여, 어찌하여 이렇게 늦게 오십니까?"

낯선 여인은 붉은 비단 옷을 입고 머리에는 비취 비녀를 꽂았으며 허리에는 백옥 노리개를 차고 있었다. 언뜻 보기에도 평범한 사람이 아닌 것은 물론 마치 선녀처럼 아름다웠다.

양소유는 적잖이 당황하여 얼른 답례로 고개를 숙였다.

"저는 속세의 사람입니다. 아무 기약도 없이 우연히 이곳에 이르렀는데 선녀께서는 어째서 제게 늦게 왔다 하며 나무라십니까?"

"말씀드릴 테니 우선 자리를 옮기시지요."

미인이 소유를 데리고 정자 위로 올라가 자리에 앉으니 곧 심부름하는 여자아이가 주안상을 준비해 왔다. 미인은 말을 꺼내기 전에 긴 탄식부터 내뱉었다.

"오래된 일을 말하려니 괜히 울적해집니다. 저는 원래 신선 세계의 시녀였습니다. 그리고 당신 또한 전생에 하늘의 신선이셨습니다. 옥황상제께 죄를 지은 후 당신은 인간 세상에 떨어져 다시 태어났고, 저는 이 산중에 귀양을 온 것입니다. 이제 귀양의 기한이 다 되어 다시 신선 세계로 돌아갈 참이었는데, 부디 당신을 한 번 보고 옛정을 되새겨 보고자 한 달의 말미를 더 얻었습니다. 저는 당신이 오늘 이곳에 오실 줄 미리 알고 있었습니다."

양소유는 영문을 모르면서도 미인의 말소리에 넋을 잃은 듯 황홀했다. 그렇게 꿈같은 달밤이 무르익어 가고 있었다. 깊은 산중의 경치가 달빛 아래 펼쳐져 말로 표현할 수조차 없는데, 그린 듯한 미인과 함께 오래 사귄 연인처럼 말을 주고받으니 흥분을 감추기 어려웠다. 하지만 밤은 짧았다. 산새가 지저귀고 거짓말처럼 동쪽 하늘이 부옇게 밝아왔다. 미인은 자리에서 일어나며 양소유에게 말했다.

"이제 저는 신선 세계로 돌아가야 합니다. 남의 눈에 띄기 전에 서둘러 내려가시는 것이 좋겠습니다. 당신이 옛정을 잊지만 않으신다면 후일 서로 만날 수 있지 않겠습니까?"

양소유는 눈물이 날 만큼 안타까웠다. 미인은 자신이 가지고 있던 비단 수건에 이별의 시를 써서 건네주었다. 양소유 또한 입고 있던 옷의 소매를 찢어 애틋한 화답시를 써 주었다.

허청허청[14] 산을 내려오던 양소유는 고개를 돌려 어젯밤 머물던

---

14 **허청허청** : 다리에 힘이 없어 잘 걷지 못하고 자꾸 비틀거리는 모양

곳을 바라보았다. 새벽 구름이 골짜기를 가득 에워싼 것이 정말 신선 세계처럼 보이기도 했다.

양소유는 돌아온 후에도 산에서 만난 미인을 잊을 수 없었다. 밤새 잠을 이루지 못하고 뒤척이며 그 얼굴과 목소리를 그리워하는 날들이 이어졌다. 그래서 남모르게 선녀를 만났던 곳을 찾아가 보기도 했다. 하지만 복숭아꽃이 물 위에 떠서 흐르는 그림 같은 경치만이 여전할 뿐 누각은 비었고 사람의 자취는 온데간데없었다. 종일 이리저리 거닐며 눈물을 흘리다가 산 아래로 내려오고 말았다.

하루는 양소유가 산중을 배회하다가 거친 언덕 위에 있는 오래된 무덤을 발견했다. 주위에는 꽃이 많이 심어져 있으나 무덤의 반은 허물어져 처량한 느낌을 주고 있었다. 가까이 가서 보니 허물어진 무덤의 구멍에 무언가 흰 천이 드러나 있는데, 그것을 주워 살펴보니 며칠 전 자신이 글을 써서 선녀에게 전해 준 옷소매 조각이었다. 양소유는 매우 놀랐다.

'내가 이 무덤의 주인을 만나 하룻밤을 지낸 것인가. 죽은 지는 오래되었으나 원래 그 영혼이 선녀였던가 보다. 그토록 얼굴이 곱고 다정하니 신선이면 어떻고 귀신이면 어떤가.'

양소유는 미인의 무덤에 술을 뿌리며 소리를 내어 빌었다.

"삶과 죽음의 경계가 있을 것이나 함께한 정은 막히지 않았으니 꽃다운 영혼이여, 나의 정성을 살펴 오늘 밤 만나기를 바랍니다."

한 사람을 섬기기로 한 두 신부

양소유는 그날도 정 사도의 집 화원에서 밤새 잠들지 못하고 선녀의 자취를 생각하고 있었다. 나무 그림자가 창에 가득하고 달빛은 몽롱하게 비치는데 어디선가 사람의 발자국 소리가 들렸다. 소유가 궁금함을 참지 못하여 창문을 열자 산중에서 만났던 그 선녀가 엷은 소복 차림으로 달 아래 서 있었다. 소유는 반가운 마음에 얼른 달려 나가 손을 맞잡고 이끌었다. 그러나 선녀는 머뭇거리며 쉽사리 발걸음을 떼지 못했다.

"저는 스무 살 꽃다운 나이에 죽은 장 씨 처녀의 귀신입니다. 제가 어떤 존재인지 이미 아실 텐데 왜 꺼리지 않으십니까? 처음 만나던 날 바른 대로 말씀드렸어야 하지만, 당신이 두려워할까 걱정이 되어 신선이라고 속였습니다. 그런데도 오늘 당신이 제 무덤을 살피고 향기로운 술을 뿌리며 외로운 넋을 위로해 주시니 감사한 마음을 꼭 전해야 하리라고 생각한 것입니다. 그래서 한 번 얼굴을 마주하고 사례하러 온 것일 뿐 감히 귀신의 몸으로 귀한 분을 가까이 할 수 있겠습니까?"

양소유는 고개를 저으며 다시 재촉했다.

"사람이 귀신 되고 귀신이 사람 되는 것인데 이것저것을 분별하는 것이 무슨 의미가 있겠소. 내 간절한 마음을 꼭 그렇게 뿌리쳐야 하겠습니까?"

"당신은 제 눈썹이 푸르고 뺨이 붉은 모습을 보고 그립다 하셨던 것이지만 이것은 모두 거짓으로 꾸민 것과 다름이 없으니

다. 제 진짜 모습은 백골 두어 조각에 푸른 이끼가 끼어 있을 뿐이니 직접 보시면 사ㅆ이 하려는 마음이 순식간에 사라질 것입니다."

양소유는 그래도 뜻을 굽히지 않았다.

"부처님이 말씀하셨지요. 사람의 몸이란 결국 흙과 물과 불과 바람으로 만든 것이니 무엇이 진짜이며 무엇이 거짓인지 누가 알 수 있겠소?"

여인은 그제야 못 이기는 척 양소유의 침소로 들어갔다. 그렇게 밤을 함께 지내니 두터운 사랑이 전보다 오히려 더하였다.

"오늘부터 밤마다 만날까?"

소유의 은근하고 다정한 말에 미인은 얼굴을 마주 보며 애틋하게 답했다.

"귀신과 사람이 서로 만나 사랑하는 것은 오직 지극한 정성으로만 가능한 일입니다. 당신이 저를 사랑하는 마음이 변치 않는다면 제가 어찌 당신께 한 몸을 기대지 않겠습니까?"

문 밖으로 새벽을 알리는 북소리가 들려왔다. 앞으로도 내내 만날 것을 기약하였으므로 양소유도 마냥 조급해할 필요는 없었다. 미인은 몸을 일으켜 천연스럽게 꽃 수풀 깊은 곳으로 사라져 갔다.

양소유는 그날 이후 바깥출입을 거의 하지 않고 장 씨 귀신을 만나는 일에만 골몰했다. 귀신과 사람 사이인지라 낮에는 헤어지고 밤에만 서로 만날 수 있었으나 두 사람은 마치 부부인 것처럼 서로를 아끼고 사랑했다.

그런데 어느 날인가부터 밤이 되어도 장 씨가 나타나지 않았다. 하루를 기다리고 이틀을 기다리다가 사흘째부터는 여기저기를 찾아보았지만 그 모습은커녕 소식조차 묘연했다. 양소유는 그만 실의에 빠져 아무 것도 먹지 않고 잠들지도 못하니 그만 병이 들 지경이었다. 그 모습을 걱정한 정 사도와 부인이 주안상을 차려 놓고 소유를 불렀다.

"사위의 몸이 요새 어찌 그리 초췌해 보이는가?"

정 사도의 물음에 양소유는 대충 둘러대었다.

"요즘 술을 좀 많이 마신 탓인가 봅니다."

최 부인이 일부러 정색을 하며 다시 물었다.

"요즘 사위가 낯선 여자와 함께 화원에서 이야기를 나누더라는 소문이 돌던데 사실인가?"

양소유는 속으로 크게 찔려 말을 더듬을 뻔했다.

"화원에 어떤 여자가 다니겠습니까? 말한 사람이 누군지 몰라도 잘못 본 것이겠지요."

양소유가 쩔쩔매는 모습을 본 정 사도는 갑자기 크게 웃음을 터뜨렸다.

"그렇게 놀랄 필요 없네. 생전에 절세미인이었다는 장 씨 처녀의 귀신이라도 왔다 간 모양이지. 내가 이래봬도 젊었을 적에 도사를 만나 귀신을 부리는 도술을 좀 배운 적이 있네. 그러니 지금 사위를 위하여 상 씨 귀신을 불러 볼까 하는데 어떤가?"

"장인께서 사위를 놀리십니까? 어떻게 그런 일이 있겠습니까?"

정 사도는 얼굴에서 웃음을 거두지 않고 등 뒤의 병풍을 한 번 툭 치며 말했다.

"장 씨가 거기 있느냐?"

그러자 병풍 뒤에서 한 여자가 발걸음 소리도 없이 구름 위를 걷듯 나와 부인 뒤에 섰다. 양소유는 자신의 눈을 믿을 수가 없었다. 분명 장 씨의 모습이었다. 어리둥절하여 눈을 동그랗게 떴다가 차마 믿기지 않아 소매로 눈을 비볐다가 하며 몇 번을 살펴본 끝에 탄식하듯 부르짖었다.

"사람이냐, 귀신이냐? 어떻게 귀신이 대낮에 보이는가?"

정 사도와 부인은 웃음을 참지 못해 허리를 꺾으며 쓰러질 지경이었다. 어안이 벙벙한 양소유를 내려다보며 장 씨 또한 웃음을 참느라 애쓰고 있었다. 한참을 웃던 정 사도가 마침내 진정하고 입을 열었다.

"내가 이제는 자초지종을 일러 주겠네. 이 여자는 신선도 아니고 귀신도 아니라네. 내 집에서 우리 부부가 딸처럼 기른 아이일세. 성은 장 씨가 아니라 가 씨이고 이름은 춘운이네. 요사이 자네가 화원 별당에서 홀로 적적할 것 같아 이 아이로 하여금 뫼시라 한 것이네."

양소유는 다행스러운 것인지 황당한 것인지 스스로도 갈피를 잡지 못하고 있다가 마침내 분한 듯 입을 내밀고 말했다.

"그럼 이 모든 것을 장인어른께서 꾸미시고 저를 속이신 것입니까?"

"내 나이 들어 머리가 이토록 세었는데 어찌 아이 적 장난을 하겠나? 스스로 생각해 보게. 자네는 일찍이 누군가를 속인 일이 없었는가? 남자가 변하여 여자가 되기도 하는데 사람이 변하여 귀신되는 것이 어렵겠나?"

양소유는 그제야 머릿속이 환하게 밝아지는 것 같았다. 그래서 무릎을 치며 '그렇구나!' 하고 소리치고 최 부인을 향하여 고개를 숙이며 말했다.

"제가 일전에 따님께 잘못한 일이 있는데, 그것을 원망하며 아직도 잊지 않고 있었던 것이로군요."

정 사도와 부인은 다시 한번 크게 웃었다.

속고 속이는 일은 서로 비긴 것으로 마무리된 셈이었다. 이날 모든 사람들은 종일 취하도록 마시고 즐겼다. 춘운이 정식으로 양소유의 신부가 되는, 하나의 떠들썩하고 즐거운 의식이기도 했다. 춘운 또한 한자리를 차지하고 앉아 날이 저물도록 즐기다가 불을 밝힌 초롱을 들고 양소유와 함께 화원으로 돌아갔다.

양소유, 나라에 큰 공을 세우고 상서 벼슬을 얻다

양소유는 한가한 틈을 타서 조정에 휴가를 얻고 고향에 계신 어머니를 모셔 오기로 했다. 고향을 떠나 과거 길에 오르고 장원급제를 하였으나 정 사도 집에 머물며 한림원으로 출퇴근을 하느라 여태 어머니를 뵙지 못했다. 어머니를 모시고 오면 정 사도 댁과의 혼인 절차도 서둘러야 할 일이었다. 양소유는 오랜만에 고향 땅을 밟고 어머니를 뵐 생각에 가슴이 설레었다.

그런데 마침 무슨 급한 일이 있는지 조정으로부터 모든 관리들을 소집한다는 전갈이 왔다. 양소유 또한 급히 의관을 정제하고 조정으로 나아갔다. 이때 나라에는 큰 골칫거리가 있었다. 하북 지방의 세 절도사가 각각 연왕, 위왕, 조왕이라 스스로를 칭하고 반란을 꾀한다는 소문이 돌았기 때문이다. 황제는 이를 근심하여 조정의 뜰에 가득히 신하들을 모아 놓고 이 일을 의논하려 한 것이었다.

"이들이 자신의 군사력이 강성함을 믿고 반란을 일으키기 전에 제압하여야 할 터인데 그대들에게 좋은 생각이 있다면 내어 보라."

황제의 말에 어느 누구도 선뜻 시원한 대답을 내어놓지 못했다. 섣불리 나섰다가 책임을 뒤집어쓰게 될까 두려운 것일지도 몰랐다. 양소유는 용기를 내어 입을 열었다.

"한림학사15 양소유 감히 아룁니다. 황제 폐하께서는 한나라의 무제 임금이 남월을 제어한 것을 본받아 항복을 권하는 조서16를 내리십시오. 만약 그들이 굴복하지 않으면 그때는 군사를 내어 물리쳐야 할 것입니다."

황제는 양소유의 말에 귀를 기울이고 듣다가 천천히 고개를 끄덕였다.

"경의 말에 일리가 있다. 그러면 그 조서를 양 한림이 작성할 수 있겠는가?"

양소유는 조정의 모든 신하들 앞에서 붓을 들었다. 조서의 내용은 샘물이 불어나 용솟음치는 듯하고 붓의 놀림에 따라 선명히 나타나는 글씨는 바람이 휘몰아치는 듯했다. 눈 깜짝할 사이에 완성된 조서를 어전에 올리니 황제는 한번 훑어보고 크게 기뻐하며 말했다.

"이 글 속에 황제의 은혜와 위엄이 두루 갖추어져 있으니 아무리 미친 오랑캐라도 반드시 굴복하겠구나. 지금 즉시 이 조서를

---

15 한림학사(翰林學士) : 한림원에 소속되어 학술활동 및 문서 작성 등을 맡아 하던 벼슬
16 조서(詔書) : 임금의 명령을 일반에게 알릴 목적으로 적은 문서

세 절도사에게 보내도록 하라."

조서가 각 지방에 이르자마자 조나라와 위나라는 굴복의 뜻을 표했다. 조왕, 위왕 등의 호칭을 폐지하고 사죄하며 비단 일만 필과 말 이천 마리를 조공으로 바쳤다. 그러나 연왕만은 서울과 멀리 떨어져 있기도 하고 군대의 강성함을 믿는 것인지 항복하지 않았다.

황제는 양소유를 친히 불러 대신들이 지켜보는 앞에서 그 공을 칭찬했다.

"하북 지방의 세 토호[17]가 조정에 순종하지 않은 지 무려 백 년이 되었다. 덕종 황제께서 십만 병사를 거느리고 정벌하신 적도 있으나 그 기운이 쉽사리 꺾이지 않더니, 양 한림이 그중 두 나라에게서 항복을 받아 낸 것이다. 경의 종이와 글이 십만 군사보다도 나은 것이 아닌가?"

양소유의 지혜를 거듭 칭찬한 황제는 비단 삼천 필과 말 오십 마리를 상으로 내리고 높은 벼슬을 제수하려 했다. 그러자 양소유는 겸손하게 사양하며 아뢰었다.

"두 절도사가 복종의 뜻을 전해 왔다고는 하지만 연나라는 아직

---

17 **토호(土豪)** : 국가 권력과 대립적인 위치에 있으면서 향촌에 토착화한 지배 세력을 가리키는 말

굽히지 않았습니다. 그런데 신이 무슨 공이 있어 지금보다 더 높은 벼슬을 받겠습니까? 차라리 제게 한 무리의 병사를 주시옵소서. 군대를 이끌고 전쟁터로 나아가 죽는 것이 사나이로 태어나 나라의 은혜에 보답하는 길일까 하옵니다."

황제는 양소유의 기상에 탄복하고 충성의 뜻을 장하게 여겨 많은 대신들 앞에서 양소유의 의견이 어떤가 물었다. 그러나 신하들은 모두 앞을 다투어 다른 의견을 냈다.

"양 한림의 글솜씨는 모두가 아는 바이지만 전장에 나가 본 경험은 없으니 어떻게 믿을 수 있겠습니까? 군대 대신 먼저 양 한림을 사신으로 보내 연나라를 설득하는 것이 어떨까 하옵니다. 그래도 듣지 않으면 그때 군사로써 치시옵소서."

황제는 그 말에 옳다고 여기고 양소유를 사신으로 정하여 연나라로 가도록 명령했다.

"이 깃발과 도끼를 가지고 가라. 이는 황제의 위엄을 상징하는 것이며 적장의 삶과 죽음을 결정할 권한을 부여하는 것이다."

양소유는 황제의 명을 받고 물러나와 먼 길 떠날 채비를 하러 정 사도의 집으로 돌아왔다.

정 사도는 양소유가 사신으로 연나라에 가게 되었다는 말을 전해 듣고 펄쩍 뛰었다.

"하북 지방의 무리들이 교만하여 조정의 말을 듣지 않은 지 오래되었네. 글공부만 하던 선비인 자네가 험한 곳으로 들어가 만약 뜻하시 않은 일이라도 일어난다면 그것이 어찌 혼사반의 근심이 겠는가. 내 비록 조정의 논의에 참여하지는 않았으나 이 일의 부당함을 상소하여 다투어 보겠네."

양소유는 정 사도를 말리며 차분히 말했다.

"장인께서는 염려하지 마십시오. 하북 지방의 무리들이 방자하게 난을 일으킨 것은 조정의 다스림이 혼란한 틈을 탔던 것입니다. 황제께서 재작년 반란을 평정하고 지금 백성을 평안하게 다스리고 계시니 이를 두려워하여 조나라와 위나라는 이미 귀순한 것입니다. 연나라가 남았다고는 하지만 저 혼자의 힘으로 무엇을 하겠습니까? 이제 제가 가는 길에 결코 나라를 욕보이는 일은 없을 것입니다."

정 사도는 사위의 고집을 끝내 꺾지 못했다. 그러나 딸 경패의 앞날이 걱정되는 것은 어쩔 수 없었다. 황제의 깃발과 도끼를 하사받았다고는 하지만 군대를 거느린 장수가 아닌 사신으로서 연나라의 군사들이 에워싼다면 어떻게 목숨을 부지하겠는가. 어쩌면 양소유의 지혜와 재주를 시기한 신하들이 황제의 총애를 빼앗길까 견제하는 것일지도 모르는 일이다. 이미 글로써 두 나라를 굴복시킨 양소유가 군대를 이끌고 전공까지 세운다면 무슨 상이며 벼슬이 아깝겠는가. 자신이 나서기는 싫어도 남이 잘되는 일은 막고 싶은 것이다.

양소유, 나라에 큰 공을 세우고 상서 벼슬을 얻다

황제의 입장에서도 손해될 일은 없다. 양소유가 말로 연나라를 굴복시키면 힘들이지 않고 일을 해결하는 것이지만, 일이 뜻대로 되지 않아 죽어서 돌아온다 해도 다시 군대를 일으켜 연나라를 정벌하면 될 일인 것이다. 정 사도는 그렇게 걱정하며 뜬눈으로 밤을 지새웠다.

양소유는 자신이 거처하는 후원 별당으로 돌아와 길 떠날 채비를 했다. 춘운은 소유의 옷깃을 부여잡고 눈물을 흘리며 말했다.

"당신이 조정으로 나아가실 때마다 관복을 받들어 입는 것을 도와 드리면 저를 돌아보며 사랑한다는 말을 하시더니, 오늘은 먼 길을 떠나시면서 어떻게 한마디도 말씀하지 않으십니까?"

양소유는 춘운의 얼굴을 물끄러미 바라보며 크게 웃어 보였다.

"대장부가 나라 일을 하러 가는 길에 어찌 사사로운 정을 돌아보겠소? 부질없이 상심하지 마시오. 그 고운 얼굴이 상할까 염려되는구려. 걱정 말고 정 낭자와 잘 지내다가 내가 공을 이루고 개선장군으로 돌아오는 모습을 보기나 하오."

여러 날이 지나고 양소유의 사신 행차가 낙양에 이르렀다. 소유가 열여섯 살 서생일 때 베옷을 입고 초라한 나귀에 올라 이곳을 지났는데, 불과 일 년 사이에 빛나는 관복을 입고 마차를 탄 모습으로 돌아온 것이다. 고을의 관리들이 서둘러 나서서 오는 길을 닦고 인도하니 그 광채가 사방으로 비쳤다. 큰길로 몰려나와 구경하는 사람들은 모두 양소유를 신선처럼 우러러보았다.

양소유는 작년 봄에 만났던 섬월의 소식이 궁금했다. 사람을 시켜 수소문하니 섬월의 집 문은 굳게 잠긴 지 오래되었다고 한다.

"섬월이 지난봄에 멀리서 온 어떤 선비와 하룻밤을 보낸 후 병이 들었다 하며 손님 접대를 하지 않았답니다. 거짓으로 미친 척하며 정처 없이 다니더니 지금은 어디로 갔는지 알 수 없다고 합니다."

숙소에서 소식을 전해 들은 양소유의 마음은 착잡했다. 고을의 관리는 기생 십여 명을 뽑아 양소유를 접대하라고 보냈다. 그중에는 작년에 낙양의 선비들과 술을 마시며 글솜씨를 겨루던 자리에서 보았던 여인들도 있었다. 양소유는 아예 그들을 돌아보지도 않고 자리를 떠나면서 벽 위에 시 한 수를 써 놓았다.

지나가는 비에 젖은 버드나무 빛이 새로우니
풍광은 지난봄과 다를 바가 없구나.
가여워라, 마차를 타고 돌아옴이 늦어
옥같이 아름다운 사람을 보지 못하는구나.

모인 기생들은 모두 부끄러워하며 고을의 수령에게 그 글의 내용을 전했다. 양소유가 그리워하는 사람이 따로 있다는 것을 알게 된 고을의 수령은 여러 곳에 방을 붙여 섬월을 찾기 시작했다. 연

나라로 갔다가 돌아오는 길에 다시 낙양을 거쳐 갈 것이니 그때라
도 만나게 해 주려는 것이었다.

양소유의 행차는 마침내 연나라 땅에 도착했다. 말 네 마리가
끄는 마차가 지나는 곳마다 구름처럼 인파가 몰려들어 길을 메우
다시피 했다. 사람들은 서울에서 온 사신의 풍채를 보고 감탄하며
수군거렸다. 그중에는 황제가 보낸 사신이 포악한 연왕의 버릇을
고쳐 선정을 베풀도록 할 것이라는 기대를 속으로 품은 사람들도
많았다.

연나라의 궁중으로 들어선 양소유는 황제가 내린 깃발과 도끼
를 앞세우고 위풍당당한 걸음으로 연왕 앞에 섰다. 연왕 또한 젊
은 사신의 신선과 같은 풍채와 드높은 기상에 놀란 기색이었다.
양소유는 무엇보다 제국의 위엄과 덕을 내세워 무엇이 이롭고 무
엇이 해로운 것인지 차근차근 설득하기 시작했다. 그 말씨에 상대
를 위압하고자 하는 태도를 앞세우지는 않았으나 때로는 도도하
게 흐르고 때로는 파도치며 뒤집히는 큰물처럼 힘이 있었다.

애초에 황제가 보낸 사신을 무시하고 강하게 맞서 볼 심산이었
던 연왕은 양소유의 기백에 그만 기가 꺾이고 말았다.

"지금 즉시 왕의 호칭을 없애고 황제 폐하의 신하로서 도리를
갖추겠소."

연왕은 양소유와 그 일행을 위해 큰 잔치를 열었다. 그리고 황

금 천 냥과 말 열 마리를 선물로 주며 전송하려 했다. 그러나 양소유는 그것들을 사양하며 받지 않고 연나라를 떠나 서울 쪽으로 향했다.

연나라를 떠난 지 십여 일이 되어 옛적 조나라의 도읍지였던 한단 땅에 다다랐다. 양소유는 길가에서 말을 타고 가는 한 청년을 보게 되었다. 청년은 사신의 행차가 오는 것을 보고 말에서 내려섰다. 분명 훌륭한 말이요, 그보다 수려한18 용모의 청년이었다. 소유는 멀찍이서 그 모습을 보고 주위 사람에게 명했다.

"저 청년을 불러 여기로 오게 하라."

얼마 지나지 않아 그 청년이 가까이 좇아와 인사했다. 양소유는 적잖이 기뻤다.

"길에서 우연히 훌륭한 청년을 보게 되어 친구로 삼고 싶은 마음이 생겼소. 그냥 가 버리면 어쩌나 했는데, 이렇게 와 주어 반갑소. 그대의 이름을 알고 싶은데 가르쳐 줄 수 있겠소?"

"저는 북쪽 지방 사람입니다. 적 씨 성에 이름은 백란이라고 합니다. 가난하고 외진 시골에서 자라나 좋은 스승이나 벗을 만나지 못한 탓에 글도 제대로 배우지 못하고 무예도 익히지 못했지만, 나를 알아주는 사람이 있다면 죽을 각오로 섬길 마음이 있습니다.

---

18 수려하다 : 빼어나게 아름답다.

양소유, 나라에 큰 공을 세우고 상서 벼슬을 얻다

상공께서 저를 거두어 주시고 가르쳐 주신다면 무척 다행히 여기 겠습니다."

양소유는 좋은 친구를 만난 기쁨을 느끼며 적백란과 나란히 말을 타고 길을 갔다. 이후부터는 먼 길을 가는 지루함을 잊고 여행하여 금세 낙양 땅에 이르렀다.

작년 봄 낙양의 선비들과 술을 마시며 글솜씨를 겨루던 누각이 멀리 바라보인다. 양소유는 그때의 일을 생각하고 감회에 젖었다. 그런데 한 여자가 누각 위의 발을 걷고 난간에 기대어 바라보고 있는 것이 아닌가. 양소유가 제 눈을 믿지 못해 연신 깜박이며 자세히 보니 분명 섬월이었다. 소유는 반가워 얼른 섬월에게 달려가고 싶었지만 일행의 보는 눈이 많아 차마 그러지 못했다. 저녁이 되고 양소유가 숙소로 가자 섬월은 이미 그곳에서 기다리고 있었다. 섬월은 양소유와 이별한 이후 겪었던 일들을 차례차례 풀어놓았다.

"상공이 떠나가신 후에 고관대작19의 자제들이나 관리들의 잔치에 불려 나가기를 거역하느라 많은 고초를 겪었습니다. 머리카락을 자르기도 하고 약한 몸을 핑계 삼기도 하며 겨우 시달림을 면하다가 끝내는 깊은 산중으로 들어가게 되었지요. 며칠 전 상공

---

19 **고관대작** : 지위(地位)가 높고 훌륭한 벼슬자리

께서 이곳에 이르러 저를 찾았다는 소문을 들었고, 오늘 누각에서 **늠름한 모습을** 확인하니 무척 기뻤습니다. 장원으로 급제하시고 한림학사에 제수되신 일은 전부터 알고 있었습니다. 그런데 그동안 결혼은 하셨습니까?"

"그대가 말한 정 사도 댁 낭자와 아직 정식으로 혼인은 하지 않았으나, 곧 고향의 어머니를 모시고 가서 혼례를 치르기로 하였소. 그의 얼굴은 진정 그대가 말한 바와 같이 아름답더구려. 그토록 좋은 혼처를 중매한 은혜를 갚을 길이 있을까 모르겠소."

다시 만난 소유와 섬월은 구구한 옛정을 나누느라 즉시 떠나가지 못하고 그곳에서 이틀을 더 묵게 되었다.

이틀째 되던 밤 양소유는 숙소 서쪽의 행랑채를 지나가다가 두 사람의 남녀가 낮은 담을 사이에 두고 서서 이야기하는 모습을 목격했다. 가까이 다가가 보니 섬월과 적백란이 두 손을 마주 잡고 웃다가 인기척에 놀라 황급히 떨어져 섰다.

"두 사람은 예전부터 아는 사이인가?"

섬월은 차라리 잘 되었다는 듯이 천연덕스럽게 대답했다.

"신부 한 명을 더 소개해 드리려 합니다. 제가 예전에 하북 지방의 적경홍을 추천한 적이 있지 않았습니까?"

"그런데?"

"나리를 따라온 이 청년이 바로 그 적경홍입니다."

양소유가 놀라 자세히 보니 이틀 전에 만난 청년 적백란이 분명하였지만, 푸른 눈썹과 맑은 눈매와 꽃 같은 보조개를 보니 아름다운 여인의 자태라고 해도 의심할 여지가 없었다.

"남자의 옷을 입고 이름을 바꾸어 나를 속인 이유가 무엇인가?"

그러자 남장 미녀는 얼굴을 붉힌 채로 대답했다.

"저는 태주 사람이고 이름은 적경홍입니다. 비록 보잘것없는 집 안에서 태어났으나 항상 어질고 지혜로운 선비를 섬기고 싶었습니다. 그런데 포악한 연왕이 저를 궁중으로 끌어들였습니다. 궁중에는 맛있는 음식도 있고 고운 비단 옷도 있었으나, 그것들은 제가 바라는 바가 아니어서 새장에 갇힌 새처럼 외롭게 지내었습니다. 그런데 며칠 전 연왕이 상공을 대접하기 위해 궁중에서 잔치를 열 때 우연히 엿보게 되었습니다. 일생을 따르며 섬겨야 할 사람을 찾았다 여기고 궁중에서 도망칠 계획을 세웠으나 연왕이 눈치챌까 두려웠지요. 그래서 남자 옷을 입고 연왕의 천리마를 훔쳐 상공의 뒤를 따른 것입니다."

"그대의 높은 뜻이 가상하다."

양소유는 기뻐하며 칭찬하고 섬월, 경홍과 함께 정답게 밤을 보냈다. 다음 날 아침 양소유가 다시 채비를 하여 서울로 떠날 때 경홍이 고개를 숙이며 말했다.

"이제는 제 소원을 이루었으니 섬월과 함께 자매처럼 지내다가 상공께서 부인을 얻으시면 함께 서울로 가서 축하드리겠습니다."

"보는 눈이 있어 같이 가지는 못하지만 가정을 꾸린 후에 꼭 다시 찾아오겠소."

서울에 도착한 양소유는 즉시 황제께 나아갔다. 연왕의 항복 문서와 황제에게 바친 조공이 마침 때를 맞추어 당도했다. 황제는 크게 기뻐하며 양소유의 공을 치하했다.

"내 양 한림의 공을 표창하여 땅과 백성을 주고 그곳을 다스리게 하리라."

"아니옵니다. 폐하의 곁에서 일하며 은혜를 갚을 수 있도록 명을 거두어 주시옵소서."

양소유가 굳이 사양하자 황제는 후한 상과 함께 예부상서20라는 높은 벼슬을 내리고 한림학사를 겸직하도록 했다.

---

20 예부상서(禮部尙書) : 예부(禮部)의 으뜸 벼슬

양소유, 나라에 큰 공을 세우고 상서 벼슬을 얻다

황명을 거역하고 옥에 갇힌 양소유

황제는 양소유의 문장과 학문을 귀하게 여겨 수시로 불러 함께 이야기하기를 즐겼다. 임금과 신하 간에 성현의 말씀이나 역사에 대한 토론이 밤늦도록 이어지는 것이었다. 그러다 보니 불가피하게 퇴근하지 못하고 궁궐 근처에서 숙직을 하게 되는 날이 많아졌다.

하루는 밤늦도록 황제와 이야기를 나누다가 어전에서 물러나 밖으로 나오니 밝은 달이 동산에 떠올라 고적한 심사를 도왔다. 양소유는 높은 누각에 올라 달빛을 바라보다가 어디선가 통소 소리가 어렴풋하게 바람에 실려 오는 것을 느끼게 되었다. 누군가 밤잠을 이루지 못하고 외로운 마음을 곡조에 실어 보내는 것이련만, 너무 멀리서 들려오는 탓에 귀를 기울여 들어도 무슨 곡조인지 알 수 없었다.

양소유는 아련한 마음을 달랠 길이 없어 함께 숙직하는 관리들을 불러 함께 술을 마시다가 늘 품속에 지니고 다니던 벽옥 통소를 꺼내었다. 처음 과거를 보러 서울에 왔다가 전쟁통에 시험을 치르지 못하고 남전산 깊은 곳으로 피신했을 당시 도인으로부터 선물 받은 ㄱ 퉁소였나.

소유의 맑은 퉁소 소리가 그윽하게 밤하늘로 퍼져 나갔다. 그 소리는 너무나도 아름답고 신묘해서 만약 봉황의 울음을 듣는다면 꼭 그럴 것만 같았다. 듣는 사람마다 아무 말도 없이 숨죽이며 음률에 취해 있던 그때 신기한 일이 일어났다. 푸른 학 한 쌍이 대궐의 뜰에 내려와 이리저리 어우러지며 춤을 추는 것이 아닌가. 모든 관리들은 믿을 수 없는 광경에 입을 딱 벌리고 속으로 생각했다.

'양 상서는 과연 비범한 사람이로구나.'

'사람이 이런 일을 할 수 있는가? 겉으로는 사람의 모습을 하고 있으나 사실 신선일지도 모른다.'

이날 양소유가 누각 위에서 들었던 퉁소 소리는 황제의 여동생인 난양 공주가 연주한 곡조였다. 황제의 어머니인 태후에게는 아들 둘과 딸 하나가 있었는데, 지금의 황제와 그 동생 월왕, 그리고 막내인 난양 공주였다.

태후는 난양 공주를 낳을 때 꿈에서 신선의 꽃과 붉은 진주를 보았다. 공주는 성장하면서 그 용모와 기질이 신선과 꼭 같아서 세속의 사람과는 분명히 달랐다. 글을 쓰는 솜씨나 바느질 솜씨는 따를 사람이 없을 정도로 뛰어났다. 그런데 무엇보다도 기이한 것이 공주의 퉁소 연주였다.

황명을 거역하고 옥에 갇힌 양소유

옛날 측천황후[21] 시절에 로마 제국에서 백옥 통소를 조공으로 바친 일이 있었다. 그 형상이 지극히 묘하고 아름다웠지만 아무도 그것을 제대로 연주하지 못했다. 어느 날 공주는 꿈에서 만난 선녀로부터 통소 연주법을 전수받았는데 그 곡조는 모두가 처음 들어 보는 것이어서 아는 사람이 세상에 없었다.

더욱 신기한 일은 공주가 통소를 불 때마다 항상 몇 마리 학이 어디서인가 날아 내려와 춤추는 것이었다. 어머니인 태후와 오빠인 황제는 공주의 신비한 능력을 알아보고 평범한 사람과는 짝이 될 수 없다고 여겼다. 그래서 공주처럼 비범한 능력을 지닌 사윗감을 찾느라 아직 혼처를 얻지 못하였다.

이날도 난양 공주는 달 아래에서 통소로 한 곡조를 연주하며 청학 한 쌍을 길들이고 있었는데, 연주를 그치자 그 학이 한림원 부근으로 날아간 것이었다. 양소유의 연주와 청학 한 쌍의 춤이 어우러지는 것을 목격한 궁궐 안 사람들은 모두 놀라 입에서 입으로 이 일을 전했고, 소문은 금세 황제의 귀에까지 들어갔다. 황제는 듣자마자 무릎을 탁 쳤다.

"공주의 인연이 가까이에 있었구나!"

그리고 곧 태후에게 문안 인사를 드리러 가서 조심스럽게 이

---

21 **측천황후** : 당나라 제3대 황제 고종(高宗)의 황후. 중국 유일의 여성 통치자

야기를 꺼냈다.

"어젯밤 예부상서 양소유가 퉁소를 연주할 때 청학 한 쌍이 날
아와 춤을 추었다 합니다. 그의 나이가 누이와 비슷하고 글솜씨나
풍류는 조정의 신하들 가운데 으뜸입니다. 나라 전체를 두루 살펴
보더라도 그보다 나은 인물을 구하기 힘들 것입니다."

태후는 눈을 반짝이며 기쁜 목소리로 말했다.

"난양 공주의 혼처를 정하지 못해 늘 마음에 걸렸는데, 그 말대
로라면 분명 양 상서는 하늘이 정한 배필일 것이오. 그런데 나는
양 상서의 이름만을 들어서 알 뿐 얼굴조차 보지 못했으니 궁금하
기만 더할 뿐이오."

"어마마마께서 그를 보고 싶으시다면 그 일은 크게 어려울 것이
없습니다. 적당한 때에 양 상서를 별전으로 불러 조용히 문장에
대해 토론할 것이니, 휘장을 치고 그 안에서 지켜보시는 것이 어
떻겠습니까?"

"그렇게 하는 것이 좋겠소."

태후는 끔찍이 아끼는 딸의 배필을 찾을 수 있으리라는 생각에
한껏 마음이 들떴다. 황제 또한 사랑하는 누이에게 좋은 남편감을
소개하게 된 데다가 오랜만에 마음이 설렌 어머니의 얼굴을 보니
기쁜 마음이 더하였다.

황제는 지체하지 않고 어명을 내려 양 상서를 불렀다. 내관이

황명을 거역하고 옥에 갇힌 양소유

한림원에 가서 양 상서를 찾으니 방금 퇴근했다는 답이 돌아왔다. 내관은 바삐 정 사도의 집으로 가 보았다. 그러나 그곳에도 양소유는 없었다.

한참을 숨바꼭질하다시피 하여 찾아낸 양소유는 장안의 주점에서 풍류를 즐기는 중이었다. 내관이 어명을 전하자 함께 있던 벗들은 놀라 달아났다. 양소유는 천천히 일어나 관복을 입고는 내관을 따라 천천히 걸어 황제의 앞에 나아갔다.

"양 상서는 자리에 앉으라."

황제는 역대 제왕들의 부흥과 멸망에 대해 이야기를 꺼내었다. 양소유는 일일이 옛날의 사실을 거론하면서 명확하게 논증해 냈다. 황제는 양 상서의 명석함에 감탄하고 크게 기뻐하며 다른 주제를 꺼내 들었다.

"시 짓기는 제왕의 일이 아니라고 하지만, 우리 조상들께서는 모두 이에 관심이 많으셨다. 그리하여 제왕이 지은 뛰어난 시와 문장이 수없이 많으니 경은 지금 시험관이 되었다 생각하고 역대 시인의 우열을 논하여 보라. 제왕의 시 중에는 누구의 것이 으뜸이며, 신하의 시 중에는 무엇이 제일인가?"

양소유는 지체 없이 대답했다.

"임금과 신하가 시와 노래로 화답한 것은 순임금 때로부터 비롯됩니다. 한나라 고제와 무제, 위나라 무제께서 제왕 중 으뜸이시고, 위나라의 조자건과 진나라의 육기, 남조의 도연명 등이 뛰어난 시인입니다. 그러나 근래 문장의 왕성한 기운은 우리 당나라가 제일입니다. 그중에서도 제왕의 문장은 현종 황제가 으뜸이시고, 시인으로는 이백을 대적할 사람이 없을 것입니다."

황제는 얼굴에 환한 미소를 띠었다.

"경의 생각이 짐의 뜻과 같다. 짐이 항상 이백 학사의 시들을 읽으면서 같은 시대를 살지 못한 것에 안타까움을 느꼈는데, 이제 경을 얻었으니 어찌 이태백[22]을 부러워하겠는가?"

양소유가 황제와 함께 토론하고 있을 때 황제의 좌우에는 궁녀 십여 명이 좌우로 늘어서 있었다. 이들은 궁중에서 문서와 글씨를 관리하는 일을 맡아 하고 있었다. 황제는 궁녀들을 가리키며 양소유에게 말했다.

"저들을 여중서라고 부른다. 평범한 궁녀가 아니라 나름대로 글짓기의 묘를 아는 사람들이다. 지금 저들이 한림학사의 아름다운 글씨를 얻어 보배로 간직하려 하는구나. 그러니 두어 수의 시를 지어 저들의 기대를 저버리지 말라. 짐이 또한 경의 붓 놀리는 솜씨를 가까이서 보고자 하노라."

여중서들은 익숙하게 움직여 어전의 유리 벼루와 백옥 필통, 옥

---

22 **이태백** : 중국 당나라 시인 '이백'의 성과 자를 함께 이르는 말. 시 잘 짓는 신선이란 의미로 시선(詩仙)으로 불렸다. 중국 역사상 두보와 함께 가장 위대한 시인으로 꼽힌다.

으로 된 두꺼비 연적을 양소유의 앞에 옮겨 놓고 줄을 지어 섰다. 그들은 각각 종이, 비단 수건, 부채 등을 들고 있다가 차례로 양 상서의 앞에 내놓았다.

양소유는 조금도 머뭇거림이 없이 글씨를 쓰기 시작했다. 그의 붓끝에서 용틀임하듯 글씨들이 나타나자 마치 바람과 비가 놀라 고 구름과 안개가 이는 것 같았다. 시를 받은 궁녀는 한 사람씩 어전에 그것을 바쳐 올렸다. 십여 명의 궁녀들이 섰던 줄이 점점 짧아지는데, 양소유가 놀리는 붓의 기세는 조금도 수그러들지 않 고 오히려 등등해져서 용이 부르짖고 봉황이 날아오르는 듯했다. 마침내 날이 저물기도 전에 시 짓기가 끝이 났다. 그때까지 황제 는 한 편 한 편을 감상하면서 내내 칭찬하기를 그치지 않았다.

"학사가 수고하였으니 너희들 모두 각각 잔을 바쳐라."

모든 궁녀들이 황명을 받아 보배로운 잔에 좋은 술을 따라 올리 니 양소유는 사양하지 않고 연거푸 십여 잔을 마셨다. 궁궐에 도 착하기 전에도 술을 마시고 있었으므로 얼굴은 붉어졌고 비틀비 틀 금방 넘어질 것 같았다. 황제는 궁녀들에게 그만 술을 거두라 명하고 빙긋이 웃으며 말했다.

"학사의 글을 보니 글자 하나하나가 세상에 없는 보배와 같구 나. 너희들은 학사에게 무엇으로 보답하려느냐?"

황제의 말을 들은 궁녀들은 모두 웃으며 몸에 지니고 있던 패 물23을 아낌없이 내놓았다. 황제는 내관을 시켜 궁녀들의 예물과 함께 어전의 붓과 벼루 등 문방구들을 싸서 양소유의 집에 가져가도록 했다. 양소유는 겨우 몸을 가누고 내관들에게 부축을 받으며 궁궐 문을 나섰다.

이 모습을 처음부터 끝까지 지켜보며 몰래 미소 짓는 이가 또 한 사람 있었다. 휘장 뒤에서 양소유의 얼굴과 언행을 찬찬히 살펴본 태후였다.

"양 상서의 사람됨이 어마마마의 마음에 드십니까?"

황제의 물음에 태후는 더없이 만족한 얼굴로 대답했다.

"이 사람이 진정 난양 공주의 배필이니 다시 의심할 일이 없겠다."

태후는 황제의 동생인 월왕을 양소유에게 보내어 난양 공주와의 혼인을 의논하도록 했다.

양소유의 시를 한 수씩 받은 여중서들은 모두 자신의 방으로 돌아갔다. 그런데 그중 한 궁녀는 글 쓰인 부채를 가지고 자기 방으로 돌아오자마자 쓰러지듯 엎드려 펑펑 눈물을 쏟았다. 종일토록 울며 잠도 자지 않고 음식도 입에 대지 않는 이 궁녀는 다름 아닌 화주 땅 진 어사의 딸 채봉이었다.

오늘 채봉은 꿈에도 잊지 못하던 양소유를 궁궐에서 보게 되었

---

23 패물 : 사람의 몸 치장으로 차는, 귀금속 따위로 만든 장식물

다. 다른 여중서들과 함께 황제의 좌우에 늘어서 있다가 한림학사
요, 예부상서가 된 소유를 눈앞에서 마주치게 되자 채봉의 심장은
터질 듯이 두근거렸다. 애타는 마음으로 불러 보았지만 어전에서
차마 소리를 낼 수는 없는 일이었다.

'당신은 내가 살았는지 죽었는지도 모르고 있겠지요. 게다가 황
제 폐하의 앞이라 눈을 들어 주위를 보지도 못하시니……'

두 해 전 졸지에 아버지를 여의게 된 채봉은 궁궐에 들어와 종
이 되었다. 얼마 지나지 않아 그 얼굴의 아름다움이 궁중에 소문
났고, 이를 안 황제는 채봉을 후궁으로 삼고자 어전으로 불렀던
적이 있다. 그러나 먼저 채봉을 곁에 두고 총애하던 황후는 황제
를 말리며 말했다.

"진 씨 궁녀의 재주와 용모가 뛰어나니 폐하를 모시기에 부족하
지 않을 것입니다. 그러나 폐하께서 진 어사를 처형한 일이 있으
니, 아비를 죽이고 그 자식을 가까이 하는 것은 도리에 맞지 않는
일이라 생각됩니다."

황제는 황후의 말을 옳게 여기고 후궁으로 삼는 대신 채봉에게
여중서24 벼슬을 주었다. 궁중 문서를 맡아 관리하며 그에 겸하여
난양 공주를 곁에서 모시도록 명하였다. 난양 공주 또한 채봉을
마음에 들어 했다. 이후로 공주와 채봉은 날마다 정이 깊어져서

---

24 **여중서** : 황제가 자기 궁녀들 중 글 잘 짓는 사람을 뽑아 만든 집단

마치 친자매인 것처럼 잠시라도 떨어져 있지 않으려 했다.

홀로 빈 방에서 눈물을 흘리던 채봉은 다시 부채를 늘고 소유가 쓴 시를 두 번 세 번 읽어 보았다.

비단으로 만든 부채 둥근 명월과 같아
아름다운 사람의 흰 손처럼 정갈하구나.
다섯 줄 거문고 속 더운 바람이
품으로 소매로 드나들어 그치지 않는구나.

비단으로 만든 부채 둥근 달을 감싼 듯
아름다운 사람의 흰 손을 서로 따르는구나.
꽃 같은 얼굴을 애써 가리려 하지 마라.
불빛은 인간 세상에서도 알지 못하니…….

채봉은 지난날 양소유와 함께 버들의 노래로 화답하던 일을 생각하고 옛정을 이기지 못하여 시 한 수를 지었다. 그리고 무심코 그것을 부채에 적힌 양소유의 시 아래에 이어 썼다.

이때 황제는 별전에 있다가 갑자기 양 상서의 문장과 글씨의 기묘함을 떠올리고 다시 한번 보고 싶은 생각이 났다. 황제는 태감을 시켜 여중서들이 보관하고 있는 글을 모아서 가져오라고 명했

황명을 거역하고 옥에 갇힌 양소유

다. 자신의 처소에서 부채를 붙들고 눈물을 뿌리고 있던 채봉은 태감이 어명을 전하는 목소리를 듣고 그만 정신이 번쩍 들었다.

'내가 오늘 죽고 마는구나!'

태감은 사시나무 떨듯 하는 채봉의 모습을 보고 의아하여 물었다.

"폐하께서 양 상서의 시를 다시 보고자 하시니 가지러 왔는데 왜 그렇게 놀라는가?"

채봉은 울음을 그치지 못하고 대답했다.

"제가 그만 미쳤었나 봅니다. 양 상서가 쓴 글 아래 잡스러운 낙서를 하여 놓았으니 황제 폐하께서 보시면 죽음을 면치 못할 것이 아닙니까. 차라리 제 손으로 죽으려 하니 태감 나리께서 시신이나 거두어 묻어 주십시오."

태감은 딱한 얼굴로 쓰러져 있는 채봉을 내려다보았다.

"여중서는 어찌 이렇게 성급한가? 황제 폐하께서 인자하시니 혹 용서해 주실지도 모르고, 설사 크게 화를 내시더라도 내가 한 번 간곡히 부탁드려 볼 것이니 중서는 나를 따라오게."

채봉은 울먹이며 태감의 뒤를 따라갔다. 태감은 채봉을 어전 문 밖에서 기다리게 하고 모아 온 글들을 황제에게 올렸다. 황제 는 차례차례 글들을 훑어보다가 채봉의 부채에 이르러 한참 동안 눈을 떼지 않고 들여다보았다. 태감은 안절부절못하고 기다리다가 조심스럽게 아뢰었다.

"진 씨가 신에게 말하기를 '폐하께서 다시 찾으실 줄 모르고 사사로운25 말을 아래에 썼다'고 합니다. 죽을죄를 지었다 하고 스스로 목숨을 끊겠다는 것을 신이 말리고 데려왔습니다."

황제는 채봉의 부채를 다시 들어 새로이 덧붙여 놓은 글을 곰곰이 읽어 보았다.

비단으로 만든 부채 둥근 가을 달 같아
지난날 누각 위의 부끄러움을 떠오르게 하네.
눈앞에 두고도 몰라볼 줄 미리 알았다면
숨김없이 그대에게 보여 드릴걸.

'진 씨 여중서에게 분명 말 못할 사정이 있구나. 아무튼 그 글재주는 과연 볼 만하다.'

황제는 태감에게 채봉을 불러들이라 명했다. 채봉은 용상의 계단 아래에서 꿇어 엎드렸다.

"폐하, 죽여주시옵소서."

"바른대로 말하면 용서해 줄 터이니 이 글에 써 놓은 속사정을

---

25 사사롭다 : 공적(公的)이 아닌 개인적인 범위나 관계의 성질이 있다.

황명을 거역하고 옥에 갇힌 양소유

이야기해 보라."

"재작년 봄 저희 집이 아직 망하지 않았을 때, 양 상서가 과거를 보러 서울에 왔을 때의 일이옵니다. 그가 저희 집 앞을 지나다가 우연히 서로 만나게 되어 '버들의 노래'를 지어 서로 나누고 혼인하자는 약속을 하였습니다. 그런데 오늘 폐하께서 양 상서를 부르셨을 때 저는 양 상서를 알아보았지만, 상서는 저를 모르는 까닭에 옛일도 생각나고 제 신세가 처량하기도 하여 저도 모르게 미친 글을 쓰게 된 것입니다."

채봉은 다시 죽기를 청하며 엎드리고 황제는 그 모습을 가엾게 여겼다.

"버들의 노래를 지어 결혼 약속을 하였다는 말이구나. 그것을 아직 기억한다면 여기서 기록할 수 있겠느냐?"

채봉은 종이와 붓을 청하여 떨리는 손으로 두 사람이 서로 화답한 시를 적어 나갔다. 너무도 또렷이 기억하고 있었기에 양소유의 시와 자신의 시를 조금의 막힘도 없이 써서 올렸다. 황제는 채봉이 올린 글을 읽고 감탄하며 한편으로 탄식하였다.

'황실의 문서를 더럽힌 죄는 중하지만 그 재주가 진정으로 아깝다.'

황제는 차마 고개를 들지 못하고 엎드린 채봉을 내려다보았다. 마음은 이미 너그러워졌지만, 일부러 엄한 목소리로 말했다.

"네 죄가 작지 않지만 난양 공주가 너를 사랑하는 탓에 이번만은 용서하겠다. 은혜를 잊지 말고 정성을 다해 공주를 모셔라. 그리고 이것은 네가 가져가거라."

채봉은 황제가 도로 내어 주는 부채를 품에 안고 고개를 숙여 인사하며 어전에서 물러나왔다.

한편 양소유는 잔뜩 취한 채로 정 사도의 화원에 돌아왔다.

"어디에 가서 이렇게 취하도록 술을 드셨습니까?"

춘운의 물음에 대답하지 않고 소유는 궁궐에서 쓰는 붓과 벼루, 여중서들이 내놓은 장신구들을 내어놓았다. 영문을 모르는 춘운을 보고 양소유는 빙긋이 웃으며 자랑을 늘어놓았다.

"이것은 황제께서 그대에게 주시는 선물이오. 어떻소?"

"어머나, 궁중의 물건들이라 그런지 참으로 예쁩니다. 그런데……."

춘운의 말이 채 끝나기도 전에 소유는 우레26처럼 코를 골며 그만 곯아떨어지고 말았다.

다음 날 늦게야 일어난 소유가 세수를 하고 있는데 심부름하는 동자가 급히 뛰어 들어왔다.

"월왕 전하께서 오셨습니다."

양소유는 깜짝 놀랐다.

---

26 우레 : 천둥

황명을 거역하고 옥에 갇힌 양소유

'황제 폐하를 뵌 지가 하루도 지나지 않았는데, 아우인 월왕께서 친히 오신 것은 분명 특별한 이유가 있는 것이다.'

월왕은 정신없이 서둘러 마중하는 양소유의 앞에 자리를 잡고 앉았다. 스무 살밖에 되지 않았건만 황실의 어른답게 기품이 있어 마치 하늘에서 내려온 사람 같았다. 양소유는 고개를 조아리고 한껏 예의를 갖추어 물었다.

"누추한 곳에 오셨으니 무슨 가르침이 계십니까?"

"일찍이 상서의 명성을 들어 항상 만나 보고 싶었지만 그러지 못했는데, 마침 황제 폐하의 명을 받아 이렇게 온 것이오. 다름이 아니라 폐하께는 누이가 한 사람 계시오. 공주가 이미 장성하였으나 아직 혼인하지 못하였는데⋯⋯."

월왕은 잠시 주위를 둘러보면서 뜸을 들이다 말을 이었다.

"폐하께서 상서의 재주와 덕을 아끼고 사랑하셔서 공주의 배필로 적당하다 생각하셨소. 그리하여 이제 두 사람을 혼인시키고 상서와 더불어 형제가 되고자 하시니 내가 와서 먼저 고하는 것이오. 머지않아 직접 말씀하실 터이니 마음의 준비를 하는 것이 좋겠소."

양소유는 깜짝 놀라 입을 다물지 못했다.

"황제 폐하의 은혜가 이렇듯 크시니 천한 선비로서 오히려 복이 달아날까 두렵습니다. 그러나 불행히도 저는 정 사도의 딸과 이미 결혼을 약속하였으니 공주님과 혼인할 수가 없는 몸입니다. 폐하께 제 사정을 여쭈어 주시기를 바랍니다. 윤리에 어긋난 일을 할 수는 없으니 황제 폐하께는 제가 곧 찾아뵙고 죄를 청하도록 하겠습니다."

월왕은 의외의 대답에 안색이 변했다. 그러나 양소유의 마음이 굳은 것을 눈치채고 할 수 없이 일어섰다.

"황제 폐하께 그렇게 전하겠으나 안타깝소! 폐하의 사랑하시는 마음을 그대가 저버리는구려."

양소유는 좋지 않은 예감이 들었지만 자신의 선택을 바꿀 수는 없는 일이라 여기고 정 사도를 찾아 사정을 말했다. 그러나 황실에서 사람이 왔다는 말에 이미 집안은 뒤숭숭해진 뒤였고, 문밖에서 월왕과 소유의 대화를 엿들은 춘운이 대강의 일은 미리 이야기한 터였다. 정 사도는 양소유의 손을 붙잡고 목소리를 떨며 말했다.

"그래, 이 일을 어쩌면 좋단 말인가?"

"장인어른께서는 너무 걱정하지 마십시오. 아무리 그렇다 하여도 황제 폐하께서는 법도를 지키고 예를 숭상하는 분입니다. 설마 신하에게 윤리를 그르치는 일을 시키시겠습니까?"

소유는 애써 태연한 낯으로 사람들을 안심시키려 했지만, 정 사도 부부는 이 시각부터 마음속의 커다란 근심을 지울 수 없었다.

월왕은 궁궐로 돌아와 황제에게 양소유의 말을 전했다. 태후는 황제의 옆에 앉아 있다가 월왕이 전하는 말을 듣고 낯을 찌푸렸다.

"양소유의 벼슬이 상서에 이르렀으면 마땅히 조정 돌아가는 사정을 알 만한데, 어찌 이토록 융통성이 없단 말이냐?"

황제는 적잖이 난감했으나 우선 화난 어머니를 달래 드려야겠다고 생각했다.

"그가 비록 결혼을 약속했다고는 하지만 아직 정식으로 혼인한 것은 아니니 제가 직접 만나 설득하면 생각을 바꿀 것입니다."

이튿날 황제는 양소유를 궁궐로 불러들였다.

"짐의 누이가 남다른 재주를 가져 보통 사람과는 어울리지 않으므로, 오직 경이 공주의 배필로 적당하다 여겨 어제 아우를 보냈던 것이다. 그런데 혼인을 약속한 데가 있다는 이유로 사양했다 하니 이는 경의 생각이 짧은 것이다. 이전의 제왕이 부마를 택하면 선택받은 사람은 만약 혼인하였더라도 황명을 어기지 못하여 아내를 내보냈다. 게다가 경은 약속만 있었을 뿐 아직 혼인한 것도 아니라 하니, 만약 지금 정 씨 가문과의 혼인을 취소한다 해도 크게 문제될 것이 없지 않은가? 정 사도의 딸은 다른 혼처를 구하면 될 것이고, 경 또한 이것이 조강지처를 버리는 일은 아닐 것이다. 윤리에 어긋날 일이 어디 있는가?"

"폐하께서 신을 벌주지 않으시고 이렇게 깨우쳐 주시니 그 은혜가 망극하옵니다. 다만 신의 처지는 남다른 데가 있습니다. 신이 젊은 서생으로 서울에 왔을 때부터 정 씨 가문에 의지하여 지내면서 혼인을 약속했을 뿐만 아니라, 정 사도와 장인 사위 관계를 맺은 지 오래되었습니다. 아직 혼인을 하지 못한 것은 단지 나랏일이 바빠 고향의 모친을 모셔 오지 못한 탓에 날짜를 미루었기 때문입니다. 신이 이제 황명을 따르게 되면 정 사도의 딸은 다른 사람과 혼인할 리 없습니다."

황제는 양소유의 말에 일리27가 있다고 여기면서도 난처한 얼굴을 감출 수 없었다.

"경의 처지가 그렇다 해도 정 사도의 딸과 부부로서 지내지는 않았으니 그 집안 또한 어찌 다른 혼처를 구하지 않겠는가? 이제 누이와 경의 혼인을 의논하는 것은 짐이 경을 귀하게 여겨 형제가 되기를 바랄 뿐 아니라 태후께서 적극 주장하시는 일이기 때문이다. 경이 이렇게 사양한다면 태후께서는 분명 노하실 것이니 그것은 짐도 어쩌지 못하는 일이다."

황제는 여러 말로 타일렀지만 양소유는 끝내 자신의 뜻을 굽히지 않았다. 황제는 끝내 머리를 내저으며 말했다.

"혼인처럼 큰일을 어떻게 한마디 말로 결단하랴? 나중에 다시 이야기하기로 하고 오늘은 경과 함께 바둑을 두며 소일하는 것이 낫겠다."

---

27 일리(一利) : 어떤 면에서 타당하다고 생각되는 이치

황명을 거역하고 옥에 갇힌 양소유

내관이 명을 받들어 바둑판을 대령했다. 황제와 양소유는 바둑판 앞에서 아무 말도 없이 조용하게 반나절을 보냈다.

양소유는 어전을 물러나왔다. 걱정한 것보다는 별일이 없었던 것 같아 다행스러웠다. 그렇게 생각하며 부랴부랴 집으로 돌아왔는데 정 사도의 집은 이미 울음바다가 되어 있었다. 소유는 그만 가슴이 철렁 내려앉았다. 정 사도는 슬픈 빛을 가득 띤 낯으로 소유에게 말했다.

"태후께서 조서를 내리셨네. 양 상서와의 혼인 약속을 무르고 미리 받은 예물을 돌려주라 하시기에 벌써 춘운에게 맡겨 화원에 두었네. 나나 아내의 마음인들 오죽하겠나마는 딸의 신세를 생각하면 그 참혹함을 어찌 말로 다할 수 있겠는가? 늙은 아내는 너무 놀라 사람을 알아보지 못할 지경이라네."

양소유는 망치로 뒤통수를 맞은 것 같았다. 겨우 정신을 차리고 힘주어 말했다.

"어떻게 이런 일이 있을 수 있습니까? 제가 즉시 상소하여 따지겠습니다."

정 사도는 양소유의 팔을 잡고 말렸다.

"자네가 이미 두 번이나 임금의 명을 어겼으니 다시 상소하면 반드시 큰 벌을 받게 될 거야. 그러니 이번에는 순종하도록 하게. 그뿐 아니라 한 가지 더 말할 것이 있네. 자네가 이제 우리 집의

화원에 거처하는 것은 아무래도 불안하니 섭섭하지만 이만 헤어
지는 깃이 넛겠네.”

양소유가 거처하고 있던 화원에는 벌써 춘운이 돌려줄 예물을 준
비해 놓고 기다리고 있었다. 춘운의 얼굴에도 슬픈 빛이 가득했다.
"제가 아가씨의 명을 받아 상공을 모시면서 아가씨와 상공의 혼
인날을 기다리고 있었는데 일이 이렇게 되고 말았습니다. 이제 상
공과 하직하고 다시 아가씨를 모시러 가야겠습니다.”

소유는 이 모든 일이 도무지 믿기지가 않았다.

"내가 다시 힘써 상소하여 부마가 되기를 사양하면 폐하께서 들
어주실지도 모르오. 또 그렇지 않더라도 그대는 경패 아가씨와 사
정이 다르지 않소? 나와 이미 부부의 인연을 맺었는데, 우리가 헤
어져야 한다는 말이오?”

춘운은 소유를 바라보며 고개를 저었다.

"상공께서는 그렇게 생각하실지 몰라도 제 사정은 그렇지 않습
니다. 제가 아가씨를 섬기면서 살아도 같이 살고 죽어도 같이 죽
기를 맹세하였으니 어찌 아가씨가 가는 곳을 따르지 않겠습니까?”

소유는 안타까운 마음을 접지 못해 다시 한번 매달려 보았다.

"경패 아가씨는 다시 혼처를 구하여 결혼할 수 있을지 모르는
데, 그때도 그대는 아가씨를 따라가 다른 신랑을 함께 섬기겠다는
말이오?”

춘운은 야속한 마음을 감추지 않고 정색을 하며 말했다.

"상공께서는 정말 아가씨의 마음을 모르시는군요. 요즘의 사정을 모두 들으신 아가씨는 부모님 슬하에 머물러 있다가 머리를 깎고 절에 들어가신다고 하셨습니다. 다시 태어날 때는 여자의 몸이 되지 않기를 부처께 기도하시겠다고요. 제 앞길 또한 그와 같을 것입니다."

양소유는 우는 춘운을 달랠 길이 없어 밤새 잠을 이루지 못하고, 이튿날 자리에서 일어나자마자 매우 격렬한 상소를 써서 올렸다. 이를 안 태후는 크게 노하여 양소유를 감옥에 가두어 버렸다. 조정의 몇몇 대신들은 양소유의 처지를 딱하게 여기고 또한 그 벌이 지나치다며 황제에게 대신 사정해 보기도 했다. 그러나 황제 또한 어쩔 수 없는 일이었다.

"양 상서가 받는 벌이 무거운 것임을 짐 또한 알지만, 태후께서 매우 노하셨으니 구할 길이 없다."

양소유는 그 후로 몇 달 동안이나 옥에 갇혀 나랏일을 보지 못했다. 정 사도 또한 황공하여 문밖출입을 하지 않고 오는 손님도 맞이하지 않았다.

전장에서 만난 심요연

 양소유가 옥에 간혀 아무 일도 못 하고 있을 때, 토번28의 오랑캐가 자신의 힘을 믿고 중국을 업신여겨 전쟁을 일으켰다. 적병 사십만의 군사가 변방 마을을 잇달아 함락시키고 그 선봉은 서울로 가까이 진입하는 등 매우 위급한 상황이 전개되고 있었다. 황제는 급히 신하들을 모아 놓고 대책 회의를 열었다.

장군들과 신하들은 차마 머리를 들지 못했다. 서울에 있는 군사의 수는 수만에 불과하고 외곽을 지키는 군사들은 그들대로 급한 임무가 있어 서울로 끌어들이기 어려운 상황이었다. 황제는 답답하였지만 결단을 내리지 못하고 있다가 무슨 뾰족한 생각이 났는지 무릎을 탁 쳤다.

'양소유에게는 좋은 계획이 있을지 모른다. 이전에 북방의 세 절

---

28 **토번(吐蕃)** : 티베트고원의 중앙에 성립된 고대왕국. 7세기에서 9세기까지 2백여 년간 지속된 티베트 역사상 국력이 가장 강했던 왕조이다.

도사를 군사 없이 항복하게 한 것도 모두 그의 공이 아니었던가.'

황제는 얼른 태후에게 가서 양소유를 그만 석방해 달라고 청했다. 태후도 위급한 상황을 알고 있었기에 거절할 수 없었다. 오랜만에 바깥 구경을 하게 된 양소유는 좀 수척했지만, 맑은 눈빛과 거침없는 자신감은 변치 않은 듯했다. 황제는 전쟁의 상황을 설명하고 양소유에게 대책이 있는가 물었다. 양소유는 늠름하게 대답했다.

"서울은 종묘29와 궁궐이 있는 곳입니다. 만에 하나 서울을 지키지 못한다면 백성들의 인심을 잃게 될 것이니 나중에 수습하는 것은 더 어렵습니다. 신이 비록 재주가 없으나 수천 명의 군사를 주시면 죽기를 각오하고 싸워 오랑캐를 물리치겠습니다."

황제는 애초부터 양소유에 대한 믿음이 깊었던 데다가 오랑캐를 막을 다른 뾰족한 방법도 없었다. 즉시 양소유를 장수로 삼고 군사 삼만을 주어 오랑캐와 맞서 싸우라 명했다.

전장에 우뚝 선 양소유는 늠름했다. 첫 전투였으나 조금도 당황하는 기색 없이 군사들에게 호령했다.

"우리의 수가 비록 적으나 저들은 한낱 오합지졸 30오랑캐일 뿐

---

29 **종묘(宗廟)** : 본래의 뜻은 중국 제왕들이 조상의 위패를 두던 묘를 일컫는 말이다. 우리나라에도 역대 임금과 왕비의 위패를 모시던 왕실의 사당으로 종묘를 두었다.
30 **오합지졸(烏合之卒)** : 까마귀가 모인 것처럼 질서가 없이 모인 병졸이라는 뜻으로 규율이 없고 무질서한 병졸 또는 군중을 이르는 말

이다. 두려워 말고 나가 싸우라!"

군사늘은 장군의 위엄이 서린 목소리와 패기만만한 모습에 저절로 사기가 올라 하늘을 찌를 것만 같았다. 우레와 같은 함성이 일어나고 진군하는 발자국 소리는 천지를 진동시켰다. 놀라 당황한 것은 적들이었다. 이때 양소유가 겨눈 활시위를 떠난 화살이 그림 같은 포물선을 그리며 날아가 정확하게 적장의 가슴을 뚫었다.

이미 싸움은 끝난 것이나 다름없었다. 장수를 잃고 우왕좌왕하던 오랑캐 군사는 일제히 뒤로 돌아 달아나기 시작했다. 양소유의 군대는 도망하는 적군을 뒤쫓아 닥치는 대로 쓰러뜨렸다. 세 번의 전투 끝에 적의 머리 삼만을 베고 말 팔천 마리를 빼앗았다. 적병들은 멀찌감치 후퇴하였고 서울과 궁궐은 눈앞에 닥쳤던 급박한 위기에서 어느 정도 벗어날 수 있었다.

소식을 들은 황제는 크게 기뻐하며 양 상서를 조정으로 불러들이라 했다. 큰 공을 세웠으니 상으로 보답하려는 것이다. 그러나 양소유는 궁궐로 돌아가지 않고 군중에서 상소를 올렸다.

오랑캐가 비록 패하였다고 하나 우리가 목을 벤 숫자를 따지면 아직까지 적병의 십분의 일도 되지 않습니다. 나머지 대군이 가까이에 머물러 있어 언제 다시 침범할지 모르는 일입니다. 지금 승리의 기운을 더 이어가야 합니다. 제게 군사와 말을 더 조달하여 주시면 적국 깊숙한 곳까지 공격해 들어가 그 임금을 잡고 나라를 멸망시켜 후손의 걱정거리를 없애겠습니다.

황제는 양소유의 충성스러운 마음에 감동했다. 즉시 양소유의
벼슬을 높여 어사대부 겸 병부상서 정서대원수를 제수[31]하고, 양
소유가 원하는 대로 나라의 군대를 지휘할 권한과 말을 조달하여
쓸 수 있는 권한을 주었다.

양소유는 이십만 대군을 모아 위풍당당하게 진군했다. 양소유의
기개와 지혜를 알게 된 병사들은 믿음직한 장수의 명령에 언제든
따를 준비가 되어 있었다. 양소유의 군대가 지나가는 곳마다 승전
가가 울렸고, 백성들은 만세를 불렀다. 불과 몇 달 사이에 오랑캐
에게 점령당했던 이십여 고을을 되찾았으나, 양소유가 이끄는 군
대의 전진은 멈추지 않았다.

어느 날 양소유의 군대는 적석산 아래에 진을 치고 다음 전투를
대비하고 있었다. 그런데 갑자기 진중에 회오리바람이 일어나고
까마귀가 울며 날아갔다. 양소유는 지난날 산중에서 만난 도사가
준 예언서로 점을 쳐 보고 빙그레 웃음을 지었다.

'눈앞에 적국 사람이 나타나 위협하겠지만 결국은 좋은 일이 생
기리라.'

---

31 제수 : 추천의 절차를 밟지 않고 임금이 직접 벼슬을 내리다. 옛 관직을 없애고
새 관직을 내리다.

양소유는 진지의 사방에 방어막을 치고 군사들에게 명하여 방비32를 삼엄하게 하라 하였다.

밤이 찾아왔다. 소유는 장막 안에 앉아 촛불을 밝히고 병법을 공부하고 있었다. 자정을 알리는 군호33 소리가 들려오는 동시에 어디선가 한줄기 찬바람이 불어 촛불이 꺼지고 말았다. 어둠 속에서 서늘한 기운이 다가옴을 느껴 고개를 들자 한 여자가 공중에서 서리 같은 비수를 들고 날아 내려왔다. 양소유는 자객34임을 짐작하고 얼굴색 하나 변치 않은 채 천연스럽게 물었다.

"그대는 누구며, 이렇게 깊은 밤에 무슨 일로 나의 군막에 들어왔는가?"

여자가 대답했다.

"토번국 왕명을 받아 원수의 머리를 가지러 왔습니다."

양소유는 누군가 찾아올 것을 이미 예감하고 있었으므로 조금도 당황하지 않았다.

"대장부가 어찌 죽기를 두려워하겠는가? 내 머리를 어서 베어가라."

여자는 들고 있던 칼을 내려놓고 엎드려 머리를 조아리고 말했다.

"놀라지 마십시오. 제가 어찌 존귀한 분을 해치겠습니까?"

---

32 **방비(防備)** : 적의 침입이나 피해를 막기 위해 미리 대비함.
33 **군호(軍號)** : 군중에서 서로 연락하기 위하여 주고받는 신호
34 **자객(刺客)** : 사람을 몰래 죽이는 일을 전문으로 하는 사람

양소유는 엎드린 여자를 부축하여 일으켰다.

"칼을 들고 군중에까지 잠입해 놓고 이제 와서 해치지 않겠다니 무슨 까닭인가?"

여자는 비로소 고개를 들고 말했다.

"제가 누구이고 어디서 왔는지 모두 말씀드리려면 한두 마디로는 모자랄 것입니다."

양소유는 고개를 끄덕이고 자신의 앞자리를 내어 주며 편히 앉도록 권했다.

여자는 숱 많은 머리카락을 틀어 올려 금비녀를 꽂았고, 석죽화를 수놓은 무사의 옷을 입었으며, 봉황의 머리를 수놓은 신을 신었고, 허리에는 용천검35을 찼다. 얼굴은 한 송이 해당화처럼 아름다웠다.

"저는 양주에서 태어나 자랐습니다. 조상 때부터 당나라 사람입니다. 어려서 부모를 잃고 어느 여도사에게 의지하여 그의 제자가 되었습니다. 그 도사는 도술을 부릴 줄 알아 제자 열 명에게 검술을 가르쳤습니다. 진해월, 금채홍, 심요연 세 제자의 실력이 뛰어난데, 제가 바로 그중 하나인 심요연입니다."

심요연의 이야기는 밤이 깊도록 이어졌다. 양소유는 그의 이야기에 조금씩 빠져 들어갔다.

---

35 **용천검(龍泉劍)** : 옛날 장수들이 쓰던 보검(寶劍)

스승으로부터 삼 년 만에 도술을 다 익힌 요연은 바람을 타고 번개를 따라 순식간에 천 리를 갈 수 있게 되었다고 한다. 해월과 채홍, 요연의 검술은 우열을 가릴 수가 없었다. 그런데도 스승은 원수를 갚거나 사나운 적을 대하여 베어야 할 때 채홍과 해월만을 보냈다.

"함께 사부님의 가르침을 받았는데 왜 제게만 은혜 갚을 기회를 주지 않으십니까. 제 검술 실력이 두 사람보다 못하여 일을 시키지 않으시는 것입니까?" 하고 요연이 묻자 스승은 대답했다.

"너는 원래 우리 무리가 아니다. 채홍이나 해월처럼 사람의 목숨을 해친다면 너의 앞길에 해로울 것이다. 그래서 네게 일을 시키지 않는 것이다."

"그렇다면 저에게 검술을 가르쳐 주신 것은 무엇 때문입니까?"

"네 전생의 인연이 당나라에 있지만 그 사람은 존귀한 신분의 사람이다. 너는 변방의 나라에서 태어났으니 그 사람과 서로 만날 방법이 없다. 너에게 검술을 가르친 것은 그 사람을 만나게 하기 위함이다. 네 재주로 인하여 백만 군대의 창과 칼 사이에서 아름다운 인연을 이루게 될 것이다."

요연은 스승의 말을 당장 이해할 수는 없었지만 순종하는 수밖에 없었다. 그런데 한 달 전 스승은 요연을 따로 불렀다.

"당나라 황제가 장수를 보내 토번을 정벌하도록 명했다. 이에 대항하는 토번의 왕은 큰 상금을 걸고 자객을 모집하여 당나라 장수를 암살하려고 한다. 너는 지금 급히 가서 토번국의 모든 자객

과 겨루어 이겨야 한다. 그리하여 최종 선발된 후 위기에 처한 장
수를 구하고 너에게 정해진 인연을 이루어라."

요연은 토번 땅으로 가서 십여 명의 뛰어난 자객을 물리치고 우
승했다. 토번의 왕은 요연의 실력에 감탄하며 당나라 군대의 진영
으로 가서 장수를 해치라는 명령을 내렸다. 만약 성공하고 돌아오
면 왕비로 삼겠다는 약속도 했다.

이야기를 듣다 보니 양소유는 요연이 자객의 모습으로 침입한
이유를 알게 됨은 물론 좋은 일이 있을 것이라는 점괘의 뜻도 알
수 있게 되었다.

"제가 오늘 대원수를 만나니 스승님의 말이 맞습니다. 가장 낮
은 종이 되어서라도 가까이서 모시고 싶습니다."

요연의 말에 소유는 매우 기뻤다.

"경이 아니었으면 다른 자객이 와서 나를 해쳤겠지. 내 위태로
운 목숨을 구한 것도 모자라 몸소 섬기겠다고까지 하니 이 은혜를
어떻게 갚을까? 평생 함께 늙기를 바랄 뿐이오."

군영36의 위로 밝은 새벽달이 떠올랐다. 양소유는 요연과 함께
밤을 보내고 함께 사흘을 더 지냈다.

---

36 군영(軍營) : 군사가 주둔하는 곳

사흘 후 요연은 양소유의 군영을 떠나면서 말했다.

"원수께서 토번을 정벌하는 것은 썩은 나무를 베는 것과 마찬가지이니 의심할 여지가 없습니다. 다만 제가 이곳으로 온 것은 스승님의 명에 따른 것이라 해도 떠나올 때 스승님께 하직 인사를 드리지 못했으니 잠시 가 보아야겠습니다. 토번을 물리치신 후 회군하여 서울로 향하실 때를 기다렸다가 뒤따르겠습니다."

"그러나 그대가 떠난 사이에 토번 왕이 다른 자객을 보내면 어쩌지?"

"그것은 염려 마십시오. 자객이 아무리 많다 해도 제 적수가 되지 못합니다. 심요연이 투항하였다는 소문이 나면 누구도 감히 침입할 엄두를 내지 못할 것입니다."

요연은 소유를 안심시키고 몸에 지니고 있던 구슬을 하나 꺼내 건넸다.

"이 구슬은 토번 왕이 상투에 꽂고 있던 것입니다. 사자를 시켜 이 구슬을 토번 왕에게 전하십시오. 그러면 심요연이 토번으로 다시 돌아갈 의사가 없다는 것을 그들이 짐작할 것입니다."

양소유는 아쉬웠지만 더 잡을 수가 없었다.

"그 밖에 또 해 줄 말이 있는가?"

"앞으로 반사곡이라는 골짜기를 지나가실 것입니다. 길이 좁을 테니 행군을 조심하십시오. 그리고 마실 만한 물이 없을 테니 우물을 파서 군사에게 먹여야 합니다."

요연은 말을 마치고 잠깐 인사하는가 싶더니 양소유가 붙잡아 말려 볼 틈도 없이 몸을 솟구쳐 날아올랐다. 금세 작은 점이 되어 눈에 보이지 않았다.

소유는 진영의 모든 장수들을 모아 요연이 한 말을 전했다. 그리고 요연의 말대로 사자를 뽑아 토번 왕에게 구슬을 보냈다.

다시 행군이 시작되었다. 어느 큰 산 아래에 이르러 보니 지나는 길이 좁아 말 한 마리가 겨우 지날 수 있을 정도였다. 고생 끝에 수백 리를 더 지나니 겨우 넓은 곳이 나타났다. 양소유는 그곳에 진을 치고 군사를 쉬게 하였다.

오랜 행군에 지쳐 있던 군사들은 산 아래에 맑은 물이 있는 것을 보고 앞을 다투어 달려갔다. 그런데 이게 어찌된 일인가? 물을 마신 병사들은 모두 몸을 떨면서 온몸이 푸르게 변해 갔다. 양소유는 깜짝 놀라 요연이 남긴 말을 그제야 떠올렸다. 직접 물가로 나아가 그 속을 들여다보니 물은 깊고 푸르러 그 깊이를 알 수 없고 서늘한 기운이 넘실거리고 있었다.

'이곳이 분명 요연이 말한 그 반사곡이구나.'

양소유는 군사들을 시켜서 여러 곳에 우물을 파게 하였다. 그러나 아무리 깊이 땅을 파도 샘물이 솟는 곳은 없었다.

'안 되겠다. 더 낭패를 겪기 전에 어서 이곳을 벗어나야겠다.'

그러나 이미 때는 늦었다. 갑자기 앞뒤에서 오랑캐의 북소리가 진동했다. 말 그대로 진퇴양난이었다.

병영에서 꾼 꿈

 양소유는 포위된 진지의 천막 안에서 오랑캐 군사를 물리칠 방책이 없을까 생각해 보고 있었다. 밤이 지나고 날이 밝으면 적군은 앞뒤에서 공격할 게 뻔했다. 걱정을 해도 좋은 수가 생각나지 않아 한숨만 푹푹 쉬던 소유는 의자에 앉은 채로 잠깐 졸았다.

잠결에 문득 이상한 향내를 맡았는가 했더니 낯선 여자아이 두 명이 어디선가 나타났다.

"우리 아가씨께서 나리를 잠깐 뵙고자 하십니다."

양소유는 영문을 몰라 물었다.

"너희는 누구냐? 그리고 아가씨라니?"

"우리 아가씨는 용왕의 작은따님이십니다. 요즘 용궁에서 피신하여 이 부근의 연못에 와 계십니다."

"용왕이 있는 곳이라면 분명 깊은 물속일 텐데 나는 사람이니 어떻게 물속 나라로 갈 수 있다는 말이냐?"

"밖에 말을 대령해 놓았습니다. 그 말을 타면 사람이라도 쉽게 물나라로 갈 수 있습니다."

아이들을 따라 밖으로 나가 보니 황금 안장을 얹은 말 한 필이 있고, 화려한 옷을 입은 십여 명의 시종이 늘어서 있었다.

양소유는 준비된 말에 올랐다. 주위의 풍경이 바람처럼 뒤로 지나치는가 싶더니 눈 깜짝할 사이에 연못으로 들어가 용궁 앞에 다다랐다. 궁궐은 웅장하여 마치 왕이 사는 곳 같고 지키는 군사들은 물고기 머리를 하고 있거나 새우 수염을 달고 있었다.

아름다운 시녀들이 문을 열고 양소유를 맞이했다. 궁궐의 중앙에는 흰 옥으로 만든 의자가 남쪽을 향하여 놓여 있었다. 양소유가 그 자리에 앉자 시녀들은 계단 아래에 비단 자리를 깔았다. 이윽고 한 여자가 십여 명의 시녀들에게 둘러싸여 비단 위를 천천히 걸어 나왔다. 여자는 신선처럼 아름다웠고 세상에서 본 적 없는 화려한 옷을 입고 있었다. 시녀 한 명이 목소리를 길게 뽑아 말했다.

"동정호 공주님이 양 원수 뵙기를 청합니다."

양소유는 계단 아래에 서 있는 여인을 위로 올라오라고 청했다. 여자는 여러 번 사양하다가 위로 올라와 작은 의자에 앉았다. 양소유는 극진한 대접에 어쩔 줄을 모르고 공손히 말했다.

"저는 인간 세상의 평범한 사람이고 공주님은 높은 신령입니다. 제게 이렇게 예를 갖추시니 몸 둘 바를 모르겠습니다."

공주의 입이 마침내 열렸다.

"저는 동정호 용왕의 작은딸입니다. 제가 갓 태어났을 때 아바마마께서 하늘나라에 사셨나가 노인을 만나 제 팔자를 물으셨다 합니다. 도인이 말하기를 '전생에 신선 세계에서 내려와 지금은 용궁의 공주가 되었으나, 다시 사람이 되어 귀한 사람의 아내로 부귀영화를 누리다가 결국은 부처님 세상으로 돌아가리라' 하였답니다."

"그런데 지금 저를 청하신 것은 무슨 일이십니까?"

"남해 용왕의 아들이 제가 아름답다는 소문을 듣고 자기 아버지에게 부탁하여 우리 집에 청혼을 했습니다. 아바마마께서는 친히 남해 용왕에게 가셔서 하늘나라 도인의 예언을 전하셨습니다. 그런데도 남해 용왕은 허황된 말이라며 듣지 않고 혼인하기를 더욱 재촉했습니다. 동정호는 남해 용왕의 관할입니다. 남해 용왕의 말을 거역하면 집안에 화가 생길까 두려워 홀로 부모를 떠나 이곳에까지 이른 것입니다."

"그래서 어떻게 됐나요?"

"남해 용왕의 아들은 제 부모님을 협박하여 제가 어디 있는지 알아냈습니다. 그 미친놈이 온갖 핍박을 하는 것은 물론 군졸까지 거느리고 이곳을 노략질하려 합니다. 제 지극한 원한과 괴로운 절개에 하늘과 땅이 감동하였는지 연못의 물이 얼음 지옥처럼 변하여 물나라 족속이 들어오지 못하게 되는 바람에 겨우 목숨을 지키며 저를 구해 줄 귀한 사람을 기다리고 있었던 것입니다."

양소유는 고개를 끄덕이며 말했다.

"이제야 알겠습니다. 그래서 우리 군사들이 물을 마시고 모두 쓰러진 것이군요."

"그렇습니다. 제가 사는 연못의 물이 원래는 청수담이라고 불리는 맑고 깨끗한 물이었는데 제가 온 후 물이 변했습니다. 그래서 여기 사는 사람들이 백룡담이라고 이름을 바꾸었다고 합니다. 이제 나리께서 이곳에 오셨으니 안심하고 제 몸을 맡겨 기댈 곳이 생긴 셈입니다. 지금부터는 물맛이 예전과 같을 테니 군사들이 길어 먹어도 해롭지 않고, 전에 먹고 병든 사람도 모두 나을 것입니다."

양소유는 다행이라 여기며 공주를 마주 보았다. 사실 그는 이 아름다운 용궁의 공주에게 이미 마음을 빼앗긴 지 오래였다.

"그대의 말대로라면 하늘이 우리 두 사람의 인연을 정하신 지 오래되었으니 지금 당장 아름다운 약속을 하는 것이 어떻겠소?"

공주는 얼굴을 붉히며 사양했다.

"지금 당장은 좀 곤란합니다. 우선 부모님께 알려 드리고 나서 약혼을 하는 것이 옳을 것입니다. 또 제가 앞으로 사람의 몸을 얻는 날이 올 텐데 지금처럼 비늘 돋은 몸으로 지아비를 모시는 것은 옳지 않습니다. 마지막으로 남해 태자가 이곳을 늘 염탐하고 있으니 여기 계시다가 무슨 험한 일이 생길지 모릅니다. 나리께서는 얼른 군영으로 돌아가 큰 공을 세우시고 개선가를 부르며 서울로 돌아가십시오. 그러면 저도 당당히 사람의 옷을 입고 그 뒤를 따르겠습니다."

아니나 다를까, 갑자기 다급한 천둥소리에 궁궐이 몹시 흔들리고 시녀가 급히 뛰어 들어와 말했다.

"큰일 났습니다. 남해 태자가 무수한 군병을 거느리고 와서 맞은편 산에 진을 쳤습니다. 양 원수님과 자웅37을 겨루어 보겠다고 합니다."

공주의 걱정스러운 눈빛에 양소유는 크게 화가 나서 외쳤다.

"남해 태자는 어찌 이토록 무례한가?"

양소유가 소매를 떨치고 말에 올라 물 밖으로 솟아오르니 남해 군병이 백룡담을 겹겹이 에워쌌다. 양소유는 군사들을 지휘하여 태자와 맞섰다. 남해 태자가 먼저 말을 몰아 앞으로 나가며 부르짖었다.

"양소유 네놈은 남의 혼사를 망치고 남의 여인을 빼앗았으니 결단코 살아남지 못할 것이다."

소유 또한 마주 보고 말을 달리며 호탕하게 웃고 나서 말했다.

"동정호 용왕의 딸은 태어날 때부터 이미 나와 함께하기로 하늘에서 정해 놓았으니, 나는 다만 하늘의 명을 따른 것뿐이다."

양소유 대원수의 호령과 함께 당나라 군대의 화살 만 개가 일제

---

37 **자웅(雌雄)** : 승부, 우열, 강약 따위를 비유적으로 이르는 말

히 발사되었다. 물나라 군대의 깨진 비늘과 늘어진 껍데기가 땅에 수북이 쌓였다. 태자 또한 화살을 맞고 두어 군데 상처를 입어 변신을 할 수 없게 되었으므로 결국은 포로로 잡히고 말았다.

양소유는 징을 울려 군사를 거두고 태자를 결박하여 진중으로 돌아왔다. 진영의 문지기가 기다렸다는 듯이 말했다.

"지금 백룡담 공주님이 친히 오셔서 원수께 축하하고 군사들을 대접하겠다고 합니다."

양소유는 매우 기뻐하며 공주가 가져온 술과 고기로 군사들에게 잔치를 베풀어 주었다. 그리고 공주와 함께 나란히 앉아 남해 태자를 잡아들였다. 태자가 감히 고개를 들지 못하자 양소유는 위엄 있는 목소리로 꾸짖었다.

"내가 천명을 받들어 오랑캐를 평정하려는데 철없는 네가 미친 듯이 하늘의 뜻을 거스르니 스스로 죽고자 하는 것이 아닌가. 내 너의 머리를 베어 기강을 바로잡는 것이 마땅하겠지만, 너의 아비가 남해를 진정시키고 백성들에게 은혜를 베푼 일이 있는 까닭에 한 번 용서하니 다시는 망령된 마음을 먹지 말라."

태자는 군영에 있던 약으로 상처를 치료한 후 머리를 감싸 쥐고 쥐가 숨듯이 달아났다.

그런데 갑자기 동남쪽에 붉은 안개가 자욱하게 끼더니 낯선 사자가 내려와 정중하게 허리를 굽히며 말했다.

"동정호 용왕께서 양 원수가 남해 태자를 물리치고 공주를 구하셨다는 기별을 들으셨습니다. 이제 공주님을 돌아오게 하라 하셨습니다. 그와 함께 원수를 조정하여 산지를 열고 감사의 뜻을 전하겠다고 하십니다."

양소유는 우선 공주가 동정호의 부모님께 돌아가게 된 것을 다행이라고 생각했다. 그러나 당장 동정호로 따라갈 수는 없는 일이었다.

"나는 지금 군사를 거느리고 적군과 대치하고 있는 중이오. 게다가 동정호는 여기에서 만 리 밖에 있는데 가자고 한들 어떻게 갈 수 있겠소?"

사자는 다시 한번 허리를 숙이며 권했다.

"그것은 염려 마십시오. 용 여덟 마리가 끄는 수레를 대령하여 놓았으니 반나절이면 다녀오실 수 있습니다."

소유는 공주와 함께 수레에 올라탔다. 신령스러운 바람이 부는가 싶더니 수레가 공중으로 떠올랐다. 벌써 인간 세상으로부터 몇천 리를 떠나왔는지 알 수 없게 되고, 흰 구름이 세상을 덮은 모습만이 눈에 보일 뿐이었다.

용이 끄는 수레는 순식간에 동정호에 도착했다. 양소유를 친히 마중 나온 용왕은 극진한 예의를 갖추어 인사했다. 그리고 고생 끝에 돌아온 딸을 반갑게 맞이했다.

용왕은 물나라의 모든 족속을 모아 큰 잔치를 벌였다. 술잔이

어지럽게 돌고 풍악이 질탕38하게 울렸다. 그 곡조들은 모두 인간 세상의 것과는 달랐다. 마당에는 장수들이 창과 칼을 들고 북을 치며 행진하고, 비단 옷을 차려입은 미녀들이 여섯 줄을 맞추어 춤추니 그 웅장하고 화려한 모습은 정말 장관이었다.

용왕은 양소유에게 궁중의 좋은 술을 따라 주며 연거푸 권했다. 소유는 한편으로 고맙고 즐거웠지만 마냥 취할 수는 없는 형편이었다. 술잔을 받아 마시고 다시 되돌리기가 아홉 번째에 이르자 더 이상 받을 것을 사양하고 자리에서 일어났다.

"군을 거느린 장수로서 할 일이 남았습니다. 한가히 머무르기 곤란합니다."

양소유는 용왕에게 인사하고 공주와 작별하며 나중에 만날 것을 약속했다.

용왕은 양소유를 배웅하러 궁전 문밖까지 따라 나왔다. 양소유는 거듭 고개 숙여 인사하고 돌아서려다가 문득 멀리에 높고 빼어난 다섯 봉우리가 구름 위로 솟은 것을 보게 되었다.

"저 산 이름이 무엇입니까? 제가 천하를 두루 구경했지만 아직 화산은 보지 못했고, 이 산 또한 처음입니다."

양소유의 물음에 용왕이 대답했다.

---

38 **질탕(跌宕)** : 신이 나서 정도가 지나치도록 흥겹다.

"원수께서 이 산을 모르시는군요. 이것이 그 유명한 남악 형산입니다."

"죄송합니다만 용궁의 수레를 빌려 잠깐 저 산을 보고 갈 수 있겠습니까?"

"아직 많이 늦지 않았으니 잠깐 구경하셔도 오늘 중에 군영에 돌아갈 수 있을 것입니다."

소유가 수레에 오르니 이미 산 아래에 이르렀다. 지팡이를 끌고 걸으며 구경하는데 온갖 신기한 형상의 바위가 빼어난 자태를 겨루고 수정처럼 맑은 물이 다투며 흐르니 절로 감탄이 터져 나왔다.

"이처럼 아름다운 산을 두루 구경할 여유조차 없구나. 언제 공을 이루고 퇴직하여 세상 밖을 유람하는 한가한 사람이 될까?"

그런데 문득 바람결에 종소리가 들려왔다. 양소유는 멀지 않은 곳에 절이 있을 것을 짐작하고 종소리를 따라 산을 올라갔다.

건물이 아름답고 규모가 웅장한 절이 눈앞에 우뚝 나타났다. 늙은 스님이 법당에 앉아 부처님의 말씀을 전하는 중인데, 눈썹이 길고 눈이 푸르며 신선과 같은 골격을 지니고 있었다. 스님은 손님이 온 것을 알아챘는지 모든 중을 거느리고 법당에서 내려왔다.

"산에 사는 사람이라 귀먹고 눈이 어두워 대원수 오시는 줄 알지 못했습니다. 멀리 나가 마중하여야 했을 텐데 그러지 못한 것을 용서하십시오. 원수께서 아직은 돌아올 때가 아니지만 이미 왔으니 예불39하고 돌아가십시오."

소유는 스님에게 합장하고 전각에 올랐다. 향을 피워 부처 앞에
절하고 다시 아래로 내려오려는 순간 갑자기 계단에서 발을 헛디
뎌 고꾸라졌다.

"으악!"

소리를 지르며 눈을 떠 보니 절 마당에 엎어져 있을 줄 알았던
몸은 군영의 의자에 기대어 있고, 장막 바깥은 날이 이미 밝아 오
고 있었다.

'이 모든 것이 꿈이었는가?'

소유는 휘하40의 장수들을 불러 모으고 물었다.

"너희들은 밤에 무슨 꿈을 꾸었느냐?"

장수들은 앞을 다투어 꿈 이야기를 했다.

"원수를 모시고 귀신 병사들과 싸워 이기는 꿈을 꾸었습니다."

"물고기를 닮은 군사를 물리치고 적장을 사로잡았습니다."

"저도 그렇습니다. 이는 분명 오랑캐를 물리칠 좋은 징조입니
다."

소유는 무척 놀라면서도 한편으로 기쁜 마음을 감출 수 없었다.
장수들에게 자신의 꿈을 자세히 이야기하고 나서 함께 백룡담 연

---

39 예불(禮佛) : 부처 앞에 경배하는 의식
40 휘하(麾下) : 장군의 지휘 아래. 또는 그 지휘 아래에 있는 군사

못으로 가 보니 고기비늘이 물가에 수북하게 떨어져 있고, 피가 냇물처럼 굽이쳐 흐른 흔적이 역력했다.

연못의 물을 먼저 맛보고 아무 이상이 없음을 확인한 소유는 우선 병든 군사와 말들에게 물을 먹여 보았다. 정신을 차리지 못하고 늘어져 있던 병사들이 모두 벌떡 일어났다. 그제야 모든 군사들과 말에게 물을 먹이니 모두 즐거워 우레 같은 함성을 질렀다. 적군들은 이 소식을 듣고 크게 두려워하며 제풀에 항복하려는 마음을 먹었다.

경패를 찾아간 난양 공주

한편 양소유가 전장으로 나간 이후 잇달아 승전보를 보내오자 황제는 태후를 찾아가 의논할 일이 생겼다. 공을 세운 신하에게 마땅히 큰 상과 높은 벼슬을 주어야 하겠지만, 양소유는 황명을 거스르고 태후의 노여움을 샀던 만큼 공주와의 혼인을 둘러싼 숙제가 남아 있었다.

황제는 조심스럽게 말문을 열었다.

"어마마마, 양 상서의 공이 지극히 크니 토번을 함락시키고 돌아온다면 승상 벼슬을 제수하려 합니다. 다만 난양 공주의 혼인 문제가 걸려 있으니 걱정입니다. 양 상서가 마음을 고쳐 순종하면 다행이겠지만, 만약 다시 고집을 피운다면 공신에게 벌을 주기도 어렵고 참으로 난감한 상황이 될 것입니다."

태후가 황제에게 단호히 대답했다.

"소문을 들으니 정 사도의 딸이 매우 곱다 하더군요. 게다가 양 상서와 서로 얼굴을 대했다 하니 어찌 쉽게 헤어지려 하겠소? 지금 양 상서가 출정하여 이곳에 없는 틈을 타서 정 사도의 집에 조서를 내리시오. 정 사도의 딸을 다른 사람과 혼인시키라는 조서 날이오."

황제는 태후의 말에 아무 대답도 하지 못하고 묵묵히 앉았다가 인사하고 나갔다. 이때 난양 공주가 태후 옆에 있다가 황제가 밖으로 나가자 조심스레 입을 열었다.

"어마마마 말씀이 도리에 맞지 않습니다. 정 사도의 딸이 누구와 혼인하든 그것을 어찌 조정에서 이래라 저래라 강요할 수 있겠습니까?"

태후는 딸의 모습을 사랑스럽게 지켜보았다.

"그래, 네 말에도 일리가 있다. 왜 내가 그것을 모르겠느냐. 차라리 잘 되었다. 이 일은 네게 일생일대의 큰일이니 처음부터 너와 의논해야 할 일이었겠구나. 양 상서의 풍류와 문장은 조정 신하 중에 단연 뛰어나 비교할 사람이 없다. 그뿐 아니라 통소 곡조로 학을 춤추게 했다는 말이 사실이고 보면 하늘이 정한 인연임에 틀림이 없다. 그러니 나로서는 결단코 양 상서 이외의 사람과 너를 혼인시키지 않을 것이다. 그런데 양 상서가 정 사도의 딸과 단순하게 혼인을 의논한 것이 아니라 정분이 깊어 서로 버리지 못하는 듯하니 난처하구나."

"정 사도의 집에 조서를 내려 양 상서와의 혼인을 되돌리도록 한다 해도 양 상서가 고집을 피우면 헛된 일이 되지 않겠습니까?"

"그래서 말인데 양 상서가 돌아오면 우선 너와 혼인을 하게 하고 그 이후에 정 사도의 딸을 소실로 맞아들이게 하면 어떻겠느냐?"

공주는 어머니의 말을 잠잠히 듣고 있다가 고개를 저으며 말했다.

"제가 질투심 때문에 정 사도의 딸을 용납하지 못할 일은 아닙니다. 다만 양 상서가 정 씨를 아내로 맞이하였다가 그것을 고쳐 소실로 받아들이는 것은 예법에 어긋나는 일일 것입니다. 또한 정 사도의 집은 여러 대에 걸친 재상의 가문이니 그 딸을 누군가의 소실로 보내려 하지 않을 것은 당연한 일이 아닙니까?"

태후는 얼굴을 찡그렸다.

"그럼, 어떻게 하는 것이 좋을까? 네게 좋은 수가 있느냐?"

공주는 신중하게 대답했다.

"옛날부터 제후는 세 명의 부인을 둘 수 있었습니다. 양 상서가 공을 세우고 돌아오면 아무리 못되어도 제후는 될 것입니다. 두 명의 부인과 함께 사는 것이 큰 문제는 아닐 듯하니 정 사도의 딸도 저와 함께 아내로 삼는 것이 어떻겠습니까?"

태후는 얼굴을 붉히며 손을 내저었다.

"그럴 수는 없다. 같은 신분의 아녀자라면 함께 아내가 되는 것이 가능하겠지만 너는 황제 가문의 딸이다. 하물며 당대 황제의 누이니 어찌 민간의 여인과 비교할 수 있겠느냐?"

"옛날 성스럽고 지혜로운 제왕들은 어진 사람을 공경하여 평범한 사람도 벗으로 삼았습니다. 소녀가 듣기로는 정 사도의 딸이 용모로 보니 재주와 덕행으로 보나 옛사람 못지않나고 합니다. 그것이 사실이라면 제가 정 사도의 딸과 비교된들 어떻겠습니까? 다만 소문과 실상이 다를 수는 있으니 직접 만나 확인할 필요는 있을 것 같습니다."

태후는 딸의 말을 듣고 속으로 감탄하며 빙그레 미소를 지었다.

"네 마음 또한 옛사람 못지않게 예쁘구나. 나도 정 씨를 한번 보고 싶으니 내일 당장 불러 보겠다."

공주는 쇠뿔도 단김에 빼려는 듯 서두르는 어머니를 말렸다.

"어마마마의 명일지라도 정 씨는 분명 병을 핑계 대어 오지 않을 것입니다. 제 생각에는 정 씨가 어느 절에 다니는지 우선 알아보고 그가 분향하는 날짜를 미리 알아내면 쉽게 볼 수 있을 것 같습니다."

태후는 즉시 내관을 시켜 수소문했지만 정 사도의 딸은 절 출입을 직접 하지 않는다는 사실을 알아냈을 뿐이었다. 대신 정혜원이라는 이름의 절에 정경패가 쓴 기도문이 보관되어 있는 것을 발견했다. 내관이 정경패의 글을 입수하여 태후와 공주에게 전했다.

부처님의 제자 정경패는 몸종 춘운을 대신 보내어 머리를 조아리고 모든 부처님과 보살님께 아룁니다. 여자의 몸으로 태어나

형제 없이 외로이 살던 중 양 씨와 약혼하여 그에게 의지하려 했더니, 양 씨가 부마로 뽑혔습니다. 약혼을 무르라는 조정의 엄한 명령이 내려왔으니 어떻게 양 씨를 따르겠다는 마음을 먹겠습니까?

어찌 보면 부모 슬하에 계속 남아 맑고 한가하게 살 수 있게 되었으니 다행이라 여기며 부처님께 정성을 들여 아룁니다. 제 부모님이 백 년 넘게 장수하도록 해 주세요. 또한 제게 다른 재앙이 생기지 않고 평생 아무 일 없이 처녀로 지낼 수 있도록 도와주세요. 그러면 부모님 돌아가신 후에는 부처님께 귀의하여 향을 피우고 불경을 외우는 비구니의 삶을 살면서 은혜를 갚겠습니다.

제 시녀 가춘운에 대해서 아룁니다. 명색이 주인과 종이지만 춘운은 일찍이 저와 큰 인연으로 맺어져 가장 친한 벗입니다. 주인인 저의 부탁 때문에 좋은 곳에 시집가지 않고 먼저 소실이 되었는데, 일이 잘못되어 남편과 헤어지게 되었습니다. 춘운은 주인인 저를 따라 삶과 죽음의 괴로움과 즐거움을 함께 나누기로 하였습니다. 부처님, 우리 두 사람의 처지를 불쌍히 여기시고 다음 생에서는 남자로 태어나도록 해 주십시오.

글을 읽은 공주는 슬픈 표정을 지으며 태후에게 말했다.
"한 사람이 결혼을 하자고 두 사람의 인연을 끊는 셈입니다."
태후는 묵묵히 듣고 있을 뿐 아무 대답을 하지 않았다.

이즈음 경패는 정 사도와 부인을 모시고 아무 일 없는 듯이 지내고 있었지민, 최 부인은 딸의 모습을 볼 때마나 안타까운 마음을 금하지 못했다. 춘운은 춘운대로 아가씨를 힘써 모시며 글쓰기와 자수 등으로 함께 시간을 보내고 있었다. 경패와 춘운은 이처럼 정성을 다해 오히려 최 부인을 위로하며 살았는데, 보람도 없이 최 부인은 마음의 병을 얻어 몸까지 쇠약해졌다.

경패는 어머니의 마음을 위로하기 위해 몸종들에게 풍류에 재주가 있는 사람이나 온갖 볼거리를 찾아오라고 시켰다. 하루는 정 사도의 집에 한 여자아이가 족자 두 폭을 팔러 왔다. 춘운이 보니 한 폭에는 꽃 사이에 공작이 수놓아져 있었고, 다른 한 폭에는 대나무 수풀에 꿩이 수놓아져 있었다. 언뜻 보기에도 보통 솜씨가 아니어서 수놓은 모양이 매우 정교하고 신묘했다. 춘운은 아이를 잠깐 기다리게 하고 그 족자를 가지고 들어와 경패에게 보여 주며 말했다.

"아가씨께서는 늘 제가 수놓는 솜씨를 칭찬하셨지요. 그런데 이 족자를 좀 보십시오. 신선이 아니면 귀신의 솜씨입니다."

경패는 옆에 앉은 최 부인과 함께 족자를 펴 보고 매우 놀라서 말했다.

"요즘 사람들이 이렇게 수를 놓을 수는 없을 텐데, 실을 보면 틀림없이 새 것이니 대체 어떤 사람이 이런 재주를 가졌단 말이냐?"

"이 족자를 팔러 온 여자아이가 밖에 있습니다. 제가 물어보고 오겠습니다."

춘운은 밖으로 나가 아이에게 족자 주인을 물었다.

"이것은 우리 아가씨께서 수놓으신 것입니다. 아가씨께서는 요즘 홀로 지내시는데 급하게 쓸 돈이 있다고 하시면서 팔아 오라 하셨습니다."

춘운은 부쩍 궁금해졌다.

"네 아가씨는 어떠한 분이며, 무슨 일로 혼자 지내시는 것이냐?"

여자아이는 천연덕스럽게 대답했다.

"우리 아가씨는 이 통판의 여동생이십니다. 통판 나리께서 절강 고을에 부임하게 되어 모친을 모시고 가실 때 우리 아씨는 편찮으셔서 따로 외삼촌댁에 남아 계셨습니다. 요사이 외삼촌댁에 사정이 생겨 길 건너의 다른 집에 세 들어 살고 계시는데, 절강 고을에서 데리러 오기를 기다리는 중이십니다."

춘운은 경패 모녀에게 아이의 말을 그대로 전했다. 경패는 비녀와 팔찌 등 값나가는 패물들을 주고 족자를 사서 벽에 걸었다. 그리고 볼 때마다 감탄하며 칭찬하기를 그치지 않았다.

그날 이후 이 씨 집안의 몸종이라는 여자아이는 가끔씩 와서 정사도 집의 종들과 사귀었다. 어느 날 경패는 집에 놀러 온 여자아이를 보고 춘운에게 말했다.

"저 아이의 아가씨라는 사람이 가진 손재주를 보면 분명 보통 사람이 아니다. 몇몇 시녀들을 시켜서 저 여자아이를 따라가 그 집 아가씨가 어떤지 엿보고 오게 해라."

춘운은 그중 똑똑한 시녀 한 명을 골라 여자아이를 따라가게 했다. 이 씨가 머무는 집은 좁아서 주인과 종의 자리를 가릴 형편이 아니었다. 이 씨는 몸종을 따라 놀러 온 사람이 정 씨 집안의 몸종이라는 것을 알고 밥과 술을 대접하여 보냈다. 시녀는 돌아오자마자 춘운에게 보고했다.

"제가 가서 보니 그 아가씨는 예사 사람이 아닙니다. 고운 얼굴이 우리 아가씨와 무척 닮았습니다."

춘운은 도저히 믿을 수 없었다.

"그 재주만 보더라도 이 씨가 분명 우둔한 사람은 아니겠지만, 그렇다고 말을 그렇게 쉽게 하느냐? 지금 세상에 우리 아가씨 같은 사람이 있다니, 믿을 수가 없다."

시녀는 금세 뾰로통해졌다.

"그렇게 제 말을 믿지 못하겠으면 다른 사람을 보내서 보고 오라 하십시오."

춘운은 다시 한 사람을 뽑아 보냈다. 그 시녀 또한 돌아와서 한 목소리로 말했다.

"저도 참 이상하기는 합니다. 그 아가씨는 분명 신선일 것입니다. 먼저 본 시녀의 말이 틀리지 않습니다. 믿지 못하겠으면 직접 가 보십시오."

그 말을 전해 들은 춘운과 경패 모녀는 모두 이 씨라는 미지의 여인에 대한 궁금증이 더욱 커져 가는 것을 느꼈다.

며칠 후 한 노파가 정 사도 집에 찾아와서 부인을 뵙고 말했다.

"요사이 저희 집에 이 통판 댁 아가씨가 세 들어 계십니다. 그 아가씨의 모습을 보면 세상 사람이 아니라고밖에 할 수 없지요. 그런데 제가 가끔 이렇게 부인을 뵈러 다니는 것을 알고 이 댁 아가씨를 만나 뵙고 싶다는 말을 전하라 하셨습니다. 경패 아가씨의 명성을 듣고 늘 존경해 왔지만 감히 먼저 나서지 못했다고 하시면서요."

부인은 이 씨 여인이 족자의 주인이었다는 것을 기억해 내고 얼른 경패를 불렀다. 경패는 어머니가 하는 말을 조용히 듣고 나서 대답했다.

"제가 다른 이들과는 달리 세상 사람들과 얼굴을 맞대고 지내려 하지 않지만, 이 족자를 수놓은 여인이라면 한번 만나 보고 싶습니다."

경패의 대답을 전해 들은 노파는 신이 나서 돌아갔다.

다음 날 정 사도의 집에 작은 가마 하나가 몇몇 시녀들과 함께 들어왔다. 가마에서 내린 여인은 정 사도 집 시녀들이 이끄는 길을 따라 경패의 방으로 들어갔다.

마침내 두 여인이 만나 인사하고 서로 마주 앉았다. 전설의 직녀가 달나라 궁전의 손님이 된 격이었다. 두 사람의 얼굴에서 비친 광채기 방 안을 기득 채우다 못해 닫힌 문틈으로 새어 니을 징도였다. 주인도 손님도 서로 속으로 놀라가는 매한가지였다.

경패가 먼저 말을 걸었다.

"아름다운 아가씨가 가까운 곳에 계신다는 것을 알고 있었지만 제 처지가 불행하여 세상의 일을 귀찮게 여긴 지가 오래되었습니다. 그래서 일찍 인사하지 못하였는데, 이렇게 먼저 찾아와 주시니 감사합니다."

"저는 보잘것없는 사람입니다. 아버님이 일찍 돌아가시고 어머님이 응석받이로 기르셨으니 무슨 제대로 된 배움이 있었겠습니까? 아씨께서는 집에만 머물며 바깥출입을 하지 않으셨지만 문장이나 행실이 뛰어나다는 것을 세상 사람이 다 알 만큼 명성이 자자하신 분입니다. 늘 만나 뵙고 좋은 가르침을 얻고 싶었는데 저를 이렇게 반겨 주시니 대단히 감사합니다."

경패는 겸손한 손님의 말에 손사래를 쳤다.

"무슨 말씀입니까? 저야말로 집안에만 숨어 있었던 탓에 귀와 눈이 어두워 넓은 세상의 일을 알지 못합니다. 옛말에 형산의 옥과 남해의 진주는 스스로 빛을 감추어 사람들에게 들키지 않는다는데, 저 같은 사람은 보잘것없는 재주로 헛소문만 자자하니 남부끄러워 감히 칭찬을 감당하기가 어렵습니다."

두 사람은 차를 마시며 조용히 이야기를 나누었다. 그런데 사실 경패를 찾아온 이 손님은 통판의 여동생이 아니었다. 그는 경패를 만나기 위해 신분을 숨기고 궁궐 밖으로 나온 난양 공주였다. 난양 공주는 경패의 얼굴과 몸가짐을 직접 확인하고 그의 명성이 헛된 것이 아니었음을 똑똑히 알았다.

경패와 이야기를 나누고 있던 공주는 문득 무슨 생각이 났는지 말을 꺼내었다.

"이 집에 가 씨 성을 가진 여인이 상서를 모시고 있었다던데 한 번 만날 수 있겠습니까?"

경패는 잘 되었다 싶어 얼른 대답했다.

"그는 저와 어릴 적부터 친구처럼 지낸 가춘운이라는 시녀입니다. 춘운도 손님을 늘 궁금해 하고 있었답니다. 오신 것을 알면 꼭 뵙고 싶을 것입니다."

경패는 바로 춘운을 불렀다. 춘운은 경패의 방으로 들어와 손님과 서로 인사했다. 춘운은 손님을 처음 마주 보고 무척 놀랐다.

'과연 신선이로구나. 하늘이 우리 아가씨를 세상에 나게 하시고 또 저 사람을 내셨으니, 절세미인 두 사람이 이처럼 한 하늘 아래 있을 줄은 몰랐다.'

난양 공주 또한 춘운을 보고 속으로 생각했다.

'가 씨 여인의 명성이 자자한 것은 알았지만, 오히려 명성보다 낫다. 양 상서가 총애한 것이 당연하구나. 나와 함께 지내는 채봉과도 어깨를 견줄 만하겠다. 주인과 시녀 두 사람이 모두 이렇게

어여쁘니 양 상서가 어떻게 이들을 포기할 수 있겠는가?'

경패와 춘운을 동시에 만나 본 공주는 잠시 더 머물다가 작별 인사를 하고 자리에서 일어났다.

"벌써 날이 저물어 더 배우지 못하고 물러가야겠습니다. 제가 머물고 있는 집이 여기서 멀지 않으니 종종 놀러 오겠습니다."

경패는 고개를 숙여 답례했다.

"아가씨께서 이렇게 찾아오셨는데 마땅히 대문 밖으로 나가 배웅해야겠지만, 말씀드렸다시피 제 처지가 남달라 문밖출입을 하지 않는 것을 용서하십시오."

주인과 손님은 서로 헤어지기를 아쉬워하다가 겨우 서로 돌아섰다.

손님을 보낸 후 경패는 춘운과 마주 앉아 이야기를 이어 갔다.

"보배로운 칼은 흙 속에 있어도 그 빛이 드러나 하늘까지 닿는 법인데, 저런 미인이 있다는 소문을 한 번도 들은 적이 없으니 참 이상한 일이다."

경패의 말을 들으며 골똘히 무슨 생각을 하던 춘운이 말했다.

"지금 생각해 보니 의심이 드는 일이 하나 있습니다. 양 상서께서 일전에 화주 땅의 진 어사 딸과 혼인을 의논했던 말을 자주 했었는데, 그 여자가 지금 죽었는지 살았는지도 모르지 않습니까? 오늘 온 그 손님이 진 어사의 딸인 것은 아닐까요? 이름을 고치고 찾아와서 옛날의 인연을 이어 보려고 하는 것일지 모르지 않습니까?"

경패는 잠시 생각해 보고 대답했다.

"진 씨의 재주와 용모가 출중하다는 것은 미리부터 알고 있었으니 그럴 듯하기도 하다. 하지만 전쟁 통에 화를 만나 궁궐의 노비로 갔다던데 어떻게 여기까지 올 수 있겠느냐?"

일단 궁금증을 뒤로 미룬 경패는 어머니의 방으로 가서 손님 만난 이야기를 전했다. 최 부인은 딸이 입에 침이 마르도록 칭찬하는 말을 듣고 어떤 여인인지 더 궁금해졌다.

며칠 후 난양 공주는 최 부인의 초청으로 다시 정 사도 집을 찾았다. 최 부인을 만난 공주는 여전히 신분을 숨기고 아주머니와 조카 간의 예를 갖추어 인사했다. 부인이 음식을 대접하고 딸과 친하게 지내는 것에 대해 사례하자 공주는 공손히 일어나 답례했다.

"제가 아가씨를 존경하여 가까이 지낼 수 있기를 바랐지만 외면당하지는 않을까 두려웠습니다. 그런데 한 번 보고 형제처럼 대하시고 이제 또 부인께서도 저를 딸처럼 사랑해 주시니 지금부터 내내 부인을 어머니로 섬기고 아씨를 언니로 섬기겠습니다."

난양 공주는 잠시 부인을 모시고 이야기를 나누다가 인사하고 나와 경패의 방으로 갔다. 공주와 경패는 춘운을 불러 날이 저무는 줄도 모르고 재미있는 시간을 보냈다. 경패와 공주는 금세 정이 흠뻑 들어 이렇게 늦게 만난 것을 한탄할 정도가 되었다.

영양 공주가 된 경패

　　　손님이 돌아간 이후에 최 부인은 경패와 춘운을 불러 말했다.

"내 어릴 적부터 어여쁜 사람을 많이 보아 왔지만 오늘 만난 아가씨 같은 미인은 처음이니 정말 내 딸과 우열을 가리기 어렵다. 서로 자매의 인연을 맺는 것이 당연하게 여겨지는구나."

경패는 춘운에게 들은 진 어사 딸의 이야기를 전하고 자기 의견을 덧붙였다.

"춘운은 진 씨가 정체를 숨긴 것일지도 모르겠다고 하지만, 제 생각은 다릅니다. 진 씨가 비록 재주가 뛰어나다 하지만 그가 했다는 경솔한 행동으로 미루어보면 신중하지 못한 면이 있습니다. 제가 듣기로는 황제 폐하의 누이동생 난양 공주의 재주와 용모가 더없이 탁월하다 하니 길 건너 이 씨와 비슷하지 않을까 생각됩니다."

부인은 고개를 갸웃거리며 말했다.

"내가 난양 공주를 본 것은 아니지만 그의 명성이 높은 것은 황제 가문과 공주라는 지위 때문일 것이다. 용모와 재주만으로 따지자면 너희들과 비교가 되겠느냐?"

"아무튼 이 씨의 행적이 분명치 않으니 조만간 춘운을 시켜 거동을 살펴보려 합니다."

이튿날 경패와 춘운은 함께 머리를 맞대고 어떻게 할지를 궁리하고 있었는데, 마침 이 씨 집안의 심부름하는 아이가 찾아왔다.

"우리 아가씨께서 내일 절강으로 가시게 되어 곧 작별 인사를 하러 오신답니다."

갑자기 일어난 일에 영문을 모르고 어리둥절하고 있는데 이윽고 난양 공주가 여전히 신분을 감춘 채 나타났다. 경패의 얼굴에는 갑작스러운 이별을 아쉬워하는 표정이 역력히 나타났다. 난양 공주는 최 부인에게 고개를 숙여 인사했다.

"제가 어머니와 오라버니를 떠난 지 벌써 일 년이 되었습니다. 어서 달려가고 싶은 마음뿐이지만 부인의 은덕과 아가씨의 정은 잊지 못할 것 같습니다. 제게 부탁드릴 일이 하나 있는데 아가씨께서는 쉽게 허락하지 않으실 듯하여 부인께 말씀드립니다."

"무슨 일이기에 그렇게 조심스럽습니까?"

"제가 돌아가신 아버님을 위하여 관음보살의 모습을 수놓았는데 아직 거기에 덧붙일 좋은 글과 글씨를 받지 못했습니다. 아가씨께 부탁드리고 싶은데 괜찮을까요?"

부인은 경패를 돌아보며 말했다.

"네가 가까운 친척 집에도 가기를 꺼리는 것은 알지만 집이 가깝다니 괜찮을 듯싶구나."

경패는 난감해하다가 결국 허락했다.

"다른 일이면 몰라도 부모를 위하는 일이라고 하니 어떻게 외면 하겠습니까? 다만 지금은 밝은 대낮이니 날이 저문 후에 가겠습니다."

난양 공주는 속으로 기뻐하며 경패의 손을 부여잡고 한 번 더 졸랐다.

"날이 저문 후에는 어두워 글쓰기가 불편하지 않습니까? 사람이 왕래하는 길이라 불편하시면 제가 타고 온 가마가 누추하긴 해도 두 사람은 넉넉히 탈 수 있습니다. 함께 타고 가시면 어떨까요?"

경패는 마지못해 허락하고 말았다. 난양 공주는 아무것도 모르는 최 부인에게 절하고 춘운과도 작별 인사를 나눈 후 경패와 함께 가마에 올랐다.

경패는 난양 공주가 잠시 거처하는 집에 도착했다. 방을 보니 번잡하게 꾸미지는 않았지만 매우 정갈하고 화려했다. 시녀가 손님을 대접할 음식을 내왔다. 음식 또한 간소하지만 진기하여 처음 보는 것이 많았다. 하지만 경패는 다른 것보다 난양 공주가 관음 보살 수놓은 것을 얼른 보고 싶었다.

"관음을 수놓은 것은 어디 있습니까?"

하지만 난양 공주는 급할 것 있느냐는 듯이 태평이었다.

"이제 곧 보여 드리겠습니다. 먼저 음식부터 드시지요."

그런데 갑자기 문밖에 말과 수레 소리가 요란하게 나며 온갖 푸르고 붉은 깃발이 집을 둘러쌌다. 경패와 함께 온 시녀들이 놀라 수선을 떨었지만 경패는 침착하게 앉아 있었다. 난양 공주는 경패에게 고개를 숙이며 말했다.

"아가씨, 놀라지 마십시오. 저는 다른 사람이 아니라 난양 공주입니다. 아가씨를 이곳으로 청한 것은 태후 마마의 명을 따른 것입니다."

경패는 무척 당황했지만 이미 짐작하고 있었다는 듯이 담담하게 대답했다.

"평범한 집안의 보잘것없는 사람이라 아는 것은 없어도 생김생김이 보통 사람들과 다르신 것을 보고 이상하게 여겼습니다. 하지만 공주께서 직접 오실 줄은 꿈에도 몰랐으니 혹시 무례한 일을 한 것이 있다면 벌해 주십시오."

공주가 미처 대답하기도 전에 세 명의 상궁이 방 안으로 들어와 예를 갖추고 인사했다.

"공주께서 대궐을 떠나신 지 여러 날이 되어 태후 마마의 걱정이 깊으시고 황제 폐하와 황후 마마 또한 안부를 궁금해 하십니다. 오늘이 궁궐로 돌아오실 예정일이므로 행차를 준비하여 밖에 대령하였습니다. 또 특별히 태후 마마께서 명하시기를 부디 정 낭자와 함께 들어오라 하셨습니다."

공주는 세 상궁에게 잠시 기다리라 하고 경패에게 말했다.

"드릴 말씀이 많지만 나중에 조용한 틈을 타서 하겠습니다. 우선은 태후 마마께서 아가씨를 보고 싶어 하시니 저와 같이 궁으로 들어가서 인사하시지요."

경패는 결국 갈 수밖에 없을 것을 짐작했지만 망설여졌다.

"공주께서 저를 마음에 들어 하시는 것은 진작 알았지만, 궁궐의 법도를 알지 못하니 지극히 존귀하신 분들 앞에서 혹시 실수를 하지는 않을까 두렵습니다."

"그렇게 너무 걱정하지 마십시오. 저만 잘 따라 하시면 됩니다."

"그럼 공주님만 믿겠습니다. 다만 공주께서 먼저 궁궐로 가시면 저는 집에 돌아갔다가 다른 수레를 타고 따라 들어가겠습니다."

"태후 마마께서 저와 함께 수레를 타고 들어오라 하셨으니 사양하지 마세요."

"미천한 제가 어떻게 감히 황실의 따님과 같은 수레를 타겠습니까?"

"아가씨는 여러 대에 걸친 제후의 집안이며 대신의 딸인데 무엇을 그렇게 사양하십니까?"

공주는 경패의 손을 끌다시피 하여 함께 수레에 올랐다. 경패는 따라온 시녀들에게 한 사람은 따라오게 하고 다른 한 사람은 집으로 돌아가서 소식을 전하라고 분부했다.

수레가 궁궐로 진입하니 겹겹의 궁문을 지나치고 한 궁에 도착했다. 공주는 경패와 함께 수레에서 내렸다.

경패는 임시 처소에 잠깐 앉아 기다렸다. 두 궁녀가 옷을 담은 함을 가져와 전하면서 말했다.

"아씨는 대신의 딸이고, 상서와 약혼을 했으나 아직 처녀의 옷차림을 하였다 하니 태후 마마께서 이품 관리의 아내가 입는 옷을 보내셨습니다."

경패는 고개를 숙여 사양하며 말했다.

"결혼하지 않은 제가 어떻게 관리의 아내들이 입는 옷차림을 할 수 있겠습니까? 제가 지금 입은 옷은 부모가 보는 앞에서 늘 입던 것입니다. 태후 마마께서는 모든 백성의 부모이시니 이 옷을 입고 뵙기를 바랍니다."

궁녀가 다시 들어갔다가 한참 후에 나와 태후가 있는 궁전의 뜰로 경패를 데려갔다. 경패의 고운 얼굴 때문인지 은은한 빛이 궁중에 비쳐 보는 사람마다 감탄하며 말했다.

"세상에 저렇게 고운 이는 우리 공주님 한 분뿐인 줄 알았는데, 어떻게 저런 사람이 또 있었던가?"

경패가 아래에서 태후에게 절하니 궁녀들이 인도하여 전 위로 오르게 했다. 태후는 자리를 내어 주며 말했다.

"일전에 딸아이의 혼사 문제로 양 상서 집안의 혼인 약속을 취소시킨 것은 역사와 황실의 전례를 따른 것이지 내가 새로 만들어

낸 일이 아니다. 그런데 딸아이가 '새로운 혼사를 위하여 옛 언약을 저버리라 하는 것은 왕이 인언을 소중히 너기시 않는나는 뜻이라' 하고, 같은 지위로 함께 지아비를 섬기려는 뜻을 보였다. 내 이미 황제와 의논하여 딸아이의 뜻을 따르기로 하였다. 이는 전례가 없는 일임을 명심하여라."

경패는 깜짝 놀라 자리에서 일어났다.

"성은이 이렇듯 크시니 제 몸을 갈아 가루를 만들어도 다 갚지 못할 것입니다. 다만 저는 신하의 자식이니 어떻게 감히 왕실의 따님과 지위를 같이 하겠습니까? 제가 만약 순종하겠다고 하더라도 제 부모님은 죽음을 각오하고 명을 받들지 않을 것입니다."

태후는 얼굴에 엷은 미소를 지었다.

"너의 겸손한 뜻은 알겠다. 그러나 너의 집안은 대대로 공후의 가문이고 사도는 이전 황제 폐하 때부터의 신하였는데 어떻게 너를 소실이 되게 하겠느냐?"

"신하된 자가 임금을 섬기는 것은 만물이 하늘의 명을 순종하는 것과 같은데, 소실이 되든 혹은 비구니가 되든 그것이 임금의 명이라면 어찌 원망하는 마음을 갖겠습니까? 다만 난처한 일이 있다면 부인이었던 사람을 다시 소실로 삼는 것은 예로부터 선비들이 삼간 바이니 양소유가 거리낄지 모르겠습니다."

태후는 조리 있는 경패의 말에 기특히 여기면서도 한편으로는 묘수가 떠오르지 않아 난감했다.

"네 말에도 일리가 있다. 네 입장에서 본부인이 되는 것도, 소실이 되는 것도 불가하다면, 난양 공주의 혼사를 다른 집과 의논하는 수밖에 없다. 하지만 난양과 양 상서의 인연은 하늘이 정한 것이니 어찌 천명을 거역할 수 있겠느냐?"

태후는 난양 공주와 양소유의 인연이 퉁소 곡조로 이어지고 또 확인된 것을 경패에게 설명해 주었다. 경패는 다 듣고 나서 요즘 결심했던 것을 다시 말씀드리지 않을 수 없었다.

"저에게 달리 무슨 걱정이 있겠습니까? 제 부모에게 아들이 없고, 저 또한 형제가 없으니 부모를 끝까지 모시는 것이 제게 주어진 천명이요 사람 된 도리일 것입니다."

태후는 경패의 말을 끝까지 듣고 나서 마음속에 남겨 두었던 마지막 의심을 깨끗이 지웠다. 난양이 말한 대로 어질고 지혜로운 여인임을 직접 확인했기 때문이었다.

"부모를 향한 효심에서 그렇게 생각했겠지만, 내가 어떻게 한 여인의 혼삿길을 망칠 수 있겠느냐? 하물며 이렇게 아름답고 덕을 갖춘 데다 지혜롭고 말솜씨까지 출중한 너를 양 상서가 버릴 리가 없다. 그렇게 되면 너와의 인연은 물론 난양의 혼사도 모두 잘못될 것이다."

이어서 태후는 결심을 굳히고 경패에게 자신의 마음을 드러냈다.

"내게는 원래 두 딸이 있었다. 난양의 언니가 스무 살에 죽는 바람에 난양이 늘 쓸쓸하게 지내는 것을 걱정했다. 오늘 너의 용모와 재주를 눈으로 보고 귀로 들으니 참으로 흠이 없고, 난앙과 함께 있는 모습을 보면 자매와 같아 내 두 딸을 보는 듯하다. 그러니 지금부터 너를 내 양녀로 삼고 바로 임금께 고하여 지위와 칭호를 정하도록 할 것이다. 그렇게 한다면 우리가 세 모녀로서 서로 사랑하는 마음을 변치 않을 수 있고, 또한 너와 난양이 함께 양 상서를 섬기는 일이 난처하지 않을 것이다. 네 생각은 어떠냐?"

경패는 갑작스러운 일에 매우 당황하여 고개를 조아리며 극구 사양했지만, 태후는 결정을 바꿀 마음이 없었다. 그리고 난양 공주를 불러내어 말했다.

"정 씨 여자와 자매가 되겠다고 그렇게 조르더니 이제는 정말 자매가 되었다. 마음에 드느냐?"

난양 공주는 태후의 말이 다 끝나기도 전에 손뼉을 치며 어린아이처럼 기뻐했다.

"어마마마께서 처분하신 일이 지극히 마땅하십니다."

마침 황제가 어머니께 문안을 드리러 왔다. 태후는 난양에게 경패를 데리고 잠깐 나가 있으라 이르고 나서 황제를 향해 입을 열었다.

"난양의 혼사를 위하여 정 씨 집안의 혼사를 취소시키는 것은 백성들이 보기에 윤리적인 것이 아니고, 정 씨를 난양과 함께 나란히 양 상서의 아내로 삼자면 그 집안에서 받아들이기 어려울 것이오. 게다가 정 씨로 하여금 소실이 되게 하는 것은 더욱 마땅치 않으니 참으로 난감하였소. 그래서 직접 정 씨를 불러 확인하니 그 재주와 용모가 난양과 더불어 자매가 되기에 충분하오. 내 이미 정 씨를 양녀로 삼았고, 나중에 양 상서가 돌아오면 난양과 정 씨를 동시에 양 상서와 결혼시키려 합니다. 내 생각이 어떠하오?"

황제 또한 기뻐하며 공손하게 대답했다.

"어마마마의 결정이 공평하여 자연의 순리에 부합하니 참으로 현명하십니다."

태후는 만족스러운 표정을 짓고 경패를 불러 황제께 인사를 드리라 명하였다. 황제는 경패를 가까이로 불러 앉게 하고 태후에게 물었다.

"정 씨가 이제는 제 누이동생이 되었는데 어째서 아직도 평범한 사람의 옷차림을 하고 있습니까?"

태후는 경패의 겸손함을 가상히 여기며 대답했다.

"임금께 고하지 못하였고 명을 받지 못하였다는 이유로 사양하나 봅니다."

황제는 여중서에게 황실의 문양을 수놓은 비단을 가져오라 명하고 다시 태후에게 말했다.

"정 씨를 이제부터 공주로 봉하면 마땅히 나라의 성을 주어야 하지 않겠습니까?"

태후는 경패의 얼굴을 한번 물끄러미 들여다보고 천천히 고개를 저으며 말했다.

"그랬으면 좋겠지만 다시 생각하면 양녀의 친부모가 늙고 다른 자식이 없다 하는데, 내가 차마 외동딸을 빼앗지는 못하겠으니 성은 고치지 마시오."

황제는 여중서 채봉이 가져온 비단에 다음과 같이 썼다.

'황태후의 성스러운 뜻을 받들어 양녀 정 씨를 영양 공주에 봉한다.'

황제와 태후의 옥새가 찍힌 비단이 경패에게 내려졌다. 궁녀들이 좌우로 나아와 공주의 옷을 받들어 입혔다. 경패는 황공하게 답례하고 나서 자리에 앉지 못해 우물쭈물했다. 난양 공주와 함께 앉아야 하는데 자리 순서를 어떻게 해야 할지 몰라서였다. 경패의 나이가 한 살 많기는 했지만 그렇다고 윗자리에 앉아야 할지, 나중에 공주가 된 것이니 아랫자리에 앉는 것이 당연한지 종잡을 수가 없었다. 태후는 그 모습을 귀엽다는 듯이 지켜보다가 말했다.

"영양이 이제는 엄연한 나의 딸인데 어찌 이렇게 푸대접을 하느냐?"

경패는 머리를 조아리며 말했다.

"오늘의 자리 순서가 앞으로의 차례가 될 테니 저 때문에 황실의 질서가 어지러워지면 곤란하지 않겠습니까?"

그러자 난양이 웃으면서 말했다.

"영양 공주께서 언니이신데 제가 윗자리를 사양하는 것이 당연합니다."

경패와 난양이 서로 사양하기를 그치지 않자 그 모습을 바라보던 태후는 빙그레 웃으며 언니와 아우의 차례로 앉으라고 명했다.

황제 또한 두 누이동생을 흐뭇하게 지켜보다가 문득 무슨 생각이 났는지 태후에게 고개를 돌려 조용히 말을 꺼냈다.

"어마마마께서 영양을 대접하시는 모습이 참으로 너그러우십니다. 그런데 한 가지 더 청할 일이 있습니다."

황제는 주위에 늘어서 있는 여중서들 가운데 채봉이 끼어 있음을 눈으로 확인하고 다시 태후 쪽으로 고개를 돌려 채봉의 사연을 자세히 설명했다. 태후는 고개를 끄덕이기도 하고 고개를 푹 숙인 채봉의 모습을 바라보기도 하면서 황제의 말을 묵묵히 듣고 있었다. 황제는 태후의 표정을 살피다가 마침내 자신의 의견을 조심스레 내놓아 보았다.

"진 중서의 사정이 매우 가엾고 그동안 난양을 극진히 섬겨 왔으니, 양 상서와의 지난 인연을 이을 수 있도록 두 공주의 시집을 따라가는 소실로 삼는 것이 어떻겠습니까?"

태후가 난양 쪽으로 고개를 돌리자 난양은 얼른 나서서 황제의 말에 자신의 뜻을 덧붙였다.

"저도 그 얘기를 진 중서로부터 직접 들었습니다. 저 또한 진 중서와 정이 깊게 늘어 헤어지기 싫습니다."

태후는 친히 채봉을 가까이 불러 명하였다.

"딸아이가 너와 헤어지지 않으려 하는 까닭에 특별히 너를 양상서의 소실이 되게 한다. 너의 소망이 이루어졌으니 공주를 더욱 정성으로 섬겨라."

채봉은 뜻밖의 처분에 비 오듯 눈물을 흘리며 거듭거듭 머리를 조아려 감사의 뜻을 표하였다.

황제와 태후, 두 공주와 채봉은 경사스러운 날을 기념하며 함께 즐거운 시간을 보냈다. 태후는 영양과 난양, 두 공주와 채봉에게 각각 시를 쓰게 해서 서로 돌려 보며 감탄하고 칭찬하는 시간을 가졌다.

태후는 황제를 돌아보며 동의를 구하듯 말했다.

"예로부터 시를 잘 쓰는 여자로 반첩녀, 탁문군, 채문희, 사도온, 소약란을 꼽았는데, 이제 한날한시에 재주 있는 여자 셋이 모였으니 참 대단하오."

황제가 웃음으로써 같은 생각을 말하려는데 난양이 끼어들며 말했다.

"영양 공주의 시녀 가춘운이라 하는 여인의 재주가 또한 지극히 뛰어납니다."

"그런 여자가 또 있다는 말이냐? 그 또한 한번 보았으면 좋겠구나."

태후는 호기심 어린 표정으로 경패 쪽을 바라보았다. 경패는 차마 나서지 못했지만 난양이 춘운 이야기를 꺼내 준 것을 속으로 고마워했다.

그날 밤 두 공주는 한 침소에서 자고 다음 날 일찍 일어나 태후에게 문안 인사를 드리러 갔다.

"제가 어제 귀가하지 않아 집에서 걱정이 많으실 것입니다. 나가서 부모님을 뵙고 태후 마마의 은덕과 제 영화로움을 알려 걱정을 덜어 드렸으면 좋겠습니다."

경패의 말에 태후는 고개를 저으며 대답했다.

"네가 이제는 공주의 신분이 되었는데 어찌 궁중을 마음대로 떠나겠느냐? 나 또한 최 부인을 보고 의논할 말이 있느니라."

태후는 즉시 최 부인을 입궐하게끔 명을 내렸다.

경패를 따르던 시녀 중 한 명이 먼저 집에 가서 대강의 이야기를 전하였으므로 정 사도 부부는 마음을 겨우 진정하긴 했지만, 도무지 실감이 나지 않아 어리둥절한 상태였다. 아침이 되자 최 부인은 궁에서 온 명을 받고 태후를 뵈러 집을 나섰다. 두근거리는 가슴을 달래며 입궐하여 태후의 앞에 서니 태후는 인자한 음성으로 말문을 열었다.

"영양 공주를 처음에 입궐하게 했던 것은 단지 얼굴을 보고자 했던 것만은 아니오. 실로 공주의 혼사를 의논하기 위해서였는데, 한번 보니 사랑하는 마음이 깊어져 난양과 다르지 않았소. 생각해 보니 내 전생의 딸이 지금 세상에서 부인의 몸을 통해 태어난 것이 아닌가 싶소. 마땅히 나라의 성을 주어야 하겠으나 부인과 정 사도가 외로움을 느낄까 걱정하여 성을 고치지는 않았으니 부인은 나의 뜻을 잘 새기시오."

최 부인은 황공하고 감격하여 눈물이 주르륵 흘렀다. 태후는 빙긋이 웃음을 지으며 또 말했다.

"영양은 이제 내 딸이니 다시 찾을 생각을 마시오."

최 부인은 머릿속으로 잠시 만감이 교차하였다.

"어찌 감히 찾을 생각을 하겠습니까? 다만 저희 부부가 이제는 나이가 많으니 다시 보지 못하게 될까 봐 마음이 아픕니다."

태후는 자신의 농담에 어쩔 줄 모르는 최 부인을 보고 웃으며 달래는 말을 했다.

"놀라지 마시오. 혼인 전에만 그렇고, 혼인 후에는 영양은 물론 난양까지 부인의 딸 노릇을 할 것입니다."

최 부인이 궁궐에 들어왔다는 소식을 듣고 두 공주가 인사를 하러 왔다. 영양 공주가 된 경패는 어머니의 손을 잡고 같이 눈물을 쏟았다. 난양 공주는 신분을 속이고 만났던 일을 고개 숙여 사죄했다.

잠시 후 태후가 무슨 생각이 났는지 최 부인에게 말했다.

"부인 댁에 가춘운이라 하는 사람이 있다지요? 한번 보았으면 좋겠습니다."

춘운은 마침 부인을 모시고 궁궐까지 따라와 있었다. 자기를 부른다는 전갈을 듣고 대령한 춘운은 태후에게 머리를 조아리고 인사했다. 태후는 춘운의 모습을 살펴보면서 물었다.

"난양의 말을 들으니 네가 시를 잘 짓는다 하더구나. 내가 보는 앞에서 한번 지어 보겠느냐? 이 세 편을 보고 같은 글감으로 지으면 된다."

춘운은 전날 두 공주와 채봉이 쓴 글을 읽어 보고 즉석에서 시 한 수를 지어 올렸다.

태후는 두 공주에게 춘운의 시를 보여 주며 감탄하여 말했다.

"가 씨의 글재주가 뛰어나다는 얘기는 들었지만 이 정도인 줄은 짐작하지 못했다."

태후와 최 부인이 계속 이야기를 나누는 동안 두 공주는 잠시 춘운을 데리고 자신들의 처소로 갔다. 그곳에는 채봉이 기다리고 있다가 처음 춘운을 대면하게 되었다. 난양 공주가 춘운에게 채봉을 소개했다.

"이 여중서는 화음현 진 씨 집안의 딸이오. 춘운 낭자와 같이 여기서 지내게 될 것이오."

춘운이 반갑게 말을 걸었다.

"아니 당신이 '버들의 노래'를 지은 그 아가씨입니까?"

채봉은 놀라서 되물었다.

"어머나, 그 얘기를 어디서 들었나요?"

춘운은 빙그레 웃으며 대답했다.

"양 상서께서 이야기하더군요."

채봉은 감격하여 잠시 말문이 막혔다. 한참만에야 붉어진 얼굴로 입을 열었다.

"양 상서께서 아직 저를 기억하시는군요."

춘운과 채봉의 이야기는 끝없이 이어질 것만 같았다.

"기억하다뿐이겠습니까. 양 상서께서 채봉 아가씨의 시를 늘 몸에 지니고 다니며 잠시도 놓지 않으신답니다. 항상 그때의 이야기를 하시며 눈물을 흘리기 일쑤이신데 어떻게 상서의 정을 이토록 몰라주십니까?"

"상서께서 그토록 잊지 아니한 것이 사실이라면 저는 죽어도 한이 없겠습니다."

채봉은 양소유가 취한 채로 궁궐에 들어와 십여 수의 시를 단번에 써내던 이야기를 했다. 춘운은 웃으며 자신의 몸에 있는 장신구들을 보여 주었다.

"이 비녀며 팔찌 등이 다 그날 얻은 것이지요."

듣고 있던 공주들까지 넷이 웃고 떠들고 하는 중에 궁녀가 들어와 전했다.

"이제 정 사도 부인께서 댁으로 가신답니다."

두 공주가 태후의 옆에 자리를 잡고 앉자 태후는 부인에게 마지막으로 물었다.

"양 상서가 머지않아 돌아올 것이고 영양 또한 공주가 되었으니 두 혼례를 같은 날 동시에 치렀으면 합니다. 부인 의견은 어떠시오?"

부인은 황공하여 고개를 숙였다.

"명하시는 대로 하겠습니다."

태후는 장난기 많은 웃음을 보이면서 다시 덧붙였다.

"양 상서가 영양을 위하여 조정의 명령을 세 번이나 거역한 것을 아시지요? 내 괘씸하여 양 상서를 한번 속여 볼까 하오. 상서가 돌아와 부인에게 따님이 어디 있느냐 물으면 '불행하게도 중한 병을 얻었다'고 둘러대시오. 입궐한 뒤에 영양 공주를 만날 테니 그때 누구인지 알아보는가 한번 시험해 보십시다."

같은 시각 경패, 춘운에게 상서를 속일 계획을 자세히 일러 주었다. 최 부인과 춘운은 실감이 나지 않아 당황스러우면서도 환한 얼굴빛을 하고 가벼운 발걸음으로 궁궐을 나섰다.

소유, 두 공주와 결혼하다

양소유는 깨끗해진 백룡담 물을 병사들과 말들에게 먹이고 전열을 정비하여 진격을 시작했다. 토번의 왕은 요연이 보낸 구슬을 되돌려 받고 이미 당황한 데다가 양소유가 지휘하는 당나라 군대가 가까이 오고 있다는 소식에 크게 두려워하고 있었다. 싸움은 시작부터 승부가 결정된 것이나 다름없었다. 토번의 장수들은 스스로 제 왕을 포박하여 당나라 군대에 항복을 선언했다.

양소유 대원수는 토번의 군대를 제압하고 도읍지로 입성하여 도탄에 빠졌던 백성들을 위로했다. 그런 다음 곤륜산에 올라가 큰 비석을 세우고 당나라의 공덕을 새겨 놓았다. 양소유의 군대는 토번의 백성들과 한데 어울려 승리의 기쁨을 나눈 후 개선가를 부르며 다시 서울로 향했다.

때는 이미 가을이 무르익고 있었다. 산천을 물들였던 단풍이 지기 시작하여 쓸쓸한 심정을 부추기니, 양소유는 자연스럽게 고향 생각이 났다.

'집 떠난 지 삼 년이 되었구나. 어머니는 여전히 건강하실까? 나랏일이 바빴다고는 하지만 어머니께는 큰 불효를 저질렀구나!'

고향에서 기다리고 계실 어머니를 생각하다 보니 지난번 경패와의 혼인 약속이 다시 아쉽게 떠올랐다.

'정 사도 댁과의 혼인이 원만하게 이루어졌다면 고향으로 가서 어머니를 모시고 올 수 있었을 텐데. 그나저나 정 사도 댁에는 별일이 없을까? 내가 이제 오천 리 가까이 잃은 국토를 회복하고 만만찮은 오랑캐를 평정하였으니 그 공이 작지는 않을 것이다. 황제 폐하께서 분명히 높은 벼슬과 후한 상을 내리실 텐데, 내가 만약 그 벼슬과 상을 반납한다고 하면 정 사도 댁과의 혼인을 허락하시는 게 아닐까?'

그리 오래지 않아 군대가 서울에 도착했다. 개선장군을 환영하는 백성들의 인파가 거리마다 넘실거렸다.

"천하무적 당나라 군대 만세!"

"양소유 대원수 만세!"

"황제 폐하 만세! 만세!"

황제는 친히 궁궐 밖으로 나와 양소유의 군대를 맞이했다. 양소유는 위풍당당하게 당나라와 황제의 깃발을 높이 들어 앞세우고 말을 몰았다. 뒤에는 포로로 잡힌 토번의 왕과 이웃 나라들이 조공[41]한 보물들이 줄을 지어 따라왔다. 구경하는 사람들이 꽉 메운 길이 백 리까지 이어져 장안 성이 텅 빌 정도였다.

황제는 양소유의 노고를 위로하고 세운 공에 걸맞은 보답을 의논하였다. 전례를 고려하여 왕으로 봉하려 했지만, 양소유가 지극한 정성으로 사양하니 그 뜻을 아름답게 여겨 대승상 위국공에 봉했다. 그 밖에도 토지와 황금, 각양각색의 진기한 보물을 하사했다. 궁궐에는 큰 잔치가 열렸다. 임금과 신하가 함께 즐기며 나라의 경사를 축하했다.

잔치가 마무리된 후에 양소유는 정 사도의 집으로 향했다. 황제와 조정의 모든 대신들이 양소유에게 축하의 말을 전하고 술잔을 권할 때에도 양소유의 머릿속에는 경패에 대한 생각이 떠나지 않았다.

양소유가 정 사도의 집으로 들어가니 정 씨 가문의 친척들이 모여 있다가 승상을 맞이하며 공을 세우고 돌아온 것을 축하했다. 양소유는 정 사도와 최 부인의 안부부터 물었다. 정 사도의 조카가 대답했다.

"삼촌과 숙모께서는 안에 계시지만 누이의 상을 당한 후 너무 상심하셔서 기운이 예전 같지 않으십니다. 이 때문에 승상이 오신 것을 알면서도 밖으로 나와 맞지 못하시니 저와 함께 들어가서 인사하시지요."

---

41 **조공(朝貢)** : 종속국이 종주국에 때를 맞추어 예물을 바치던 일. 또는 그때 바치던 예물

소유는 어리둥절하여 한참 동안 말을 잇지 못하다가 물었다.

"대체 누가 누구의 상을 당했다는 말인가?"

"삼촌에게는 아들도 없는데 오직 하나 있던 외동딸을 이렇게 잃었으니 어떻게 상심하지 않을 수 있겠소? 만나 뵙고 인사를 하시더라도 일절 슬픈 말은 꺼내지 마십시오."

양소유는 땅이 꺼지는 듯한 슬픔을 느꼈다. 저절로 솟아난 눈물을 주체할 수 없었다. 눈물을 훔치고 안으로 들어가 정 사도와 부인을 보니 겨우 멈췄던 눈물이 다시 왈칵 쏟아질 것 같았다. 하지만 정 사도 부부는 승상의 공훈[42]을 축하할 뿐 경패의 이야기는 조금도 꺼내려 하지 않았다.

소유는 정 사도와 부인의 얼굴을 바라볼 용기도 내지 못하고 침울한 목소리로 말했다.

"황제 폐하의 은혜와 조정의 위엄에 힘입어 공훈에 대한 작위를 받았으나 이제 그 벼슬을 반납하면서 혼사를 원래대로 돌려 달라고 상소하려 했는데……, 뜻밖에 이런 일이 일어다나니 참담한 마음을 이길 수 없습니다."

정 사도는 얼굴빛을 바꾸지 않고 담담히 대답했다.

"인간 세상의 만사가 다 하늘에 달린 것이니 어떻게 사람의 힘으로 운명을 바꿀 수 있겠는가? 오늘은 승상에게 경사스러운 날이

---

42 공훈(功勳) : 나라나 회사를 위하여 세운 공로

니 우울한 이야기는 꺼내지 않는 것이 좋겠네."

양소유는 머리를 소아려 성 사노 부부에게 설하고 불러나와 화원으로 가 보았다. 춘운이 고개를 숙여 인사하는 것을 본 소유는 새삼스레 슬픔이 끓어올라 눈물이 옷 위로 하염없이 흘러내렸다. 춘운은 소유를 달래며 말했다.

"승상 나리, 오늘이 나리께서 슬퍼할 날입니까? 눈물을 거두시고 제 말을 들으십시오. 우리 아가씨는 원래 하늘의 선녀였는데, 죄를 지어 지상에 환생한 분입니다. 다시 하늘로 돌아가시는 날 제게 전한 말씀이 있습니다. '네가 양 상서와의 인연을 끊고 예전처럼 나와 함께 지냈으나 이제 내가 속세를 떠나니 너는 다시 상서를 모시도록 해라. 상서께서 돌아오시면 아마도 나로 인하여 상심하실 것이니 너는 내 뜻을 상서께 전하여라. 상서께서 과도하게 슬퍼하시는 것은 임금의 명을 거역하고 죽은 사람에게도 누를 끼치는 일이며, 혹시 내 무덤을 돌아보려 한다면 나를 음란한 여자로 대접하는 것이나 다름없으니 눈을 감지 못할 것이다. 분명 황제 폐하께서는 공주와의 혼사를 다시 의논하실 것인데, 들은 바에 의하면 공주의 성품이 그윽하고 올곧아서 군자의 배필이 될 만하다 하니 부디 황명을 순종하도록 권하라' 하셨습니다."

"그 사람의 유언을 들으니 죽는 마당에서도 나를 그토록 걱정한 것이 아닌가? 열 번 죽더라도 그 은혜를 갚기 어렵겠구나. 이밖에 다른 말씀은 없으셨소?"

춘운은 머뭇거리며 말꼬리를 흐렸다.

"다른 말씀이 있기는 하였으나 제 입으로 이야기해 드리기가 어렵습니다."

"무슨 말이라도 괜찮으니 아무 말이라도 하시오."

"아씨께서는 '나는 춘운과 한 몸이니 상서께서 나를 잊지 않는다면 춘운을 버리지 마십시오' 하고 부탁의 말씀을 전하셨습니다."

소유는 더욱 감정이 북받쳐 올랐다.

"내가 왜 춘운을 저버리겠는가? 하물며 그이의 유언이 이와 같은데 내 무슨 일이 있어도 춘운을 잊지 않을 것이오."

춘운은 맹세의 말을 하며 우는 양소유의 얼굴을 어루만지며 흐르는 눈물을 닦아 주었다.

이튿날 황제는 양소유를 어전으로 불렀다.

"전에 내 누이의 혼사 문제로 태후 마마께서 엄한 명령을 내리시니 짐의 마음이 편치 않았다. 들리는 말에 의하면 정 씨 규수가 이미 불행하게 되었으니 누이의 혼사를 의논하기 위해 경이 돌아오기를 기다렸다. 짐이 이미 승상의 마을을 조성하고 공주궁을 지어 놓았는데, 아직도 누이와의 혼사를 허락하지 못하겠는가?"

양소유는 더 이상 거절할 명분도 없었으므로 머리를 숙이고 대답했다.

"신이 이전에 몇 번이나 명을 거역한 죄를 생각하면 마땅히 목을 베셔야 할 일인데, 이렇게 어진 가르침을 주시니 황공할 따름입니다. 신이 이전에 명을 따르지 못했던 것은 사람으로서의 윤리를 거스를 수 없었기 때문인데, 이제 정 사도의 딸이 이미 세상에 없으니 다시 무슨 말을 드릴 수 있겠습니까? 다만 제 가문이 미천하고 제 기질이 용렬하여 황실의 위엄에 걸맞지 않을까 걱정이 됩니다."

황제는 매우 기뻐하며 소유에게 덧붙여 말했다.

"알아보니 9월 10일이 길일이라 한다. 이제 얼마 남지 않았구나. 이제까지는 혼사가 결정되지 않은 탓에 자세히 말하지 않았는데, 짐에게는 누이가 두 사람 있다. 이 두 사람을 모두 경과 결혼시키려 하니 사양하지 마라."

소유는 황제의 갑작스러운 말에 어안이 벙벙했다.

"신과 같은 사람이 황실의 사위로 발탁되는 것조차 외람되어 견디기 어려운 일인데, 두 공주를 한 사람에게 내리시다니요? 이처럼 전례가 없던 일을 신이 어떻게 감당할 수 있겠습니까?"

황제는 대수롭지 않다는 듯한 표정으로 아예 한 술 더 떴다.

"경의 공이 매우 크고 중한 까닭에 보답하고자 하는 것이다. 또 누이동생 두 사람이 우애가 깊어 서로 떨어지려 하지 않으니 그들이 원하는 바이기도 하다. 태후 마마께서도 특별히 명하신 것이니 사양할 생각은 꺼내지도 마라. 그런데 또 한 사람이 더 있다. 궁녀인 진 씨는 원래 사대부 가문 출신인데다 용모와 재주를 겸비하여 일찍부터 누이동생과 함께 지낸 사람이다. 그래서 주인이 시집갈 때 시녀가 따르는 풍속을 따라 경의 소실로 삼게 하리니 그리 알고 있으라."

양소유는 도무지 실감이 나지 않았지만, 비슷한 예로 정 사도 댁에서 춘운과 함께 지낸 일도 있었으므로 진 씨라는 사람의 일은 크게 마음에 걸리지 않았다. 다만 머리를 조아리고 황제의 은혜에 거듭 감사를 표할 뿐이었다.

경패가 영양 공주가 되어 궁중에 있은 지 벌써 여러 달이 지났다. 태후를 정성으로 섬기는 것은 물론 동생인 난양이나 여중서 진 씨와도 친형제처럼 정이 들었다. 이 모습을 본 태후는 더욱 영양 공주를 사랑하게 되었다.

혼인날이 얼마 남지 않은 어느 날 황제와 태후는 서로 의논하여 난양 공주가 간청한 차례에 따라 영양 공주를 좌부인으로, 난양 공주를 우부인으로 봉했다. 진채봉은 원래 벼슬을 하던 집 자손이니 숙인43으로 봉하였다.

혼인날이 되었다. 양소유는 기린을 수놓은 도포에 옥으로 만든 허리띠를 하고 두 공주와 혼인의 예를 행하였다. 높은 산 같고 큰 물 같은 황실의 위엄이 이들에게서 빛나니 사람의 말로 기록하기 어려울 지경이었다. 두 공주와의 예를 마치고 나서 진 숙인 또한

---

43 숙인 : 정삼품 당하관의 아내에게 내리던 외명부의 품계

양소유 앞으로 나아왔다. 양 승상과 진 숙인이 예를 갖추어 인사하고 신 숙인은 공수를 모시는 아랫자리로 가서 앉았다.

세 명의 하늘 선녀가 한곳에 모였으니, 동쪽 하늘에 오색 광채가 가득 비쳤다. 양소유는 아름다운 신부들의 모습에 너무도 황홀하여 이것이 꿈이 아닌가 의심할 정도였다.

혼례식이 끝나고 소유는 영양 공주와 함께 하룻밤을 지냈다. 다음 날 아침 태후전에 나아가 문안 인사를 드리니 다시 떠들썩한 잔치가 벌어졌다. 황제와 월왕이 참석하여 태후를 모시고 하루 종일 신랑과 신부들을 축하하며 즐겼다. 둘째 날은 난양 공주와 하룻밤을 지내고 다음 날 아침 또 잔치를 벌였다.

셋째 날 저녁이 되어 양소유는 진 숙인의 방으로 갔다. 휘장을 두르고 등불을 켜려는데 숙인이 갑자기 눈물을 흘렸다. 소유는 깜짝 놀라 물었다.

"이렇게 즐거운 날 숙인이 슬퍼하니 무슨 숨겨진 사연이라도 있는 것이오?"

숙인이 대답했다.

"승상께서 저를 끝내 몰라보시니 저를 잊으셨던 것이 틀림없습니다."

어리둥절하여 영문을 모르던 양소유는 진 숙인의 얼굴을 가만히 들여다보다가 화들짝 놀랐다.

소유, 두 공주와 결혼하다

"그대가 바로 화주 진 어사의 딸 채봉 낭자가 아니오?"

소유는 자리에 쓰러져 울고 있는 채봉의 손을 넌지시 잡았다. 그리고 주머니 속에 간직하고 있던 '버들의 노래' 쪽지를 내보였다. 채봉 또한 그것을 보고 지난날 양소유가 써 준 글을 내놓았다. 두 사람은 지난날의 우여곡절을 생각하며 함께 눈물을 쏟았다. 한참 만에 채봉이 눈물을 씻고 구석에 놓인 상자를 가지고 왔다.

"승상께서 '버들의 노래' 사연은 기억하시지만, 부채에 시를 쓰시던 날은 잊으셨나 봅니다."

채봉이 상자를 여니 지난번 황제 앞에서 술에 취한 채로 소유가 쓴 글이 부채에 똑똑히 남아 있었다. 그리고 채봉이 그에 화답한 글도 아래에 덧붙여져 있었다. 그날의 일을 다시 기억해 내고 탄식하는 소유를 바라보며 채봉은 감격에 젖은 목소리로 말했다.

"이 모든 것이 태후 마마와 황제 폐하와 공주 마마의 은혜 덕분입니다."

채봉의 모습에 양소유는 못내 미안한 마음을 감출 수 없었다.

"화음현에서 적병에게 쫓겨 피난하다가 헤어진 후 그대가 살았는지 죽었는지도 알 수 없었소. 이후 또 다른 인연을 만나 혼사를 의논한 일도 있었지만, 화음현 부근을 지날 때마다 목에 가시가 걸린 것처럼 괴로웠소. 그런데 오늘에 이르러서야 지성이면 감천이라는 말을 알겠구려. 다만 당신을 부인으로 맞지 못하고 소실로 삼은 것은 참으로 미안하오."

채봉은 웃는 얼굴로 고개를 저으며 대답했다.

"제가 스스로 빅복한 깃을 일기에 저음 만난 날 유모에게 심부름을 시킬 때부터도 당신께서 만일 혼인하기로 약속한 곳이 있다면 소실이 되기를 자원하겠다는 마음이었습니다. 그런데 이제 승상 나리와 공주님을 모시는 숙인이 되었으니 무엇이 더 한스럽겠습니까?"

소유와 채봉의 옛이야기는 밤이 깊도록 끝날 줄을 몰랐다. 첫째, 둘째 밤의 화려하지만 서먹했던 분위기와 달리 오랜 친구를 만난 것처럼 친밀하고 즐거운 밤이었다.

이튿날 양소유는 난양 공주와 함께 영양 공주의 방에 모여 다과를 나누며 이야기를 하고 있었다. 영양 공주는 나지막한 소리로 시녀를 불러 채봉을 부르라 하였다.

소유는 곁에서 영양 공주의 목소리를 듣고 문득 이상한 생각이 들었다. 그 목소리가 어쩐지 매우 익숙하게 들렸기 때문이었다. 소유는 조용히 앉아 있는 영양 공주의 아름다운 얼굴을 물끄러미 바라보았다.

'참으로 이상한 일이다. 영양 공주의 얼굴을 이전에 본 적이 없고, 목소리를 들은 적도 없는데 어째서 마치 아는 사람을 대하는 것 같은가? 혹시 꿈에서라도 이전에 만난 일이 있었나?'

그러다 보니 양소유의 머릿속에 정 사도의 딸 경패의 얼굴이 떠올라 영양 공주의 얼굴과 겹쳐졌다. 예전에 여장을 하고 정 사도의 집에 가서 거문고를 탈 적에 곡조를 비평하던 경패의 목소리도 아련하게 들리는 듯했다. 소유는 속으로 다시 생각했다.

'세상에 이렇게 닮은 사람이 다 있구나. 그나저나 내가 정 사도의 딸과 혼인을 약속할 때 마지막까지 생사를 같이하려 했었는데, 나는 이제 황실의 딸과 즐거움을 누리지만 그 사람은 어느 무덤에 외롭게 잠들었는가?'

영양 공주를 바라보는 소유의 얼굴에 슬픈 빛이 어렸다. 공주는 양소유의 얼굴빛이 변한 것을 눈치채고 옷깃을 여미며 물었다.

"임금이 근심하면 신하가 따라 근심하고 지아비가 슬퍼하면 지어미가 같이 슬퍼한다는 옛말이 있습니다. 상공의 얼굴에 슬픈 빛이 있으니 어찌된 일인지 여쭤봐도 되겠습니까?"

양소유는 괜히 잘못했다는 생각이 들었지만 돌려 말하지 않고 사실대로 고백했다.

"내 공주를 속이지 않겠습니다. 예전에 정 씨 집안과 혼인을 약속했을 때 정 사도의 딸을 보았는데, 지금 당신의 얼굴과 흡사하고 목소리 또한 그대로 닮았기에 옛일을 생각하다 그만 얼굴빛이 달라지는 것도 모르고 있었습니다. 부인을 근심하게 했으니 내 마음도 편치 않군요."

영양 공주는 소유의 말을 듣고 잠깐 낯을 붉히더니 밖으로 나가 버렸다. 소유는 당황하여 무작정 기다렸지만 영양 공주는 돌아올 기미조차 없었다. 시녀를 보내 돌아오기를 청해 보았지만 보낸 시녀 또한 돌아오지 않았다. 난양 공주가 소유에게 귓속말로 일렀다.

"언니는 어마마마께서 총애하시는 딸이라 성품이 저와는 달리 교만합니다. 조금 전에 상공이 정 사도의 딸과 비교하신 것으로 화가 난 것 같습니다."

먼저 불렀던 채봉이 들어왔다. 소유는 채봉으로 하여금 영양 공주에게 가서 자기 대신 사과의 말을 전해 달라고 했다. 채봉은 영양 공주가 있는 방에 갔다가 한참 만에 돌아왔지만 아무 말이 없었다.

"공주께서 무어라 하시오?"

채봉은 굳어진 얼굴로 어물어물 대답을 피했다.

"매우 화가 나셔서 심한 말씀을 하셨으니 감히 전하지 못하겠습니다."

소유는 조금 짜증이 났다.

"내 기분이 나빠지더라도 숙인의 잘못이 아니니 들은 대로 말해 보시오."

채봉은 그제야 조심스레 말문을 열었다.

"공주께서는 '제가 비록 보잘것없으나 태후 마마의 사랑하시는 딸이고 정 씨 처녀가 비록 곱다지만 미천한 신분의 여자입니다. 임금이 타시는 말을 보고 허리를 굽히는 것은 말을 공경하기 위한 것이 아니라 임금을 공경하는 뜻입니다. 상공이 조정을 공경하는 신하라면 저를 어떻게 그 여자와 비교할 수 있습니까? 정 씨는 혼사가 잘못된 것을 원망하다가 병을 얻어 젊은 나이에 죽은 박복한 여자가 아닙니까? 그런 여자를 당신이 잊지 못하고 있으니 저는 맹세코 깊은 궁궐에서 나오지 않고 혼자 늙는 것을 택하겠습니다. 저와 달리 난양은 성품이 유순하니 같이 백년해로[44]하시기 바랍니다', 이렇게 말씀하셨습니다."

양소유는 속으로 크게 화가 났다.

'황실의 딸이라고 이렇게 위세를 부리다니 부마 되기가 과연 어렵구나.'

쉽게 화를 삭이지 못하고 있는 소유에게 난양이 말을 걸었다.

"제가 가서 언니를 한번 설득해 보겠습니다."

하지만 난양 또한 언니를 만나러 간 후 날이 저물도록 돌아올 생각을 하지 않았다. 방 안에 등불이 밝혀진 후에야 시녀가 와서 난양의 말을 대신 전했다.

"언니를 여러 가지로 설득해 보았지만 마음을 돌리지 않습니다. 제가 애초에 언니와 생사고락을 함께하려고 하였으니 언니가 깊은 궁궐에서 나오지 않는다면 저 또한 늙도록 언니와 같이 외로이 지낼 수밖에요. 상공은 숙인에게 가서 편히 쉬십시오."

양소유는 말문이 막혔지만, 화가 난 기색을 보이지 않으려고 애

---

44 백년해로(百年偕老) : 부부가 되어 사이좋게 지내고 즐겁게 함께 늙음.

쓰며 주인 없는 방을 나와 버렸다. 채봉은 촛불을 들고 양소유를 기다리다가 자기 방으로 모셔서 잠자리를 성논했다. 남향로에 향을 피우고 상아 침대에는 비단 이불을 깔았다. 그리고 태연하게 일어나 소유에게 허리를 굽히며 말했다.

"제가 비록 천한 사람이지만 공주님들의 심기가 불편하신데 어떻게 상공을 모실 수 있겠습니까? 저는 이만 물러가니 평안히 주무십시오."

양소유는 더 이상 만류할 기력조차 남아 있지 않았다.

침대에 누운 소유는 마음이 지칠 대로 지쳤지만 잠이 올 리 없었다.

'이 무리들이 합심하여 사내를 곤욕스럽게 하는구나. 내가 너희들에게 빌기라도 할 줄 알고? 그나저나 예전에 정 씨 가문의 화원에서 살 때는 매일 낮에 술과 풍류를 즐기고 밤에는 춘운과 정답게 시간을 보냈었지. 정말 한시도 즐겁지 않은 적이 없었는데, 이제 부마 된 지 고작 사흘 만에 이토록 핍박을 받다니.'

양소유는 벌떡 일어나 창을 활짝 열었다. 답답한 마음에 찬 공기나 좀 쐬고 싶었던 것이다. 하늘을 보니 궁궐 위로 은하수가 드리워 있고 뜰은 별빛이 아로새겨진 풀로 가득했다. 소유는 아예 신을 신고 밖으로 나갔다.

뜰에 내려서지 않고 계단 위로 이리저리 배회하던 소유는 영양 공주의 방에 아직 불이 꺼지지 않은 것을 발견했다.

'궁의 여인들이 아직까지 자지 않았구나. 영양이 나를 속여 채봉의 방으로 보내고 다시 들어온 것인가?'

소유는 신 끄는 소리가 나지 않도록 살금살금 다가가서 창틈으로 방 안을 들여다보았다. 방 안에는 두 공주와 채봉이 재미있는 놀이를 하며 재잘거리고 있었다. 그런데 자세히 보니 소유 쪽으로 등을 돌려 앉은 여인 한 사람이 더 있었다. 그 여자가 문득 몸을 돌렸는데, 촛불에 비친 그 얼굴을 본 소유는 깜짝 놀랐다. 분명 춘운이었기 때문이다. 어쩐 일일까 몹시 궁금했지만 소유는 잠자코 엿보기를 계속했다.

안에서 채봉의 목소리가 들려왔다.

"내가 예전에 두 공주님께서 속삭이는 것을 들었는데, 춘운 낭자가 귀신이 되어 승상을 속였다고 하더군요. 자세히 듣지 못해 궁금했었는데, 이야기해 줄 수 있겠소?"

춘운은 뾰로통해져서 영양 공주를 돌아보고 말했다.

"아가씨, 아가씨께서는 저를 사랑하신다면서 이런 말까지 공주께 하셨습니까? 이미 숙인까지 알고 있다면 장차 누가 듣지 못하겠습니까? 저는 이제 남부끄러워서 낯을 들고 다닐 수 없겠습니다."

공주들과 채봉 모두가 깔깔 웃었다. 채봉이 웃으며 다시 춘운을 놀렸다.

"공주님께서 어떻게 그대의 아가씨인가? 우리 영양 공주님은 황제 폐하의 누이동생이시자 승상의 부인이 되셨으니 나이가 아무리 젊다 하신들 다시 그대의 아가씨가 될까?"

춘운은 함께 배를 잡고 웃다가 대답했다.

"십 년 넘게 부르던 아가씨가 입에 붙었는데 갑자기 고쳐지겠습니까? 꽃가지를 들고 다투며 놀던 일이 어제처럼 생생한데 공주가 되셨든 부인이 되셨든 저는 도무지 두렵지 않습니다."

소유는 그제야 영양 공주가 경패라는 것을 분명히 알았다. 옛일을 생각하면 당장이라도 문을 열고 들어가 손목을 부여잡고 싶은 마음이었다. 그러나 문득 생각하니 괘씸하기도 했다.

'너희가 나를 속이려 하였느냐? 너희도 한번 속아 보아라.'

양소유는 빙긋이 미소를 띠고 돌아서서 다시 살금살금 발소리를 죽인 채 채봉의 방으로 들어갔다. 그리고는 꿈도 꾸지 않고 깊은 잠에 빠졌다.

날이 밝았다. 채봉이 방 밖에 와서 시녀에게 물었다.

"승상께서는 일어나셨느냐?"

시녀가 대답했다.

"아직까지 일어나지 않으십니다."

채봉은 문 밖에 서서 소유가 일어나기를 오랫동안 기다렸지만 해가 중천에 뜨도록 아무 기별이 없었다. 걱정스러워진 채봉이 방문에 귀를 대어 보니 이따금 신음 소리가 새어 나오는 것 같았다. 채봉은 더 이상 기다리지 못하고 안으로 들어갔다.

"상공께서 어디 편찮으십니까?"

양소유는 채봉이 들어온 것을 확인하고 더 심하게 앓는 소리를 했다. 일부러 눈을 허옇게 뜨고 헛소리를 늘어놓기도 했다. 채봉은 당황하여 가까이 다가가 물었다.

"무슨 일이십니까? 왜 이렇게 실없는 소리를 하시는 것입니까?"

양소유는 정신이 나갔다가 돌아왔다가 하는 척하며 겨우 채봉을 알아본 듯이 말했다.

"밤이 새도록 귀신과 이야기를 하였으니 어떻게 정신을 차릴 수 있겠소?"

채봉이 다시 무슨 영문인지 물었으나 소유는 아무 대답 없이 끙 소리를 내고 돌아누워 버렸다. 채봉은 민망해하며 시녀를 시켜서 영양과 난양 두 공주에게 승상이 편찮다는 소식을 전했다.

경패는 어쩐지 의심이 났다.

'어제까지만 해도 멀쩡했던 사람이 갑자기 병이 날 까닭이 있겠는가? 단지 우리를 불러내 보려는 속셈이겠지.'

그렇게 방에서 나갈까 말까를 고민하고 있는데 채봉이 경패의 방으로 급히 들어왔다.

"승상께서 아무래도 이상합니다. 정신이 없어 사람을 몰라보고 어두운 곳을 향하여 헛소리를 그치지 않습니다. 어서 폐하께 알려 드리고 어의를 불러야 하겠습니다."

궁궐에 온통 소문이 나서 태후도 이 일을 알게 되었다. 태후는 공주들을 불러 야단치며 말했다.

"너희가 승상을 속이고 희롱하여 병이 난 것이 아니냐? 빨리 찾아가 문병하고 만약 정말 탈이 난 것이라면 내가 어의를 불러 그곳으로 보내겠다."

경패는 마지못해 난양 공주와 함께 소유가 누워 있는 채봉의 방으로 갔다.

경패는 미심쩍은 기분을 거두지 못하고 문밖에 서서 난양과 채봉만을 먼저 들여보냈다. 소유는 들어온 난양 공주를 물끄러미 바라보다가 갑자기 정신이 돌아와 알은체를 하며 길게 한숨을 쉬었다.

"이제 내 목숨이 다하여 영영 이별하게 될 것 같은데 영양 공주는 어디에 있습니까?"

난양 공주도 소유가 아프다는 것이 믿기지 않아 고개를 갸우뚱했다.

"상공께서 무슨 병이 있어서 이런 말을 하십니까?"

소유는 거의 울다시피 하는 소리를 내며 말했다.

"내가 어젯밤, 비몽사몽간에 정 사도의 딸을 만났소. 그가 나에게 언약을 저버렸다고 화를 내어 꾸짖으며 진주를 움켜 주기에 받아먹었구려. 그때부터 눈을 감기만 하면 정 사도 딸이 내 앞에 서 있는 것이 보이니 곧 저세상으로 가는가 봅니다. 그러니 마지막으로 영양 공주를 만나 작별 인사라도 했으면 하오."

소유는 말을 끝내자마자 또 실성한 사람처럼 어두운 곳을 바라보며 헛소리를 했다. 난양은 민망하게 여기며 밖으로 나와서 경패의 손을 잡아끌었다.

"승상의 병은 의심 때문에 생긴 것이니 언니가 아니면 못 고치겠소."

그래도 경패는 반신반의[45]하며 계속 머뭇거렸다. 난양이 등을 떠밀다시피 하여 방으로 데리고 들어가니 소유는 계속 헛소리를 그치지 않고 있는데, 아마도 경패의 귀신과 이야기를 하는 모양이었다. 난양이 소유의 귀에 대고 크게 말했다.

"영양 공주가 왔습니다. 눈을 떠 보십시오."

소유는 두 손을 허공에 휘저으며 일어나려 애를 썼다. 난양과 채봉이 양쪽에서 붙잡아 소유를 일으켜 앉히니 겨우 정신이 돌아온 척을 하며 신세 한탄을 하듯 말했다.

"내가 폐하의 은혜를 입어 두 공주와 백 년을 해로하려 했는데 나를 데려가려고 재촉하는 사람이 있으니 더는 이 세상에 머물지 못할 것 같소."

경패는 답답한 듯이 소유에게 말했다.

---

45 반신반의(半信半疑) : 얼마쯤 믿으면서도 한편으로는 의심하다.

"승상은 만물의 이치를 아는 현명한 분이신데 어떻게 이런 사리에 맞지 않는 밀씀을 하십니까? 설사 성 씨의 귀신이 있다고 한들 신성하고 선한 영혼들이 호위하고 있는 이 깊은 궁궐을 어떻게 침범하여 들어올 수 있다는 말입니까?"

소유는 펄쩍 뛰며 손사래를 쳤다.

"그 귀신이 지금 내 곁에 서 있는 것이 틀림없는데 어찌 없다 할 수 있겠소?"

난양이 더 이상 참지 못하고 끼어들었다.

"자라를 보고 놀란 가슴은 솥뚜껑만 봐도 놀란다더니 승상께서 꼭 그렇습니다. 지금 정 씨의 귀신을 보고 계신다 하니 만약 살아 있는 정 씨를 보신다면 어떻게 하려고 그러십니까?"

경패도 더 이상은 부마 속이기 놀이가 계속되기 어렵다는 것을 알았다.

"승상은 살아 있는 정 씨를 보고 싶은 것입니까? 제가 바로 정 사도의 딸 경패입니다."

하지만 소유는 아직 멀었다 속으로 생각하며 계속해서 딴청을 피웠다.

"그럴 리가 있습니까? 태후 마마의 딸이요, 황제 폐하의 누이이시며, 어마어마하게 귀하신 우리 영양 공주님께서 천한 정 씨 집안의 딸이라니……."

난양은 어서 실토하고 이 상황을 정리했으면 싶었다.

"사실은 태후 마마께서 정 씨를 사랑하시어 공주로 봉했습니다. 그리하여 저와 함께 상공을 섬기게 한 것입니다. 그렇지 않으면 어떻게 언니의 목소리와 얼굴이 정 씨와 꼭 같겠습니까?"

양소유는 입을 꾹 다물고 있다가 한참 만에 말문을 열어 딴소리를 했다.

"내가 정 씨 집에 있을 때 춘운이라 하는 시녀가 나의 시중을 들었소. 할 말이 있으니 그를 불러 주시오."

난양은 얼른 대답했다.

"춘운은 언니가 온 다음 날부터 궁에 들어와서 함께 지내고 있습니다. 지금 밖에 있을 것입니다."

춘운이 쑥스러운 표정을 하며 안으로 들어와 허리를 굽혀 인사했다.

"상공께서는 평안하십니까?"

소유는 속으로 웃음 짓고 표정을 숨긴 채 굵은 목소리로 명했다.

"모두 잠깐 밖으로 나가고 춘운만 여기 남아라."

경패와 난양 두 부인과 숙인 채봉은 차례로 나가 문밖에 나란히 서서 기다렸다.

양소유는 오랜만에 춘운의 시중을 받아 세수하고 옷을 갈아입었다. 관까지 갖추어 쓰고 나서 소유는 춘운에게 밖에 있는 세 사람을 불러오라 시켰다.

"상공께서 부르십니다."

순운을 따라 세 여인이 방으로 늘어가니 양소유가 자리에 앉아 기다리고 있었다. 그 씩씩한 기상이 봄바람처럼 시원하고 얼굴에 드러난 정기는 가을 물결처럼 맑아서 조금도 병색이 없었다. 경패는 완전히 속은 줄을 알고 엷은 쓴웃음을 지었다. 난양이 먼저 입을 열어 안부를 물었다.

"상공, 병환은 이제 괜찮아지셨습니까?"

소유는 일부러 정색하고 말했다.

"애초에는 병이 없었는데 요사이 풍속이 그릇된 탓인지 부녀자들이 작당하고 남자를 억울하게 모함하는 바람에 병이 생겼소."

난양과 채봉은 억지로 웃음을 참느라 무진 애를 썼다. 그러나 경패만은 태연한 얼굴로 모른 체를 하며 둘러댔다.

"저희들은 도무지 모르는 일이니 상공께서 그 병을 고치고 싶으시면 태후 마마께 물으십시오."

소유는 그제야 참지 못하고 크게 웃음을 터뜨렸다.

"내가 다음 생에서나마 부인 만나기를 고대하였는데 이것이 정말 꿈이 아니란 말이오?"

그러자 경패도 얼굴에 웃음을 띠며 대답했다.

"이 모든 것이 태후 마마와 황제 폐하, 그리고 난양 공주의 은혜에 힘입은 것입니다."

경패는 그간에 난양과 만났던 이야기며 태후를 뵙고 양녀가 된

215

이야기, 서로 서열을 사양하던 이야기를 차례로 설명해 주었다. 소유는 고개를 돌려 난양을 보며 특별한 감사를 표했다.

"공주의 마음 씀씀이는 성현도 따르지 못할 정도입니다. 갚을 길이 없으니 백년해로하기만을 바랍니다."

난양은 손을 내저으며 경패에게 공을 돌렸다.

"이것이 다 언니의 정성에 하늘이 감동한 덕이니 제게 무슨 공이 있겠습니까?"

춘운과 채봉도 뒤에 서서 영양 공주가 된 경패와 승상이 된 소유의 새로운 만남을 마음속으로 축하하고 있었다.

태후는 공주궁의 소식이 궁금해서 궁녀들을 불러 승상의 병이 어떠한지 물었다. 채봉이 궁녀와 함께 들어가 태후에게 전후의 사정을 알려 드렸다. 태후는 껄껄 웃으며 말했다.

"내 처음부터 그럴 줄 알았다. 양 승상을 불러오라."

소유는 두 공주와 함께 문안 인사를 하러 태후궁으로 갔다. 태후는 만면에 웃음을 띠고 소유에게 말했다.

"승상이 정 씨와 옛 인연을 이루었다 하니 기쁜 일이다."

소유는 공손하게 고개를 숙이며 말했다.

"신이 목숨을 바친다 해도 태후 마마의 은혜를 만분의 일도 갚기 어려울 것입니다."

태후는 장난스러운 표정을 지으며 말했다.

"우연히 장난을 좀 치고 싶었던 것일 뿐 은혜는 무슨 은혜인가? 다만 승상이 나의 두 딸과 행복하게 지내는 것이야말로 이 늙은이에게 보답하는 것이다."

"명심 또 명심하겠습니다."

소유는 다시 한번 깊게 고개를 숙였다.

이날 아침 황제는 조정의 신하들과 조회하고 있었는데, 신하들이 입을 모아 황제의 덕을 찬양했다.

"요사이 하늘에는 좋은 징조의 별이 나타나고 땅에는 다디단 이슬이 맺히고 있습니다. 황하의 물빛이 전에 없이 맑고 해마다 풍년이 들며 북방의 세 절도사가 제각기 땅을 바치고 황제 폐하의 휘하에 들어왔습니다. 이 모두가 황제 폐하의 은혜 덕분입니다."

황제는 겸손하게 신하들에게 공을 돌렸다. 즐거운 분위기에서 몇몇 신하들이 농담 반 진담 반으로 의견을 냈다.

"양 승상은 새신랑이 되고 나서 퉁소 곡조로 봉황을 길들이느라 바쁜지 아직도 출근을 하지 않습니다. 그래서 조정의 일이 많이 쌓였습니다."

황제는 크게 웃고 말했다.

"태후 마마께서 매일 부르시니 거기 있나 보다. 무슨 재미있는 일이 있는지 몰라도 조금만 기다리면 곧 마마께서 내보내실 것이다."

임금과 신하들이 함께 즐겁게 웃으며 조회를 끝냈다.

소유, 두 공주와 결혼하다

낙유원에서 월왕과 겨루다

양소유 승상은 조정에 출석하여 나랏일을 하느라 바쁜 나날을 보내다가 황제에게 상소하여 잠시 휴가를 얻었다. 고향에 계신 어머니를 모셔오기 위해서였다. 황제는 소유의 휴가를 허락하며 되도록 빨리 돌아오기를 당부했다.

양소유가 열여섯에 집을 떠난 후 삼 년이 넘는 세월이 흘렀다. 휘황찬란한 관복을 입고 수레에 탄 승상의 위엄이 거리거리를 메운 백성들을 절로 감탄하게 했다. 외로이 시골집을 지키며 아들이 돌아오기만을 기다리던 유 부인의 기쁨은 이루 말할 수 없었다. 수레에서 내려 어머니의 손을 맞잡은 양소유의 얼굴에 뜨거운 눈물이 흘러내렸다.

제국의 부마요 재상인 소유의 행차가 대부인이 된 어머니를 모시고 다시 서울을 향해 출발했다. 지나는 고을마다 수령이 직접 나와 분주하게 마중하기를 그치지 않았다.

승상 행렬이 낙양에 이르렀다. 소유는 지방의 수령을 통해 섬월과 경홍의 소식을 수소문했다. 그런데 섬월과 경홍이 이미 서울로 떠났다는 말만을 듣게 되었다. 소유는 길이 어긋난 것을 안타까워하며 다시 길을 재촉했다.

며칠이 더 지나서야 서울에 도착했다. 대궐에 가서 인사하니 황제와 태후는 금은보화와 비단 열 수레를 하사하여 대부인께 드리라 하였다. 소유는 적당한 날을 골라 유 부인을 새 집에 모셨다. 그리고 영양과 난양 두 공주가 며느리로서 시어머니께 예를 갖추어 인사했다. 숙인 채봉과 춘운도 따라서 인사를 드렸다. 유 부인의 눈에는 어느 하나가 낫다고도 못하다고도 할 수 없는 꽃다운 며느리들이었다.

"아들 하나를 믿고 살다가 이렇게 늙은 나에게 공주 며느리가 둘이나 생기다니 도무지 믿기지가 않는구나. 게다가 진 숙인, 너는 우리 소유가 그렇게도 애타게 그리워한 첫사랑인데 헤어진 동안 고생이 많았다지? 그리고 춘운, 너는 이 중에서 가장 오래 소유를 지아비로 섬겼다는 걸 내가 들어 알고 있다. 모두 다 귀한 내 며느리들이다."

유 부인은 너무나 기뻐 어깨춤이 절로 날 지경이었다. 양소유는 궁에서 받은 금은으로 내리 사흘 동안 어머니의 장수를 기원하는 잔치를 열었다. 황제가 궁중의 악사를 내려 보낸 데다 지체 높은 손님들이 많이 모여 마치 조정을 옮겨 놓은 것 같았다. 소유가 색동옷을 입고 두 공주와 같이 백옥잔을 받들어 올리자 부인은 매우 즐거워하고 손님들은 저마다 소리 높여 축하했다.

잔치가 한창 무르익어 갈 때 문지기가 소유에게 다가와 알렸다.

"문밖에 섬월, 경홍이라 하는 두 여자가 찾아왔습니다."

소유는 어머니와 부인들에게 두 여인이 온 것을 이야기하고 즉시 들어오게 하라 명했다. 섬월과 경홍은 매무시를 단정히 하고 유 부인에게 정중하게 절했다.

손님들은 두 여인의 미모에 입을 다물지 못했다.

"낙양의 계섬월과 하북 적경홍의 명성은 오래전부터 들어 왔지만 과연 아름답기 그지없다. 양 승상 정도 되는 풍류남아가 아니라면 어떻게 이런 미인들의 마음을 사로잡을 수 있겠는가?"

섬월과 경홍은 흥겨운 잔치의 풍악에 맞추어 아름다운 춤으로 유 부인을 축복했다. 봄바람에 꽃잎이 흩날리고 구름 그림자가 휘장 속을 드나드는 듯하여 보는 사람들의 넋을 빼놓을 지경이었다. 유 부인과 경패, 난양은 금과 옥과 비단으로 섬월과 경홍의 노고를 치하했다. 채봉은 섬월을 따로 불러서 만나 반가운 정을 나누었다. 함께 절친하게 지내던 옛일을 이야기할 때는 눈물이 그렁그렁해지기도 했다.

경패도 섬월에게 특별한 감사를 표했다. 지난날 섬월이 양소유에게 '정 사도의 딸을 찾아보라' 하며 중매나 다름없이 추천한 일을 들어서 알고 있기 때문이었다. 이 모습을 흐뭇하게 바라보던 유 부인은 문득 쓸쓸한 표정을 지었다.

"너희들이 섬월의 일만 기억하고 고맙다 인사하면서, 내 외사촌 누이동생의 은혜는 잊어버렸나 보구나."

소유는 속으로 아차 싶었다.

다음 날 소유는 자청관으로 사람을 보내 이모의 행방을 수소문했다. 그러나 이모는 그사이 자청관을 떠나 구름처럼 떠돈 지 이미 삼 년이 넘었다는 소식만이 돌아왔다. 유 부인은 먼 하늘 쪽을 바라보고 탄식하며 안타까워했다.

섬월과 경홍이 들어온 후 많아진 식구만큼 각각 거처할 곳을 정해야 했다. 대부인 유 씨는 궁의 안채인 경북당에 모셨다. 경북당의 앞쪽 연희당에는 영양 공주 경패가, 경북당 서쪽의 봉수당에는 난양 공주가 각각 자리를 잡았다.

연희당 앞쪽 응향각과 청하루는 양소유가 거처하며 궁중에서 잔치하는 곳이었다. 누각 앞의 치사당과 예현당은 손님을 맞이하는 사랑채로 썼다.

난양 공주의 봉수당 남쪽 해진원은 숙인 채봉이 사는 집이었다. 영양 공주의 연희당 동남쪽 영춘함은 춘운이 썼다.

양소유가 머무는 청하루와 응향각에는 화산루와 대궐루라는 작은 누각이 각각 연결되어 있는데, 계섬월과 적경홍이 나누어 살았다. 섬월과 경홍은 궁중에 풍류하는 기생 팔백 명을 거느리며 노래와 춤, 악기 다루는 법을 가르쳤다.

섬월이 거느린 좌부 사백 명과 경홍의 우부 사백 명은 달마다 청하루에 세 번씩 모여 서로 재주를 겨루었다. 가끔 승상과 두 부인이 어머니를 모시고 심사하여 양쪽의 스승에게 상을 주기도 하고 벌을 주기도 했다. 이기는 쪽은 술 석 잔을 상으로 주고 머리에 꽃가지를 꽂아 축하해 주었다. 진 쪽에게는 물 한 그릇을 벌로 마시게 하고 이마에 먹으로 점을 찍었다.

경쟁이 나날이 치열해지는 만큼 기생들의 재주는 날로 늘어 갔다. 그러다 보니 두 공주와 양 승상이 거처하는 위부의 여인들은 난양의 오라비 월왕의 궁녀들과 함께 미모와 기예의 뛰어남으로 쌍벽을 이루게 되었다.

하루는 두 부인이 여러 소실들과 한데 모여 이야기를 나누고 있는데 소유가 편지 한 장을 가지고 들어와 난양 공주에게 주며 말했다.

"월왕에게서 편지가 왔소."

난양은 곧 그것을 펴서 모두가 들을 수 있도록 큰 소리로 읽었다.

언젠가부터 나라에 일이 많고 대신들이 업무에 시달리느라 낙유원과 곤명지에 놀러 오는 사람이 끊어지고 노래와 춤이 사라졌습니다. 이제는 황제 폐하의 위엄과 덕이 곳곳에 스며들고 승상의 노고가 더해져 천하가 태평하며 백성들은 평안하여졌으니 옛날의 번성한 분위기를 곧 회복하게 될 것입니다. 따사로운 봄이 아직 지나지 않았고 꽃과 버들이 마침 아름다우니 우리 같이 낙유원에 모여 사냥하며 즐기는 것이 어떻겠습니까? 괜찮으시면 약속 날짜를 정하여 알려 주십시오.

다 읽은 후에 난양은 승상을 향해 웃으며 말했다.

"월왕 오라버니가 무슨 뜻으로 이러시는지 아시겠습니까?"

양소유는 대수롭지 않게 받아넘기려 했다.

"무슨 깊은 뜻이 있겠소? 꽃 피는 시절에 즐기고 노는 것은 귀공자들이 늘 하는 일일 뿐인데."

공주는 고개를 저으며 말했다.

"잘 모르시고 하시는 말씀입니다. 오라버니는 아름다운 여인과 풍악을 좋아하기로 유명한 사람입니다. 월궁에 아름다운 궁녀가 한둘이 아닌데, 요즘 들어 새로 온 옥연이라는 궁녀를 특히 총애한다고 합니다. 저도 아직 보지는 못했지만 얼굴로 보나 재주로 보나 단연 뛰어나다고 소문이 자자합니다. 제 생각에는 오라버니가 우리 위부에 미인이 많다는 말을 듣고 옥연 등 자신이 거느린 미인들과 겨루어 보게 하려는 것 같습니다."

소유는 크게 너털웃음을 웃었다.

"무슨 말인가 했더니 오라버니의 뜻을 누이가 아는구려."

옆에서 가만히 듣고 있던 경패가 나서서 말했다.

"함께 모여 즐기자는 것이라고는 해도 승부인데 질 수야 있습니까?"

경패는 경홍과 섬월, 두 사람을 눈으로 가리키며 다짐을 받듯 부추겼다.

"훈련은 십 년 동안 하더라도 실전은 하루아침에 이루어지는 것이니 이번 승부는 오로지 그대 두 사람에게 달렸다. 그대들의 능력을 보일 때가 아니냐?"

섬월은 당황하여 우물쭈물했다.

"저는 감히 감당하지 못하겠습니다. 월궁의 풍악은 이전부터 천하제일로 이름났고, 기생 옥연의 명성은 듣지 않은 사람이 없을 정도입니다. 제가 남들의 조롱거리가 되는 것은 문제가 아니지만 우리 위부가 치욕을 당할까 봐 두렵습니다."

소유는 재미있다는 듯이 지켜보다가 말했다.

"내가 낙양에서 섬월을 처음 만났을 때, 강남의 만옥연이 천하의 뛰어난 세 기생 중 하나임을 들었는데 바로 그 사람이로구려. 그렇다고는 하지만 그 세 기생이 옥연과 섬월과 경홍이라 하였으니 내가 그중 둘을 이미 얻은 셈이오. 어찌 월왕이 차지한 한 사람을 두려워하겠소?"

난양 공주가 은근히 경쟁심을 북돋웠다.

"월왕의 첩 중에는 옥연뿐 아니라 아름다운 사람이 셀 수 없이 많답니다."

섬월은 경흥을 돌아보며 도움을 청해 보았다.

"정말 이기리라고 장담하지 못하겠습니다. 경흥에게 한번 물어 보십시오. 저는 대담하지 못한 탓에 승부 얘기를 들으니 목구멍이 간질간질해서 노래를 못 부르면 어쩔까 싶고, 낯이 따끔따끔하여 가시가 돋는 듯합니다."

그러나 옆에서 듣고 있던 경흥은 화를 내며 말했다.

"섬월아, 그게 정말 진심이냐? 우리 두 사람이 이곳저곳을 두루 다니며 유명한 미인들과 이름난 풍류를 셀 수 없이 보아 왔지만, 그 어디에서도 남에게 진 적이 없는데, 어찌 유독 옥연에게 겁을 내느냐? 구름을 타고 다니는 선녀라면 져 줄 수도 있으련만 그게 아니라면 무엇이 두려울까?"

섬월은 지지 않고 반박했다.

"경흥아, 말을 그렇게 쉽게 하지 마라. 우리가 옛적에 함께 있을 때는 고작 고을 수령의 잔치에나 다녔으니 겨뤄 볼 만한 강적을 만난 적이 없다. 지금 월왕 전하는 황실에서 성장하셨으니 눈이 얼마나 높으시겠느냐? 옥연 또한 명실공히 이름을 얻은 사람이니 가볍게 여길 수 없다."

섬월은 양소유에게 고개를 돌려 그 소맷자락을 잡고 경흥의 흉을 보았다.

"경흥이 혼자 착한 척하는 것 좀 보십시오. 경흥이 처음 승상을 따를 적에 연왕의 천리마를 훔쳐 타고 남자인 척하며 승상을 속였지 않습니까? 그리고 여자임이 발각되던 날에도 제가 도와주지 않았다면 승상을 모실 수 있었겠습니까? 그런데도 도리어 저렇게 제게 큰소리를 하니 혼내 주십시오."

경홍도 질 생각이 없다는 듯이 말을 받았다.

"열 길 물속은 알아도 한 길 사람 속은 모른다더니 말을 저렇게 심하게 합니다. 제가 승상을 모시기 전에는 섬월이 저를 하늘 사람인 양 칭찬하더니 이제 와서는 흉을 보고 나무라기까지 하지 않습니까? 승상께서 저를 사랑하시니 자기는 밀려날까 봐 질투가 나나 봅니다."

모든 여인들은 두 사람의 어린아이 같은 싸움을 보고 크게 웃었다.

경패는 한 술 더 떠서 난양과 첩들에게 소유의 흉을 보았다.

"경홍의 얼굴이나 몸가짐이 여자답지 않아서 승상이 속았겠느냐? 승상의 두 눈이 밝지 못해 속은 것이겠지. 아무튼 여자가 남장을 하고 말을 타는 것이 여자답다고 할 수 없는 일이라면 남자가 여장을 하고 거문고를 타는 것도 남자다운 일은 아닐 것이다."

양소유는 한 번 껄껄 웃고 되받아쳤다.

"부인께서 나를 놀려 보려고 하시지만 부인 또한 그렇게 눈이 밝지는 않더구려. 나만 남장한 여자에게 속았나요? 부인도 여장한 남자에게 속았지요."

일곱 사람 모두 배꼽을 잡고 손뼉을 치며 웃었다.

"강적과 대결하는데 웃고만 있을 때가 아닙니다. 우리 두 사람만으로는 감당하기 어려울지 모르니 춘운 낭자도 같이 갑시다. 참월왕께서도 알 만한 사람이니 진 숙인도 같이 가면 좋겠네요?"

섬월이 말하자 채봉이 대답했다.

"경홍, 섬월 낭자야, 과거 시험이라도 보러 가면서 우리를 데려 간다면 도움이 될지 모르겠지만, 노래하고 춤추는 마당에 우리의 글재주가 무슨 쓸모가 있겠느냐?"

춘운도 손을 홰홰 내저었다.

"노래와 춤에 익숙지 않아 조롱을 받더라도 대단한 잔치라니 한 번 구경해 보고 싶은 마음은 있습니다. 하지만 저만 조롱받는 것이 아니라 상공께서 함께 조롱받거나 공주 마마께서 근심을 하게 된다면 어쩌겠습니까? 아무래도 전 못 가겠습니다."

난양이 웃으며 뒤를 떠밀어 보았다.

"춘운이 함께 간다고 해서 어찌 웃음거리가 될까? 나는 전혀 근심할 것 같지 않다."

춘운은 아예 뒷걸음질 치는 시늉을 했다.

"비단으로 돗자리를 깔고 구름 같은 장막을 걷으면서 '양 승상의 총애하는 첩 가춘운이 나온다' 할 때 쑥대머리에 귀신 몰골로 나가 사람을 놀라게 하면 어쩝니까? 우리 승상 나리를 힐끔거리면서 속으로 '여자는 밝히면서 고운지 추한지는 모른다' 하고 놀리지 않겠습니까? 게다가 월왕 전하가 제 얼굴을 보고 속이 뒤집혀 토하시면 공주님께서 근심하실 수밖에요."

난양은 어이가 없다는 듯이 춘운의 등을 철썩 쳤다.

"심하다. 춘운이 귀신인 척하기를 잘한다더니 이제는 추녀 흉내를 내려 하는구나. 네 말은 믿을 것이 하나도 없다."

난양은 소유의 얼굴을 보며 물었다.

"어느 날에 만나자고 답장하시겠습니까?"

소유는 빙긋 웃으면서 대답했다.

"내일 모이자고 벌써 답장을 보냈습니다."

경홍과 섬월은 깜짝 놀랐다.

"큰일 났습니다. 좌부 우부에 어서 명하여 조금이라도 더 연습을 시켜야겠습니다."

위부 기생 팔백여 명의 발등에 불이 떨어졌다. 얼굴을 단장하고 풍류도 복습하고 거문고 줄도 고쳐 묶고 치마허리를 한껏 졸라매면서 월궁 사람들과의 싸움에서 지지 않으려 맹연습을 시작했다.

이튿날 소유는 일찍 일어나 군복으로 갈아입고 활과 화살을 챙겨 눈처럼 흰 말에 올랐다. 소유의 좌우편 뒤에는 섬월과 경홍이 옷단장을 신선같이 하고 옥 같은 손으로 진주 고삐를 놀리며 비룡처럼 날렵한 말을 몰았다. 꽃처럼 단장을 한 기생 팔백 명과 사냥할 군사 삼천 명이 그 뒤를 따랐다.

승상의 행차와 월왕의 행차가 길 위에서 만났다. 과연 월궁 행차의 진용은 위세가 등등하고 여인들의 화려함 또한 말로 표현하기 이려울 징도였다. 월왕은 소유와 밀을 나란히 몰며 말을 선넸나.

"승상이 타신 말이 참으로 훌륭합니다."

소유는 겸손하게 월왕의 말을 칭찬했다.

"천만에요. 왕께서 타신 말이 둘도 없는 준마인 것 같습니다."

월왕은 기뻐하며 자신이 탄 말을 자랑했다.

"아닌 게 아니라 썩 괜찮은 말이지요. 작년 가을에 황제 폐하를 모시고 상림원에서 사냥할 때, 거기 모였던 일만 마리 넘는 말이 모두 바람 같았지만 이 말을 따라오는 것은 하나도 없었소."

소유도 자신의 말을 추켜세워 보았다.

"작년에 토번국을 공격할 때, 군사들은 험한 길과 깊은 구렁 때문에 발을 옮기기조차 힘들었지만 이 말은 평지를 지나듯 걸음이 가벼웠습니다. 제가 그때 이 말이 없었다면 큰 공을 세울 수 없었을지도 모릅니다. 개선하여 돌아온 후 말을 탈 일이 없었으니 이 말이 오랫동안 좀이 쑤셔 병이 날 지경이었을 것입니다. 그러니 월왕 전하의 말과 한번 시험 삼아 겨뤄 보기를 청합니다."

월왕은 매우 기뻐하며 말했다.

"좋은 생각이오."

월왕은 시종을 불러 두 집의 손님과 여인들을 천막에 가서 기다리도록 모셔 가라 일렀다. 양쪽의 군사들은 사냥을 준비했다. 마침

사슴 한 마리가 군병에게 쫓겨 뛰면서 월왕의 옆을 지나쳤다. 월왕은 휘하의 장수들에게 사슴을 쏘아 맞히라 명령했으나 누구도 사슴을 맞히지 못했다. 화가 난 월왕이 직접 말을 달리며 활을 쏘아 사슴의 겨드랑이를 맞히자 군사들이 모두 만세를 불렀다.

"참으로 기가 막힌 활 솜씨입니다."

"뭐 이런 걸 다 가지고 그러시오. 승상의 활 솜씨 또한 뛰어나다 들었는데 한번 보여 주시지요."

소유의 칭찬에 월왕은 어깨를 으쓱하며 거만하게 말했다. 마침 구름 사이로 고니 한 쌍이 놀라 날아갔다. 소유는 빙긋 웃으며 황제가 하사한 보배로운 활과 금 화살 하나를 꺼냈다.

화살이 팽팽한 시위를 떠나는 것이 언뜻 보이는가 했더니 머리에 화살을 맞은 고니가 발 아래로 떨어졌다. 월왕은 깜짝 놀랐다.

"신묘한 재주입니다. 정말 사람의 솜씨가 아니오."

눈빛을 한번 주고받은 두 사람은 동시에 채찍을 들어 말 엉덩이를 내리쳤다. 두 말이 힘차게 뛰어나가니 별이 떨어지고 번개가 치는 것 같았다. 순식간에 넓은 들을 지나고 누가 먼저랄 것 없이 높은 언덕에 다다랐다.

양소유는 월왕과 언덕에 서서 한가롭게 풍경을 바라보며 활 쏘고 칼 쓰는 법을 서로 의논하고 있었다. 얼마나 지났을까, 아래에서 시종이 땀을 뻘뻘 흘리며 올라오는 것이 보였다. 월왕이 잡은 사슴과 소유가 잡은 고니를 구워 은쟁반에 담아 드리려는 것이었다. 두 사람은 풀밭에 자리를 잡고 앉아 차고 있던 칼로 고기를 베어 먹으니 두어 잔 술을 곁들었다.

멀리서 붉은 옷을 입은 관원이 여러 사람을 이끌고 헐레벌떡 달려오고 있었다. 시종이 그것을 보고 두 사람에게 말했다.

"황제 폐하와 태후 마마께서 술을 내리신 것 같습니다."

양소유와 월왕은 시종과 관원을 거느리고 천천히 장막으로 갔다. 황제가 하사한 술이 잔에 채워졌다. 황제가 평소 두 사람의 노고를 위로하기 위해 친히 지은 시도 술과 함께 내려졌다. 양소유와 월왕은 머리를 조아려 절한 후에 황공하게 술을 받들어 마시고 각각 화답하는 시를 지어 바쳤다.

이윽고 두 집의 잔치 손님들이 차례로 자리에 앉고 술과 안주가 차려졌다. 온갖 산해진미46가 옥쟁반에 가득하니 인간 세상에서 진기하다 하는 것으로는 빠진 음식이 없는 것 같았다. 천여 명 아름다운 여인들이 자리를 에워싸고 두 호걸47의 기상이 숲을 진동하여 숲속 모든 나무의 정기가 빛을 잃고 만발한 꽃들의 화려함이 가려졌다. 잔치가 금세 무르익어 온종일 풍류 소리가 강물을 끓어오르게 하고 산을 들썩이게 하였다.

술이 여러 잔 돌고 반쯤 취하자 월왕이 소유에게 말했다.

---

46 **산해진미(山海珍味)** : 산과 바다에서 나는 온갖 진귀한 물건으로 차린, 맛이 좋은
음식
47 **호걸(豪傑)** : 지혜와 용기가 뛰어나고 기개와 풍모가 있는 사람

"오랜만에 만나 이렇게 뜻 깊은 시간을 함께하니 참으로 즐겁습니다. 오늘 우리 궁의 미인 몇 명을 데려왔는데 승상께 인사를 올리도록 명하겠소."

소유도 기분 좋게 답례했다.

"저를 그렇게까지 생각해 주시니 감당하기 어렵습니다. 저 역시 구경할 겸해서 따라온 여인들이 있으니 왕께 소개하고 사례하려 합니다."

월궁의 네 미인이 먼저 걸어 나와 나란히 서서 양소유에게 인사했다. 소유는 감탄하며 말했다.

"제가 지금 한꺼번에 신선을 네 명이나 보고 있는 것입니까? 참으로 아름답습니다. 이름을 물어도 되겠습니까?"

네 미인이 차례로 대답했다.

"저는 금릉 사람 두운선입니다."

"진주 사람 설교아라고 합니다."

"무창의 만옥연입니다."

"저는 장안 사람 해연연입니다."

소유는 손으로 입을 가리며 월왕에게 작게 말했다.

"제가 시골 선비일 적에 낙양과 서울을 다니면서 옥연이라는 사람이 선녀와 같다는 말을 들었는데, 지금 보니 명성보다 오히려 더 뛰어납니다."

월왕은 만족한 웃음을 띠며 고개를 끄덕였다. 이어서 경홍과 섬월이 월왕에게 인사했다. 월왕도 두 사람의 이름을 물어 대답을 듣고 고개를 끄덕이며 소유에게 물었다.

"두 미인의 명성을 나도 일찍부터 들었소. 두 사람이 모두 승상을 섬기게 되었으니 제대로 짝을 찾은 것 같구려. 그런데 승상은 어디서 이들을 만난 것이오?"

소유는 옛일을 생각하려니 감회가 새로웠다.

"계 씨는 과거 보러 낙양을 지날 때 우연히 만났습니다. 적 씨는 연나라 궁궐의 궁녀였는데 제가 사신으로 그곳에 갔을 때 몰래 도망쳐 저를 따라온 것입니다."

월왕은 손뼉을 치며 웃고 말했다.

"적 씨의 호탕한 기개가 참으로 대단하오. 그건 그렇고 적 씨가 승상을 만난 때는 승상이 이미 한림학사였고 황제 폐하의 사신 복장을 하고 있었으니 누가 봐도 근사했겠지만, 계 씨는 가난하고 초라한 선비를 알아보고 반한 것이니 더욱 기특합니다. 어떤 인연이 있었던 것입니까?"

소유의 얼굴에 환한 웃음이 번졌다.

"그때 일을 생각하면 정말 웃음부터 나옵니다. 시골에서 온 나귀 탄 선비가 허름한 주막에서 막걸리를 잔뜩 먹고 천진의 술 파는 누각을 지나고 있었습니다. 낙양의 재주 있는 귀공자 수십 명이 누각에서 기생들을 거느리고 글을 쓰느라, 술을 마시느라 왁자

지껄한 가운데 그 자리에 계섬월이라는 기생도 앉아 있었지요."

"그래서요?"

"가난한 선비는 헌 베옷과 비 맞은 두건이 부끄럽지도 않은지 덮어놓고 그 자리에 끼어 앉았는데, 누각 아래 말고삐를 잡은 종들 중에도 그 선비처럼 꾀죄죄한 자는 없었습니다. 선비는 귀공자들이 묻는 말에 넙죽넙죽 대답하며 권하는 술을 받아 마시다가 계섬월이라는 기생이 시를 심사하여 하룻밤 함께할 사람을 뽑는다는 말을 들었습니다."

"오호라 그렇다면 가만히 있을 양 선비가 아니지."

"주제 파악도 못 하고 술기운만 의지하여 난잡한 글을 후다닥 지었던 모양인데, 그 자리에서 쓰인 모든 귀공자들의 글 중에서 하필 가난한 선비의 것이 일등으로 뽑혔으니 무작정 좋기보단 난감했지요. 하긴 선비뿐 아니라 기생이나 귀공자나 그 자리에 있던 사람 중에는 난감하지 않은 사람이 없었을 겁니다. 그 가난한 선비가 양소유요, 시를 뽑아 들고 노래로 부른 이가 계섬월이니, 이것이 인연이라면 인연이겠습니다."

월왕은 자기가 일등을 한 것처럼 신이 나서 호탕하게 웃었다.

"장원급제야말로 천하에 통쾌한 일이라 여겼더니 그날 일등을 한 것이 몇 배는 더 통쾌했겠구려. 일등으로 뽑힌 글인 만큼 분명 신묘할 텐데 한번 얻어 들을 수 있겠습니까?"

소유는 손을 저으며 말했다.

"한순간 술김에 지은 것이니 벌써 다 잊었습니다."

월왕은 포기하지 않고 섬월에게 나시 청했다.

"승상은 취했으니 잊는 게 당연하지만, 그대는 기억하고 있겠지?"

섬월이 대답했다.

"알다마다요. 붓으로 써 드릴까요, 노래로 불러 드릴까요?"

월왕은 매우 즐거워하며 말했다.

"미인의 노래를 들을 수 있다면 더욱 기쁜 일이 아니겠는가?"

섬월은 옥을 굴리는 듯 맑은 목소리로 소유의 시를 가락에 실어 불렀다. 듣는 사람마다 얼굴에 놀란 빛이 나타났다. 월왕 또한 감탄하여 섬월을 칭찬했다.

"승상의 시는 물론이려니와 계 씨의 노래 또한 지극히 뛰어나다. 낙양의 귀공자들이 제아무리 솜씨를 뽐내 보려 하더라도 어떻게 감히 대적할 수 있었겠는가?"

월왕은 금잔에 술을 부어 섬월에게 상으로 주었다.

경홍과 섬월 두 사람이 월궁의 네 미인과 함께 노래와 춤으로 손님과 주인을 접대하니 좋은 적수가 될 만했다. 옥연의 용모와 재주는 경홍이나 섬월에 비해 뒤질 것이 없고, 다른 세 명의 용모 또한 옥연만큼은 못하다 해도 세상에 드문 미인임에는 틀림없었다. 월왕은 속으로 위부와의 승부에 지지 않았음을 기뻐하고 있었다.

술자리가 조금씩 지루해질 즈음 월왕은 손님들과 함께 천막 바깥으로 나가 무사들이 사냥하는 모습을 구경했다. 월왕의 마음에는 또 다른 승부욕이 고개를 들었다.

"미인이 말을 타고 활 쏘는 모습은 참 보기 좋습니다. 우리 궁중에는 말과 활에 능한 기생이 여럿 있는데, 승상의 위부에도 분명 북방 여자가 있을 테니 각각 대표를 뽑아서 겨뤄 보게 합시다."

소유는 즉시 동의했다. 양쪽의 여인들 중 활쏘기 잘하는 사람을 선발하여 재주를 겨루기 시작했다. 이것을 물끄러미 바라보던 경홍이 소유에게 말했다.

"제가 활쏘기를 배운 적은 없지만 남들이 하는 것은 많이 보았습니다. 시험 삼아 한번 쏘아 볼 수 있겠습니까?"

소유는 쾌히 승낙하고 허리에서 활을 풀어 주었다. 경홍은 주위를 돌아보며 눈을 한 번 크게 뜨고 말했다.

"맞히지 못해도 웃지 마라."

훌쩍 말에 오른 경홍은 나는 듯이 달리며 장막 앞을 두루 다니다가 꿩 한 마리가 개에게 쫓겨 높이 솟아오르는 것을 보았다. 경홍은 즉시 허리를 돌려 활시위를 당겼다. 곧 오색 깃털이 공중에 흩어지며 꿩이 떨어지니 소유와 월왕은 손뼉을 치며 기뻐했다. 경홍은 다시 말을 달려 장막 앞으로 와서 씩씩하게 절하고 소유에게 활을 반납했다. 조금도 우쭐대지 않고 조용히 자리로 돌아가니 두 진영의 여인들이 모두 칭찬해 마지않았다.

천막 바깥에서는 사냥이 끝났고, 천막 안에서 울리던 시끌벅적한 춤과 풍악도 점점 잦아들었다. 월왕과 승상은 천막 안으로 들어가 자리를 정리하고 여섯 미인이 교대로 연주하는 그윽한 관현곡조를 감상하며 술잔을 나누었다. 자신의 차례를 마친 섬월은 다시 돌아올 차례를 기다리며 속으로 생각했다.

'경홍과 내가 월궁의 여자들에게 뒤질 것은 없으나 저쪽은 네 명인데 우리는 두 명이니 어쩐지 쓸쓸하구나. 춘운이 같이 왔다면 좋았을 것을. 춘운이 노래와 춤에 능하지는 않지만 얼굴도 예쁘고 말솜씨도 좋으니 같이 있는 것만으로도 힘이 될 텐데.'

그런데 멀리 건너편 길모퉁이에 꽃으로 장식한 수레 둘이 나타났다. 수레들은 풀밭을 가로질러 점점 가까이 다가오는 중이었다. 수레를 검문한 수문장이 월왕과 양 승상 쪽으로 다가와 보고했다.

"양 승상을 모시는 여인이라고 하십니다. 사정이 있어 늦게 도착하였다고 합니다."

양소유는 속으로 짐작했다.

'춘운이 구경하러 온 것이겠구나. 그런데 수레의 규모나 모양이 왜 저렇게 간소할까?'

입구를 통과한 수레는 천천히 천막 앞으로 다가왔다. 드리워진 발을 걷고 두 사람이 수레에서 내려섰다. 양소유는 순간 깜짝 놀랐다. 앞에 선 사람은 틀림없는 심요연이요, 뒷사람은 꿈속에서 만났던 동정호 용왕의 딸이었기 때문이다.

한편으로 얼떨떨하고 한편으로는 반갑기 그지없어 입을 다물지 못하는 소유의 앞에 그림처럼 아름다운 여인 두 사람이 나아와 엷은 미소를 띠고 인사했다. 소유는 정신을 차리고 옆에 있는 월왕을 가리키며 말했다.

"이분은 월왕 전하이시다. 각별한 예를 갖추어 인사하라."

두 사람이 인사를 마치자 월왕은 경홍과 섬월의 옆에 두 자리를 더 마련하여 요연과 동정호 공주를 앉게 했다. 양소유는 월왕에게 새로 온 두 사람을 소개했다.

"이 둘은 토번을 정벌할 때 만난 사람들입니다. 이후 길이 엇갈려 헤어졌는데, 제가 월왕 전하를 모시고 즐긴다는 소문을 듣고 왔나 봅니다."

월왕은 두 사람을 찬찬히 살펴보았다. 두 사람의 미모는 경홍, 섬월과 대등했지만 씩씩한 기상은 오히려 더욱 돋보였다.

월왕이 감탄하여 입을 다물지 못하는 것을 보고 월궁의 미인들은 못내 자존심이 상했다.

"두 미인의 이름은 무엇이며, 고향은 어디인가?"

월왕의 물음에 두 사람이 차례로 대답했다.

"제 이름은 심요연입니다. 서량주 사람입니다."

"저는 백능파입니다. 제 고향은 동정 부근에 있었으나 환란을 당해 서쪽 변방에 살다가 양 승상을 만났습니다."

월왕은 부쩍 궁금증이 동했다.

"두 사람을 보니 정말 세상 사람이 아닌 것 같구나. 무슨 장기가 있느냐?"

요연이 먼저 대답했다.

"저는 변방의 시골 사람이어서 음악을 배울 기회가 없었습니다. 무엇으로 대왕을 즐겁게 해 드릴지 걱정이 됩니다. 어릴 때 별 뜻 없이 칼춤을 배운 적은 있는데, 선비님들께는 볼 만할지 모르나 군사들 앞에서는 어린아이 장난처럼 보일 것이 뻔하니, 전하와 승상께 누를 끼치게 될까 두렵습니다."

얼굴이 환히 밝아진 월왕이 소유에게 말했다.

"현종 황제 시절 이후에 칼춤에 능한 기생이 없어 그때 쓰이던 곡조가 잊혀 가는 것을 짐이 늘 안타까워했소. 그런데 이 여인이 칼춤을 출 줄 안다니 정말 반갑기 그지없소."

월왕과 소유는 각각 허리에 차고 있던 보검을 한 자루씩 요연에게 내어 주었다.

요연은 비단이 깔린 무대로 나가 음악에 맞추어 몸을 움직이기 시작했다. 발그레하게 화장한 얼굴 위에 은빛 칼날이 비쳐 봄눈이 복숭아꽃 우거진 숲에 흩뿌려지는 듯했다. 요연의 몸놀림은 점점 빨라졌다. 날카로운 칼빛이 천막 안을 가득하게 휩싸고 도는데 정작 춤추는 사람의 모습은 보이지 않았다. 이윽고 백룡 같은 무지개가 공중으로 치솟고 찬바람이 천막을 찢으니 보는 사람들은 뼈가 시리고 머리카락이 곤두섰다. 더 계속하면 월왕이 놀랄까 봐 요연은 서둘러 칼을 내려놓고 춤을 마무리했다.

월왕은 한참 만에 정신을 차리고 요연에게 물었다.

"인간의 칼춤이 이럴 리는 없다. 예로부터 신선 중에 칼춤에 능한 자가 있다고 들었는데 그대가 바로 그자인 것 같다. 그렇지 않으냐?"

요연은 겸손하게 허리를 굽혔다.

"제가 살던 고을의 풍속을 따라 어릴 적부터 무기를 가지고 놀면서 조금씩 익혔을 뿐입니다. 제게 무슨 도술이 있겠습니까?"

월왕은 내친김에 요연에게 부탁의 말을 했다.

"짐이 돌아가면 월궁에서 몸이 가볍고 민첩하며 춤을 잘 추고 총명한 여자를 골라서 위부로 보낼 것이다. 그대가 맡아서 잘 가르쳐 주었으면 한다."

요연은 겸손하게 몸을 숙이며 그렇게 하겠다고 대답했다.

월왕은 고개를 돌려 능파에게 물었다.

"그대에게도 자랑하고 싶은 장기가 있겠지. 내가 한번 구경할 수 있겠는가?"

능파가 대답했다.

"제 고향은 옛날 요임금의 따님이신 아황과 여영이 거문고를 타며 놀던 곳입니다. 지금도 바람이 맑고 달이 밝은 밤이면 구름과 안개 속에서 거문고 소리가 들린답니다. 제가 어릴 때부터 그 소리를 듣고 따라 하며 가끔씩 혼자 즐기곤 했습니다. 장기라고 하기 민망한 변변찮은 솜씨이니 전하께서 만족하지 못하실까 두렵습니다."

월왕은 도리어 반색하며 말했다.

"아황과 여영 두 여인이 거문고에 뛰어났다는 것은 책에서 읽은 적이 있다. 그 곡조가 이후에 전해져 내려왔다는 것은 금시초문인데, 그대가 선보일 수 있다면 얼마나 귀한 일이겠느냐?"

능파는 자신이 타고 온 수레로 가서 스물다섯 줄 현악기를 가지고 왔다.

연주가 시작되어 슬픈 듯 원망하는 듯 맑고 절절한 소리가 주위를 감싸니 골짜기의 물이 목 놓아 울며 떨어지고 기러기가 멀리 날아가며 서럽게 부르짖었다. 자리에 앉은 모든 사람들은 자연의 변화에 기가 막혀 두려운 마음까지 생겼다. 마침내 늦봄의 수풀에 가을 소리가 가득하고 낙엽이 지기 시작했다.

월왕은 매우 기이하게 여기며 말했다.

"인간의 곡조가 천지의 조화를 바꾼다는 말이 있으나 이때껏 믿지 않았다. 아마도 그대는 인간 세상의 사람이 아닌가 보다. 이 곡조를 어떻게 인간 세상의 사람이 배울 수 있겠느냐?"

능파가 대답했다.

"저는 다만 예로부터 전해진 노래를 연주했을 뿐입니다. 무슨 기이함이 있겠습니까? 그리고 재주 있는 사람이라면 왜 따라 하지 못하겠습니까?"

듣고 있던 옥연이 보란 듯이 일어나 월왕에게 말했다.

"제 재주가 비록 보잘것없으나 백 낭자가 연주한 곡조를 시험 삼아 한번 흉내 내 보아도 되겠습니까?"

월왕이 허락하자 옥연은 자신의 열세 줄 악기를 안고 능파가 스물다섯 줄 악기로 연주한 소리를 낱낱이 옮기기 시작했다. 손가락의 움직임이 지극히 정교하고 부드러워 조금도 소리의 차이가 나지 않았다. 능파가 가장 놀라 칭찬을 아끼지 않았다.

"이 여인의 총명함은 누구도 따르지 못할 것입니다."

양소유와 경홍, 섬월도 누가 먼저랄 것 없이 능파를 따라 칭찬에 열을 올렸다. 누구보다 월왕의 얼굴에 만족한 빛이 가득했다.

요연과 능파가 늦게 참여하여 다시 잔치의 흥이 무르익어 가려는데 야속한 해는 이미 서쪽으로 기울고 있었다. 잔치가 끝나고 월궁과 위부는 각각 금은과 비단을 내어 재주를 뽐낸 여인들에게 상을 주었다.

월왕과 승상은 함께 말에 올라 달빛을 받으며 성문으로 들어왔다. 두 진영의 아름다운 여인들이 악기를 연주하며 따르니 행차를 구경하려는 백성들로 장안의 큰길이 십 리 넘게 가득 메워졌다.

마침내 한곳에 모인 아홉 구름

경패와 난양 두 부인은 채봉, 춘운과 함께 대부인을 모시고 낙유원에 간 승상 일행이 돌아오기를 기다리고 있었다. 소유는 심요연, 백능파를 데리고 돌아와서 어머니와 두 부인에게 인사를 시켰다. 경패가 앞에 나서서 두 사람을 반갑게 맞이했다.

"승상이 위기에 빠졌을 때 그대들이 도와 나라에 공을 세울 수 있었다고 들었소. 나도 꼭 만나 보고 싶었는데 왜 이렇게 늦게 오셨소?"

요연과 능파는 번갈아 가며 대답했다.

"저희들은 먼 변방 출신의 시골 사람입니다. 승상께서 모른 척하지 않고 반겨 주실 것은 믿었지만 두 부인께서 싫어하실까 봐 오랫동안 주저했습니다. 그런데 이 부근에 와서 여러 사람들에게 물어보니 부인의 성품이 어질고 아량이 넓은 것을 칭찬하지 않는 사람이 없었습니다."

"그래서 용기를 내어 찾아뵙고자 하던 차에 마침 승상께서 교외로 행차하신다는 소식을 들었습니다. 잘되었다 싶어 그 잔치에 참여한 것입니다."

난양이 소유를 보고 웃으면서 말했다.

"우리 궁중에 이렇게 꽃다운 미인들이 모인 것을 승상께서는 자신이 잘난 탓이라고 생각하셨겠지요. 그러나 오늘 낭자들의 말을 들으니 그게 다 언니와 제 덕인가 봅니다."

모두들 한바탕 크게 웃었다.

경패는 말머리를 돌려 경홍과 섬월에게 물었다.

"오늘 잔치의 승부는 어떻게 되었느냐?"

섬월이 대답했다.

"우리 위부가 창피를 당하지는 않은 것 같습니다."

경홍은 섬월의 겸손한 대답에 성이 차지 않아 한 발 나섰다.

"제가 어제 큰소리를 한 것을 두고 섬월은 헛소리라 하지 않았습니까? 제가 오늘 화살 하나로 월궁 사람들의 기운을 다 빼놓았습니다. 제 말이 거짓인지 섬월에게 물어보십시오."

섬월은 또 경홍을 놀렸다.

"경홍의 말 타는 재주와 활 쏘는 재주는 참 그럴듯했습니다. 그러나 월궁 사람들의 기운이 빠진 것은 새로 온 두 선녀 같은 낭자에게 홀린 때문이니 그게 왜 경홍의 공이겠습니까?"

두 사람이 티격태격하는 통에 또 한바탕 웃음이 터졌다. 그렇게 재미난 이야기로 밤이 깊어 가는 것도 몰랐다.

다음 날 양소유는 어전에서 조회 후 집으로 돌아가려 하다가 태후의 부름을 받고 월왕과 함께 갔다. 두 사람이 태후에게 머리를 조아려 인사하고 보니 두 공주가 먼저 와 있었다. 태후는 월왕에게 물었다.

"어제 승상과 겨루었다더니 승부가 어떻게 되었느냐?"

월왕이 웃으면서 대답했다.

"매부의 큰 복은 당할 자가 없습니다. 다만 승상이 이렇게 복이 많은 것이 누이에게도 좋은 것인지는 모르겠습니다."

태후는 월왕에게 눈을 한 번 찡긋하고 얼굴빛을 바꾸어 고개를 숙이고 있는 소유에게 따지듯 말했다.

"예로부터 부마48 된 자는 마음대로 소실을 두지 못했다. 그것은 조정을 공경하기 때문이다. 하물며 두 공주는 선녀처럼 아름답고 성품과 재주도 돋보이기 이를 데 없는데 사위는 이들을 공경하여 받들 생각을 하지 않고 미인 모으기에 재미를 붙였으니 신하된 도리라 할 수 없다. 숨기지 말고 사실대로 말해 보아라."

소유는 어쩔 줄 모르고 대답했다.

"신이 나라의 은혜를 입어 벼슬이 승상에까지 이르렀지만 아직 철이 들지 않아 집안에 풍류하는 사람이 약간 있으니 황공합니다. 그러나 신의 집에 여러 사람이 있는 듯해도 숙인 진 씨는 황제 폐

---

48 부마(駙馬) : 임금의 사위

하께서 내려 주셨으니 논외로 쳐야 할 것입니다. 또한 소실 계 씨는 제가 보잘것없는 시절에 만난 사람이고, 기 씨와 적 씨, 백 씨, 심 씨 모두 부마가 되기 전에 신을 따랐는데, 부마 된 후 함께 지내게 된 것은 모두 공주들이 권했기 때문입니다. 신이 멋대로 결정한 것이 아닙니다."

소유의 말을 다 들은 태후는 용서하자는 의견을 냈다. 하지만 월왕은 목소리를 높여 반대했다.

"공주가 권한 일이라 해도 부마는 사양했어야 마땅하지 않습니까? 어마마마, 다시 죄를 물으십시오."

소유는 다급하여 머리를 조아리고 말했다.

"신의 죄는 일만 번 죽어도 아깝지 않습니다. 그러나 폐하의 명을 받아 동쪽으로 삼진의 항복을 받고 서쪽으로 토번을 평정한 공이 있으니 이것으로 속죄를 대신할 수 없겠습니까?"

태후는 소유의 당황한 모습이 귀여워서 속으로 웃었다.

"양 승상은 내 사위일 뿐 아니라 조정의 공신이니 그러면 용서할까?"

월왕은 그래도 마음에 들지 않는 척했다.

"승상의 공이 커서 죄를 면할 정도는 된다지만, 그렇다고 방탕한 잘못을 아주 무시할 수는 없으니 벌주를 내리십시오."

태후는 더 이상 참지 못하고 웃음을 터뜨리며 허락했다. 소유는 그제야 또 꾐에 빠졌구나 하고 알아차렸다.

궁녀가 옥잔을 받들어 왔다. 그것을 본 월왕은 손을 저으며 말했다.

"승상의 주량이 고래 같은데 그만한 잔으로 어떻게 벌을 주겠는가?"

월왕은 한 말이 넘게 들어가는 금잔에 술을 가득 부어 소유에게 마시게 했다. 소유는 태후에게 절하고 받아서 단번에 다 들이켰다. 아무리 주량이 크다 해도 술 한 말을 한 번에 마셨으니 취하지 않을 수 없었다. 양소유는 혀가 반쯤 꼬인 목소리로 술주정을 하듯 말했다. 사실은 취한 것을 핑계 삼아 작심하고 어리광을 부린 것이다.

"견우는 직녀를 너무 사랑하였다는 이유로 장인이 귀양을 보냈다는데, 소유는 집에 소실을 조금 두었다고 장모가 벌하시는군요. 황실 사위 되기가 참 어렵습니다. 신이 매우 취했으니 이만 물러나겠습니다."

말을 마치고 몸을 일으키던 소유는 비틀하고 도로 쓰러졌다. 태후는 크게 웃으며 궁녀들에게 부축하라 명하여 밖으로 내보냈다.

잠시 후 태후는 두 공주를 돌아보며 말했다.

"너희 신랑이 술에 시달려 속이 편치 못할 테니 너희들도 지금 함께 가서 옷 벗는 것을 돕고 차를 끓여 주어라."

두 공주가 한목소리로 대답했다.

"저희들이 아니어도 옷 벗길 사람은 많습니다."

태후는 인자한 표정으로, 그러나 엄한 목소리로 사랑을 담아 말했다.

"그렇다고는 하지만 지어미의 도리를 그르쳐서는 안 된다. 양 승상이 사위인 죄로 장모 앞에서 봉변을 당했듯 너희들도 집에 돌아가면 시어머니 앞의 며느리가 아니냐?"

두 공주도 태후와 월왕에게 인사하고 물러났다.

두 공주와 소유가 집에 다다르니 유 부인은 등불을 켜 놓고 걱정하며 기다리고 있었다. 아들이 만취한 것을 보고 유 부인이 물었다.

"오늘은 어쩌다가 이 지경이 되도록 취했느냐?"

소유는 덜 깬 눈으로 공주들을 한동안 바라보다가 말했다.

"난양 공주의 오라비가 태후께 제 죄를 억지로 얽어서 이야기하니 태후께서 크게 화가 나셨습니다. 하마터면 감옥에라도 갈 뻔했는데, 제 말주변이 워낙 좋아서 겨우 풀려났습니다. 그러나 월왕이 그치지 않고 태후 마마를 부추겨 벌로 독한 술을 먹이니 거의 죽다 살아난 것입니다. 아마도 월왕이 어제 승부에서 저를 이기지 못했다고 샘이 나서 보복했나 봅니다. 또 난양 공주가 제 소실들에게 질투가 나서 월왕과 짜고 저를 괴롭힌 것이 분명하니 예전에 어진 척하던 말을 어떻게 믿을 수 있겠습니까? 어머니께서 난양에게 벌주를 먹여 제 분을 풀어 주십시오."

유 부인은 웃으면서 말했다.

"난양이 그랬다는 승거가 있느냐? 게다가 난양은 원래 술을 한 모금도 못 먹는데 어떻게 강제로 먹이겠느냐? 굳이 벌을 주고 싶다면 차로 대신하는 게 좋겠다."

소유는 어리광을 피우듯 말했다.

"안 됩니다. 술을 먹여야 벌이지요."

유 부인은 난양에게 눈짓을 하며 말했다.

"공주가 벌주를 먹지 않으면 저 취객의 화가 풀리지 않으려나 보다."

유 부인의 명을 받아 시녀가 벌주를 가져왔다. 난양이 그것을 받아 마시려는데 소유는 갑자기 의심이 나서 잔을 빼앗아 먹어 보려 했다. 난양은 황급히 술을 땅에 버렸는데, 잔 밑에 조금 남은 것이 있었다. 소유가 그것을 손으로 찍어 맛보니 영락없는 설탕물이었다.

소유는 직접 시녀에게 명하여 좋은 술을 가져오라 하고 한 잔을 가득 부어 난양에게 주었다. 난양은 울상이 되어 그 술을 받아 마셨다. 소유는 분이 아직 덜 풀린 표정으로 또 유 부인을 졸랐다.

"난양 공주가 월왕과 꾸민 계책이겠지만 제 생각에 영양 공주도 공범일 것 같습니다. 제가 태후 마마 앞에서 죽을 고생을 하고 있는데 그 모습을 보고도 난양 공주와 눈길을 주고받으며 웃는 것을 보았습니다. 영양 공주도 벌을 주어야 합니다."

유 부인이 웃고 또 한 잔을 경패에게 주었다. 경패는 아무 말 없이 받아 마시고 잔을 되돌렸다. 유 부인은 빈 잔을 들고 다시 말했다.

"태후 마마께서 소유를 벌하신 것은 소실을 둔 까닭이다. 이 때문에 두 부인이 벌주를 먹었으니 소실들이 가만히 있을 수 있느냐? 경홍, 섬월, 요연, 능파 모두에게 한 잔씩 벌주를 내리겠다."

네 명이 모두 꿇어 한 잔씩 받아 마셨다. 섬월은 경홍과 벌주를 마신 후에 무어라고 저희들끼리 속닥대다가 유 부인에게 항의하듯 재잘거렸다.

"태후 마마께서 승상을 벌하신 것은 소실이 있다고 꾸짖은 것이지 낙유원 잔치 때문이 아닙니다. 요연과 능파 두 사람은 아직 정식으로 부부의 예를 갖추지도 못하여 우물쭈물 낯을 가리는 처지인데도 저희들과 같이 벌주를 마셨습니다. 그런데 춘운 낭자는 오래 전부터 승상을 가장 가까이 모셔 왔는데 낙유원에 가지 않았다고 벌을 면하니 저희 같은 아랫사람의 마음에는 못마땅합니다."

유 부인이 '그 말도 옳다' 하고 '더 큰 잔으로 춘운을 벌하라' 하니 춘운은 웃음을 머금고 벌주를 마셨다.

여러 사람들이 두루 벌주를 먹느라 부산하고 난양 공주는 술기운을 견디지 못하고 있을 때, 오직 채봉만은 단정하게 앉아 말도 하지 않는 것이 애먼 불똥이 튈까 봐 조심하는 눈치였다. 소유는 그 모습을 놓치지 않았다.

"진 씨가 혼자 진실한 척하고 뒤로는 남의 흉을 보니 벌을 주지 않으면 안 뇌겠나."

채봉도 결국 한 잔 마시고 말았다.

문득 유 부인은 난양이 걱정스러웠다.

"공주는 어디 불편한 데가 없느냐?"

난양은 얼굴을 찌푸리고 대답했다.

"머리가 심하게 아픕니다."

유 부인은 채봉에게 난양을 부축하여 침실로 데려가라 일렀다. 그리고 춘운에게는 술 한 잔을 더 부어 오라 명했다.

"나의 두 며느리는 천상의 선녀와 같아 행여 넘치는 복이 언제 달아날까 늘 두렵구나. 그런데 소유가 미친 주정으로 난양의 몸을 불편하게 했으니 태후께서 아시면 분명 근심하실 것이다. 신하 된 자가 임금께 근심을 끼치는 것은 엄중하게 다스려야 할 죄이다. 이게 다 이 늙은이가 아들을 잘못 가르친 탓이니 스스로 벌하겠다."

말을 마치고 손에 든 잔을 기울여 다 마시니 소유는 그제야 정신이 번쩍 들었다.

"어머니께서 스스로 벌한다 하시니 이 아들의 죄가 깊습니다."

무릎을 꿇은 소유는 가장 큰 그릇을 내어 술을 붓게 하고 일어나 절했다.

"제가 어머니의 가르침에 순종하지 않았으니 벌주를 마시겠습니다."

정신을 차린 것도 잠시, 재차 벌주를 마시니 소유는 크게 취하여 제대로 앉아 있지도 못했다. 유 부인은 춘운에게 부축하여 모시라고 명했다. 하지만 춘운은 입을 삐죽 내밀고 말했다.

"저는 못 가겠습니다. 섬월과 경홍이 저를 꾸짖으며 제가 승상을 제대로 모시지 않는다고 하지 않았습니까?"

유 부인은 웃으며 경홍, 섬월에게 눈짓을 보냈다. 그러자 섬월은 펄쩍 뛰었다.

"춘운 낭자가 우리 때문에 모시지 못한다고 하니 처음 그 말을 꺼낸 제가 더욱 나쁜 사람입니다."

경홍은 웃고 일어나서 말했다.

"이제 그만해라. 어머니 앞에서 언제까지 어리광을 부릴 셈이냐?"

경홍이 소유를 부축하여 응향각으로 향했다. 다른 여인들은 하나씩 자신의 처소로 흩어졌다.

양소유는 요연과 능파 두 사람이 특히 자연을 사랑하는 것을 배려하여 화원에 거처할 곳을 정했다. 강물처럼 넓은 호수 가운데 아름다운 누각이 하나 있었는데, 그곳이 능파가 거처할 영일루였다. 호수 북쪽에는 수많은 옥으로 바위를 삼아 인공으로 꾸민 산이 있었다. 소나무와 대나무가 무성한 숲 가운데 정자가 있었는데, 그곳은 요연이 거처할 빙설헌이었다. 위부의 부인들이 화원에서 놀 때면 요연과 능파가 손님을 대접하는 주인 노릇을 했다.

부인들은 모이면 이따금 조용히 능파에게 물었다.

"낭자의 변신술을 한번 보여 줄 수 없소?"

능파는 고개를 저으며 대답했다.

"그것은 제가 용왕의 딸이던 시절에 했던 일입니다. 제가 사람의 몸을 얻을 때 벗은 허물과 비늘이 산같이 쌓였었는데, 이제 와서 무슨 조화를 부릴 수 있겠습니까?"

요연 또한 화원에 거처하게 된 이후 좀처럼 칼춤을 추려 하지 않았다.

"칼춤 솜씨가 승상과의 첫 만남에 도움을 주긴 했지만, 그런 살벌한 것을 태평한 시절에 볼 까닭이 있겠습니까?"

부인들의 어진 성품에다 소실들의 우애가 조화를 이루어 위부의 여덟 여인들은 친자매처럼 정답게 지냈다. 소유의 따뜻한 정도 누구에게 먼저랄 것 없이 고루 나뉘어 한결같았다.

여덟 여인에게 각각 자녀가 있었다. 영양과 난양, 춘운과 경홍, 섬월, 요연은 아들을 낳았고, 채봉과 능파는 딸을 낳았다. 한 번 출산한 후에는 다시 임신하지 않았으니 이 또한 평범한 사람들과는 달랐다.

황제가 재위하고 양 승상이 보필하던 시절, 나라는 태평하여 조정에 일이 없을 정도였다. 밖에 나가면 황제를 모시고 상림원에서 사냥하고, 안에서는 어머니를 모시고 풍류 가락과 더불어 잔치하는 일로 세월을 보냈다. 그러다 보니 양소유가 재상의 자리에 앉은 지 수십 년의 시간이 훌쩍 흘러갔다.

소유의 어머니 유 부인과 경패의 어머니 최 부인은 나이가 들어 세상을 떠났다. 소유의 모든 아들은 이미 급제하여 조정에 진출했고, 딸들도 모두 시집을 갔다.

양소유가 일개 선비로서 자기를 알아주는 임금을 만난 후, 공신이 되고 부마가 되어 태평성대를 연 것이 불과 스무 살 이전이었다. 이후로 재상이 되어 내내 부귀영화를 누리니 그처럼 복 있는 사람은 전무후무한 것이 틀림없었다.

한바탕 봄꿈에서 깨어나다

소유는 재상 자리에 있은 지 오래되어 그만 물러나야겠다는 생각을 점점 자주 하게 되었다. 너무 분주한 삶을 살았으니 쉬고 싶은 마음뿐이었다. 벼슬을 사직하고 물러나겠다는 상소를 올리자 황제는 상소문의 아래에 불가하다는 답을 적어 되돌렸다.

경의 공적이 세상을 덮었고, 덕택이 백성에게 가득하니 국가가 의지하고 과인이 우러러보는 바라. 옛 강태공과 소공은 나이가 백 살이었지만 오히려 성왕과 강왕을 도왔는데 아직 경은 그만한 나이가 되지 않았다. 게다가 평범한 사람과는 다른 풍모와 젊은 기골이 청년 시절 조서를 쓰던 때와 같고, 정신은 또렷하여 싸움 없이 도적을 물리칠 때와 같으니, 상소에 청한 말을 허락하지 않노라.

황제의 눈에만 그런 것이 아니라 사실 양소유는 나이를 먹으면서도 젊음을 잃지 않아 여러 사람들이 신선인가 의심하였다. 그러나 소유는 여러 번 상소를 다시 올려 간절하게 청했다. 결국 황제는 양소유를 어전으로 불러 말했다.

"경의 뜻이 이렇게 확고하니 짐이 어떻게 계속 외면하겠는가? 다만 경이 천 리 밖 시골로 간다면 가끔 만나 국가의 큰일을 상의하기 어렵고, 태후께서 돌아가신 마당에 난양을 멀리 떠나보내는 것도 마음이 편치 않다. 성 남쪽 사십 리쯤 떨어진 곳에 취미궁이라 부르는 별궁이 하나 있다. 옛날 현종 황제께서 기왕에게 빌려주어 더위를 피하던 곳이다. 그곳이 나이 들어 한적하게 지내기에는 가장 적당하니 이제 경에게 주어 거처하게 하노라."

양소유는 성은에 감격하여 머리를 조아려 절한 후 가족을 데리고 취미궁으로 이사 갔다. 이 별궁은 종남산의 한가운데 있는데 누각은 그림처럼 아름답고 주위의 경치는 신선의 세계처럼 기이했다.

소유는 날마다 여러 부인들과 함께 취미궁 곳곳을 거닐며 물가에서 놀거나 매화를 감상했다. 구름처럼 이끼가 낀 바위에 시를 지어 새기기도 하고, 거문고 연주로 소나무 바람 소리에 화답하기도 하니 이들의 여유로운 삶을 부러워하지 않을 사람이 없었다.

세월은 흘러 양소유가 취미궁으로 옮겨간 지도 여러 해가 지났다. 팔월 스무날 소유의 생일을 맞아 모든 자녀들이 한데 모였다.

열흘 동안 화려한 잔치를 벌이고 각각 흩어져 돌아가니 계절은 국화꽃 피는 가을이었다.

취미궁 서쪽에 전망이 탁 트인 높은 누대가 있었다. 어느 날 소유는 두 부인과 여섯 소실들을 데리고 가을 경치를 감상하러 누대에 올랐다. 세상의 온갖 진귀한 맛에 질렸고, 기이하기 이를 데 없는 악기의 연주에도 싫증이 난 지 오래여서 그저 소박하게 머리에 국화를 꽂고, 조촐한 과일 바구니와 국화주가 담긴 옥 호리병 하나만 가져갔다.

저문 해가 연못에 드리우고 구름 그림자가 누각 아래로 떨어지고 있었다. 소유가 눈을 들어 하늘을 보니 고적한 가을빛이 아득하기만 했다. 소유는 눈을 지그시 감고 옥퉁소를 불기 시작했다. 그 소리는 간절히 애원하는 듯하기도 했고 몸부림치며 오열하는 듯하기도 했다. 듣고 있던 여인들의 얼굴에도 처연한 빛이 떠돌았다.

영양 부인이 옷깃을 여미고 물었다.

"승상이 이미 공을 이루고 부귀를 얻은 것을 누구나 부러워합니다. 아름다운 시절을 만나 풍경을 감상하는 중에 잔에는 꽃처럼 향기로운 술이 가득하고 옆에는 사랑하는 사람이 앉아 있는데 퉁소 소리가 이토록 슬프게 들리니 무슨 일입니까?"

소유는 옥퉁소를 내려놓고 부인들을 불러 난간에 함께 기대어 섰다. 그리고 손을 들어 주위를 두루 가리키며 말했다.

"북쪽의 평평한 들을 보시오. 무너진 언덕의 시든 풀에 석양이 비치는 저곳은 진시황의 아방궁이 있던 곳이오. 서쪽은 또 어떻소? 슬픈 바람이 차가운 수풀을 흔들고 저무는 구름이 빈 산을 덮은 저곳이 한무제가 놀던 무릉이오. 또 동쪽을 바라보면 청산을 둘러싼 성곽 위로 붉은 안개가 드리우고 밝은 달이 오락가락하는데 함께 난간을 의지할 사람은 보이지 않으니, 저곳은 현종 황제께서 태진비와 함께 즐기시던 화청궁이오. 이 세 임금은 세상에 다시없는 영웅이며 온 땅을 집으로 여기고 만물을 신하로 삼아 영화로움이 영원할 줄 알더니 지금은 다 어디로 갔는지⋯⋯."

소유는 길게 한숨을 쉬고 말을 이었다.

"나는 원래 초나라 하남 땅에서 베옷 입고 지내던 선비였지요. 황제 폐하의 은혜를 입어 대장군으로, 재상으로 벼슬이 높아지고 꽃다운 그대들이 함께해 주었으니 백 년을 하루같이 여기며 살 수 있었소. 전생의 인연으로 한데 모였다가 인연이 다하여 각각 돌아가는 것은 자연의 이치가 아니오? 백 년쯤 지나면 이 높은 누대는 무너지고 연못은 메워질지 모르오. 우리가 노래하며 춤추던 땅이 시든 풀 가득한 거친 산으로 변할 수도 있겠지요. 나무꾼과 목동들이 오르내리며 '이곳에서 양 승상이 여러 부인들과 함께 놀았다지. 승상의 부귀영화와 여덟 미인의 꽃다운 자태는 어디로 갔는가?' 할 터이니 인생은 참으로 덧없는 것이 아니겠소?"

소유는 한없이 슬픈 표정으로 풍경을 바라보다가 두 눈을 여인들 쪽으로 돌리고 말했다.

"유, 불, 선 세 가지 가르침에 대해 내 깊이 생각해 보았소. 유교의 도는 살아 있을 때의 일이니 입신양명[49]하여 천하를 평정한다 해도 죽고 나면 단지 이름만 남을 뿐이요, 도교에서 말하는 신선의 경지는 예로부터 여러 사람이 추구하였으나 그곳에 다다른 이가 거의 없소. 그런데 요즘 벼슬을 버리고 물러난 이후부터 밤에 잠이 들면 이상한 꿈을 꾸는구려. 꿈속의 나는 항상 법당에서 참선하고 있으니 아마도 부처님의 법을 공부하는 일에 인연이 닿아 있는 듯하오. 그래서 머지않아 집을 버리고 스승을 찾아 나서고 싶은데, 생애의 반을 함께한 그대들과 하루아침에 헤어지려니 그 애틋한 마음이 퉁소 곡조에 실렸나 봅니다."

여덟 여인들은 이 말을 듣고 모두 감동했다.

"승상의 말씀을 잘 알겠습니다. 부귀영화를 누리는 중에 이렇게 맑고 깨끗한 마음을 내시니 그 뜻을 높이 받들겠습니다. 우리 여덟 자매도 저마다 집 안에서 향을 사르고 부처님께 제사를 드리면서 승상이 돌아오시기를 기다리겠습니다. 이번에 떠나시는 길에 분명히 지혜로운 스승과 어진 벗을 만나 큰 도를 얻으실 것입니다. 다만 도를 깨우치신 후에는 부디 저희들을 먼저 인도해 주십시오."

부인의 말에 소유는 매우 기뻐하며 말했다.

---

49 입신양명(立身揚名) : 출세하여 이름을 세상에 떨치다.

"이해해 주니 고맙소. 게다가 우리 아홉 사람의 뜻이 이처럼 같으니 즐거운 일이오. 그럼 내일 당장 떠날 것이니 오늘은 그대들과 실컷 취해 보아야겠소."

여덟 부인이 늘어서더니 둥글게 소유를 둘러쌌다.

"저희들이 배웅하는 뜻으로 각각 한 잔씩 받들어 올리겠습니다."

잔을 씻어 다시 술을 따르고 받으려는 찰나였다.

갑자기 석양에 물든 서쪽 길에서 막대기 던지는 듯한 소리가 났다. 소유는 '누가 여기로 올라오는가' 하고 이상하게 생각했다. 이윽고 한 스님이 누대 쪽으로 다가오는 것이 보였다. 멀리서 보기에도 스님은 눈썹이 길고 눈이 푸르며 몹시 이국적인 얼굴을 가지고 있었다. 스님은 소유를 보고 합장하여 예를 갖추었다.

"산중의 늙은이가 대승상께 인사드립니다."

소유는 스님이 비범한 사람인 것을 알고 답례하며 말했다.

"사부께서는 어디서 오셨습니까?"

스님은 웃으며 말했다.

"낯익은 사람을 몰라보시니 승상이 건망증이 심하다는 말이 틀리지 않았나 봅니다."

소유가 다시 자세히 보니 정말 낯이 익은 것 같기도 했다. 잠시 후 무릎을 치며 능파를 돌아보며 말했다.

"내가 전에 토번을 정벌할 때 꿈을 꾼 적이 있소. 동정 용궁에 가서 잔치하고 돌아오는 길에 남악에 가서 놀았는데 불경을 강론하던 한 스님을 보았소. 사부께서 바로 그 스님이시오?"

스님은 손뼉을 치며 웃고 말했다.

"옳지. 그 말이 맞기는 하지만 꿈속에서 잠깐 만나 본 일은 기억하면서 십 년이나 같이 살던 일은 기억하지 못하니 양소유를 누가 총명하다고 했는가?"

소유는 더욱 어리둥절하여 말했다.

"제가 열대여섯 살 전에는 부모 슬하를 떠나지 않았고, 열여섯에 급제하여 이후로는 줄곧 벼슬을 하였습니다. 동쪽으로 연나라에 사신이 되어 간 적이 있고 서쪽으로 토번을 정벌한 것 외에는 한 번도 서울을 떠난 일이 없는데, 언제 사부와 십 년을 함께 살았겠소?"

스님은 소유의 눈을 그윽하게 바라보며 웃었다.

"상공이 아직 봄꿈에서 깨어나지 못했소그려."

소유는 의심과 호기심이 뒤섞인 눈으로 스님을 마주 바라보았다.

"사부께서는 저를 봄꿈에서 깨게 할 방법이 있습니까?"

스님이 말했다.

"어렵지 않은 일이오."

스님은 손에 들고 있던 돌 지팡이로 누대의 난간을 두어 번 쳤다. 갑자기 사방 산골짜기에서 구름이 일어나 누대를 휩쌌다. 지척을 분간하기 어려운 가운데 소유는 그만 정신이 아득하여 마치 꿈에 취한 것 같았다. 소유는 더 참지 못하고 소리를 질렀다.

"사부는 어찌하여 저를 올바른 방법으로 이끌지 않고 눈속임으로 희롱하시오?"

대답을 채 듣기도 전에 구름이 사방으로 흩어져 날아갔다. 스님은 온데간데없고 주위를 돌아보니 여덟 부인도 간 곳이 없었다. 놀라 털썩 주저앉은 소유 앞에서 높은 누대와 기와집들이 한순간에 사라졌다.

어둑한 빈 방이었다. 향로의 불은 이미 꺼져 있었다. 지는 달이 은은하게 창을 비추고 있었다. 소유는 방 안을 두리번거리다가 자기 몸을 보았다. 백팔염주가 손목에 걸렸고 머리를 만져 보니 짧게 깎은 머리카락이 까칠까칠했다. 대승상의 위엄은 간데없고 어디를 봐도 어린 중의 몸이 틀림없었다.

'성진이었다. 나는 연화도량에서 수행하던 성진이었다. 스승의 책망을 들어 염라대왕 앞으로 끌려가고, 인간 세상에 환생하여 양씨 집의 아들이 된 것, 장원급제를 하고 대원수와 승상에까지 올랐다가, 벼슬에서 물러나 여덟 부인과 같이 즐기던 모든 것이 다 하룻밤 꿈이었구나.'

꿈에서 깬 것을 알아차린 성진은 잠시 더 생각을 이어 보았다.

'이것은 분명 사부께서 내 생각이 그릇된 것을 알고 인간 세상의 부귀와 남녀 간의 욕망이 모두 허사라는 것을 꿈을 통해 가르치신 것이다.'

성진은 급히 세수하고 몸가짐을 단정히 한 후 법당으로 나갔다. 육관 대사가 앉은 앞에 다른 제자들이 이미 모두 모여 있었다.

대사가 맑고 우렁찬 목소리로 물었다.

"성진아, 인간 세상의 부귀를 겪으니 어떻더냐?"

성진은 머리를 조아리고 눈물을 흘리며 대답했다.

"제자 성진은 이제야 깨달았습니다. 마음을 잘못 먹어 죄를 지은 자는 그로 인해 인간 세상에서 윤회하는 것이 마땅한데, 사부님께서 자비를 베푸셔서 하룻밤 꿈으로 제자를 깨우치시니 이 은혜는 천 번, 만 번을 다시 태어나더라도 갚지 못할 것입니다."

육관 대사가 말했다.

"네가 흥에 겨워서 갔다가 흥이 다하니 돌아왔는데 내가 무엇을 관여했겠느냐? 네가 지금 말하기를 인간 세상에서 윤회하는 꿈을 꾸었다 하는데, 아직 꿈에서 덜 깬 모양이다. 옛날 장주가 잠이 들었다가 꿈속에서 나비가 되었는데, 나비가 다시 꿈을 깨니 장주가 되었다. 장주가 나비 꿈을 꾸었던 것이냐, 나비가 장주 된 꿈을 꾸고 있는 것이냐? 성진과 소유 중 누가 꿈이며 누가 꿈이 아닌 것이냐?"

성진은 다시 머리를 조아렸다.

"제가 아직 어리석어 꿈과 현실을 분간하지 못하겠습니다. 스승님께서는 자비를 베푸셔서 저를 위해 가르쳐 주십시오."

하지만 육관 대사는 성진의 초조함을 모른 체하고 말을 돌렸다.

"곧 금강경을 가르쳐 너를 깨닫게 할 것이지만, 오늘 새로 오는 제자가 있을 것이니 잠깐만 기다려라."

육관 대사의 말이 끝나기 무섭게 절의 문지기가 들어와 고했다.

"어제 왔던 남악 위 부인 휘하의 여덟 선녀가 또 와서 대사님을 뵙고자 청합니다."

대사가 들여보내라 이르니 여덟 선녀가 대사 앞에 나아와 손을 모으고 머리를 조아려 인사했다.

"저희들이 어리석어 세속의 욕망을 잊지 못하고 있었는데, 대사께서 자비를 베푸시니 하룻밤 꿈에 크게 깨달았습니다. 이미 위 부인께 하직 인사를 드리고 대사님의 제자가 되려고 왔으니 아무쪼록 가르쳐 주십시오."

육관 대사가 말했다.

"너희들의 뜻이 가상하다만 부처님의 가르침은 멀고도 깊어서 어지간한 역량과 소망으로는 다다르지 못한다. 잘 생각해 보고 결정하는 것이 좋겠다."

여덟 선녀는 잠깐 자리에서 물러나 얼굴의 화장을 지우고 각각 소매에서 가위를 꺼내 들었다. 검은 구름처럼 풍성하고 윤기 있는 머리카락이 연화도량 마당에 수북이 떨어졌다. 법당으로 돌아온 여덟 선녀는 육관 대사에게 합장하고 다시 가르침을 청했다.

"저희들이 이미 마음을 굳게 먹고 머리를 깎았습니다. 맹세코 공부하기를 게을리 하지 않겠습니다."

육관 대사는 미소를 지으며 여덟 비구니에게 자리를 주어 앉게 했다.

"기특하고 또 기특하구나. 너희 여덟 사람의 정성이 이처럼 지극하니 어찌 감동하지 않겠느냐?"

모든 제자들이 자세를 바로잡고 자리에 앉아 스승의 입이 열리기를 엄숙하게 기다리고 있었다. 대사는 드디어 금강경을 암송하며 그 뜻을 설명하기 시작했다. 노승의 흰 눈썹이 날카로운 광채를 내고 하늘 세계의 꽃이 비처럼 곱게 떨어졌다. 이날의 가르침을 마치기 전에 대사는 다음과 같이 네 구절의 글귀를 읊었다.

사람의 힘으로 만들어 낸 모든 것은
꿈이나 환상, 거품과 그림자처럼 덧없고
이슬이나 번개처럼 금세 사라지니
마땅히 이처럼 바라보아야 할 것이다.

성진과 여덟 비구니는 대사의 가르침에 큰 깨달음을 얻었다. 이후로도 수행을 게을리 하지 않고 높은 경지에 다다르게 되었다.

성진의 공부가 순수하면서도 원숙해진 것을 확인한 육관 대사는 사람들이 절에 많이 모인 어느 날 큰 소리로 선포했다.

"내가 원래 부처님의 가르침을 전하기 위해 인도에서 중국으로 들어왔는데, 이제 내 뒤를 이어 맑은 법을 전할 사람이 생겼으니 그만 돌아가노라."

대사는 자신의 염주, 밥그릇과 물병, 돌 지팡이와 함께 금강경 한 권을 성진에게 주고 서쪽 하늘로 떠났다. 이후 성진은 연화도량을 찾는 사람들에게 큰 가르침을 베푸니 사람은 물론 신선이나 용신, 귀신까지도 모두 존경하여 받들기를 육관 대사에게 했던 것처럼 하였다. 여덟 비구니도 성진을 도우며 스승으로 섬기다가 때가 이르러 아홉 사람이 함께 극락세계로 갔다.

작품 해설

「구운몽」 꼼꼼히 들여다보기

1. '환몽 구조'란?

꿈과 현실을 오가는 이야기의 전개 구조를 '환몽 구조'라고 한다. 고전소설에서 많이 이용된 환몽 구조는 '입몽(入夢)'과 '각몽(覺夢)'의 단계를 가진다. 입몽은 현실에서 꿈속 세계로 들어가는 단계이며, 각몽은 꿈속 세계로부터 현실로 돌아오는 단계를 뜻한다.

우리 이야기 문학의 역사에서 환몽 구조를 처음으로 보여 주는 문학작품은 「조신 설화」이다. 「조신 설화」는 승려 조신이 하룻밤 꿈을 통해 깨달음을 얻는 내용의 이야기인데, 자신이 흠모하던 김 태수의 딸이 다른 곳으로 시집간 것을 관음보살 앞에서 원망하다가 잠이 들어 꿈을 꾸게 되고, 꿈속에서 파란만장하고 고단한 유랑의 삶을 살다가, 꿈에서 깨어 꿈꾸기 직전의 시공간으로 돌아오는 구조를 보여 준다.

즉 '현실의 세계' - 〈입몽〉 - '꿈속의 세계' - 〈각몽〉 - '현실의 세계'로 소설 공간의 이동이 이루어진다. 이야기 초반과 후반의 현실 세계가 가운데의 꿈속 세계를 둘러싸는, 액자 식 구성의 하나로 간주할 수 있다.

이야기 초반의 인물은 자신이 살고 있는 현실에 만족하지 못하고 세속적인 욕망을 추구하는 존재이다. 꿈속에서 다른 인생을 경험하는 인물은 생각했던 것과는 다른 삶에 지쳐 절망적인 상황에 처하게 되고, 이야기 후반에 꿈을 깬 이후에는 세속적 인생의 허망함을 깨닫는다.

이와 같은 환몽 구조의 이야기가 진화한 형태로 '몽유록'과 '몽자류 소설'을 들 수 있다. 몽유록과 몽자류 소설은 '현실 - 꿈 - 현실'의 환몽 구조를 지녔다는 점, 꿈속 체험을 통해 작중 인물이 현실에 대한 새로운 인식을 얻게 된다는 점 등의 공통점을 보여 준다.

그러나 '몽유록'과 '몽자류 소설'은 뚜렷한 차이점도 함께 드러낸다. 먼저 몽유록에서는 현실의 인물과 꿈속의 인물이 동일한 인물로 설정되어 있다. 반면 '몽자류 소설'의 작중 인물은 현실과 꿈속에서 각각 다른 인물로 설정되어 있다.

몽유록은 대개 부정적 현실 상황을 살아가는 인물이 꿈속에서 이상적인 상황을 경험하게 되고, 꿈에서 깬 후, 즉 현실로 돌아온 후에 자신의 환상적 체험을 기술한다는 틀로 이야기가 전개된다. 즉 몽유록은 당대 현실의 모순을 폭로하고 비판하는 장르적 특성을 가지게 되는 것이다. 반면 몽자류 소설에서는 표면적으로 꿈속의 삶이 부정적이거나 허망함을 꿈 바깥의 주인공이 깨달아 이상적인 경지로 이행하려는 지향성을 보여 준다.

몽유록의 꿈 부분은 주인공이 다수의 인물들을 만나 이야기를 주고받거나 그들의 모임에 참석하여 보고 들은 내용으로 이루어진다. 반면 몽자류 소설의 꿈 부분은 그 전체가 유기적 사건의 연쇄로 엮어진 한 인물의 일생 이야기이다. 따라서 몽유록의 꿈 부분과 현실의 부분은 독립적으로 존재하거나 의미를 지니기 어렵지만, 몽자류 소설의 꿈 부분은 구분되어 독립할 수 있다.

몽유록의 효시는 임제의 「원생몽유록」이며, 심의의 「대관재몽유록」, 그리고 「사수몽유록」, 「부벽몽유록」, 「강도몽유록」, 「피생몽유록」, 「달천몽유록」 등이 있다. 몽자류 소설의 효시가 바로 김만중의 「구운몽」이며, 이후 남영로의 「옥루몽」과 그 이본으로 볼 수 있는 「옥련몽」, 그 외 「옥린몽」, 「옥선몽」 등의 후대 작품에 많은 영향을 주었다.

앞서 말한 「조신 설화」의 경우 꿈 바깥과 꿈속의 인물이 동일하다는 점에서는 몽유록과 비슷하지만, 꿈속에서 전혀 다른 삶을 산다는 점에서는 몽자류 소설과 공통점을 가진 것으로 볼 수 있다. 즉 환몽 구조 이야기의 조상 격인 「조신 설화」 등의 텍스트가 후대 몽유록이나 몽자류 소설로 나뉘어 발전한 것으로 이해할 수 있다.

환몽 구조의 이야기 전통은 우리 근대소설에도 많은 영향을 끼쳤다. 이광수의 상편소설 「꿈」은 「조신 설화」를 근대적으로 재해석한 작품으로 유명하다. 「조신 설화」뿐만 아니라 「구운몽」 등 고전적인 꿈 이야기의 원형은 후대의 많은 작가들에게 긍정적으로 인용되어 근현대소설의 전체적인 틀로 번안되거나 부분적으로 수용되는 양상을 보여 준다.

2. 장주의 나비 꿈

꿈을 깨고 돌아온 성진에게 육관 대사는 장주(장자의 이름)의 꿈 이야기를 해 준다.

육관 대사가 말했다.

"네가 흥에 겨워서 갔다가 흥이 다하니 돌아왔는데 내가 무엇을 관여했겠느냐? 네가 지금 말하기를 인간 세상에서 윤회하는 꿈을 꾸었다 하는데, 아직 꿈에서 덜 깬 모양이다. 옛날 장주가 잠이 들었다가 꿈속에서 나비가 되었는데, 나비가 다시 꿈을 깨니 장주가 되었다. 장주가 나비 꿈을 꾸었던 것이냐, 나비가 장주된 꿈을 꾸고 있는 것이냐? 성진과 소유 중 누가 꿈이며 누가 꿈이 아닌 것이냐?"

성진은 다시 머리를 조아렸다.

"제가 아직 어리석어 꿈과 현실을 분간하지 못하겠습니다. 스승님께서는 자비를 베푸셔서 저를 위해 가르쳐 주십시오."

장주의 나비 꿈 이야기(장주지몽, 호접지몽, 호접몽이라고도 한다)가 수록되어 있는 책은 『장자』이다. 『장자』는 도가 철학의 고전으로 여러 사람의 글들을 편집한 것이다. '내편', '외편', '잡편'으로 나뉘는데, 전통적으로 장자 자신이 이 책의 '내편'을 썼고, 그의 제자와 같은 계열의 철학자들이 '외편'과 '잡편'을 썼다고 여겨진다. '내편'의 「소요유」, 「제물론」, 「대종사」 편이 장자 자신의 사상을 잘 보여 주는 것으로 분석되는데, '나비 꿈 이야기'는 「제물론」 편에 수록되어 있다.

장자는 나비가 된 꿈에서 자신이 나비임을 의심치 않았으며, 마음에 거리끼는 것 하나 없이 매우 즐거웠다. 그러나 깨어난 후에는 본래의 장자로 돌아와 있었다. 결국 호접몽 이야기는 '모든 사물은 어떠한 경우에도 피차의 구별 따위가 존재할 수 없다'는 이야기로 이해된다. 이와 같은 장자의 철학은 중국 불교, 특히 선종에 많은 영향을 준 것으로 평가된다.

육관 대사는 성진을 장주로, 양소유를 나비로 빗대어 이야기하고 있는 것이다. '성진이 양소유가 된 꿈을 꾸다가 깨어난 것'인지, '양소유가 성진이 된 꿈속에서 육관 대사를 만나고 있는 중인 것'

인지를 묻는다. 성진은 쉽게 대답하지 못하는데, 그만큼 꿈속 양소유로서의 삶이 극도로 실감나는 체험이었기 때문일 것이다. 언제 성진이 된 꿈을 깨어 양소유로 돌아갈지 알 수 없다.

이 대목에서 「구운몽」을 읽는 독자도 '현실과 환상의 경계', '존재와 허무의 구분' 등이 어려운 것임을 실감하며 감정이입을 하게 된다. 우리는 21세기 최첨단의 물질문명을 향유하고 살면서도 환상의 유혹을 이기지 못하고 있으며, 현실과 환상을 뒤섞어 놓은 수많은 이야기들을 소설로, 영화로, 드라마로, 게임 서사로 소비하는 중이다.

3. 꿈속의 꿈

「구운몽」의 환몽 구조에서 꿈 바깥의 이야기는 성진이라는 인물을 중심으로 전개된다. 꿈속에서 성진은 양소유로 환생하여 한평생을 산다. 양소유의 일대기인 꿈속 이야기는 출생으로부터 성장, 입신양명과 결혼, 안락한 노후를 포함한 영웅서사와 흡사하다.

그런데 「구운몽」의 입몽과 각몽의 과정은 조금 특이한 면이 있다. 앞서 필자는 몽유록과 몽자류 소설의 차이를 알아보는 부분에서 몽자류 소설은 꿈의 바깥과 속이 확연히 구분되고, 꿈속의 이야기가 완전히 독립될 수 있다는 설명을 한 적이 있다. 그런데 「구운몽」은 대체로 이러한 양상을 띠면서도 '꿈속의 꿈'이라는 흥미로운 설정을 덧붙임으로써 입체적인 구성을 획득한다.

양소유는 토번을 정벌하러 가는 길에 반사곡이라는 곳에서 적들에게 포위되는 위기를 맞는다. 포위된 진지 안에서 위기를 타개할 방법을 생각하다가 꿈을 꾸게 되는 것이다. 양소유가 이미 꿈속의 존재인데, 꿈속에서 다시 꿈을 꾸는 것이다.

다음 인용한 부분은 '꿈속의 꿈' 이야기의 입몽과 각몽의 형식을 보여 준다.

양소유는 포위된 진지의 천막 안에서 오랑캐 군사를 물리칠 방책이 없을까 생각해 보고 있었다. 밤이 지나고 날이 밝으면 적군은 앞뒤에서 공격할 게 뻔했다. 걱정을 해도 좋은 수가 생각나지 않아 한숨만 푹푹 쉬던 소유는 의자에 앉은 채로 잠깐 졸았다.

잠결에 문득 이상한 향내를 맡았는가 했더니 낯선 여자아이 두 명이 어디선가 나타났다.

"우리 아가씨께서 나리를 잠깐 뵙고자 하십니다."

양소유는 영문을 몰라 물었다.

"너희는 누구냐? 그리고 아가씨라니?"

"우리 아가씨는 용왕의 작은따님이십니다. 요즘 용궁에서 피신하여 이 부근의 연못에 와 계십니다."(이상 - 입몽 부분)

건물이 아름답고 규모가 웅장한 절이 눈앞에 우뚝 나타났다.

늙은 스님이 법당에 앉아 부처님의 말씀을 전하는 중인데, 눈썹이 길고 눈이 푸르며 신선과 같은 골격을 지니고 있었다. 스님은 손님이 온 것을 알아챘는지 모든 중을 거느리고 법당에서 내려왔다.

"산에 사는 사람이라 귀먹고 눈이 어두워 대원수 오시는 줄 알지 못했습니다. 멀리 나가 마중하여야 했을 텐데 그러지 못한 것을 용서하십시오. 원수께서 아직은 돌아올 때가 아니지만 이미 왔으니 예불하고 돌아가십시오."

소유는 스님에게 합장하고 전각에 올랐다. 향을 피워 부처 앞에 절하고 다시 아래로 내려오려는 순간 갑자기 계단에서 발을 헛디뎌 고꾸라졌다.

"으악!"

소리를 지르며 눈을 떠 보니 절 마당에 엎어져 있을 줄 알았던 몸은 군영의 의자에 기대어 있고, 장막 바깥은 날이 이미 밝아 오고 있었다.

'이 모든 것이 꿈이었는가?'(이상 – 각몽 부분)

꿈속의 꿈에서 양소유는 용왕의 딸을 만난다. 용왕의 딸은 자신이 남해 용왕의 아들에게 핍박을 당하고 있다고 호소하고, 구출해 줄 것을 부탁한다. 더불어 자신의 천생연분이 양소유라는 것을 밝힌다.

양소유는 자신의 군사들을 동원하여 남해 태자의 군병들과 싸워 이긴다. 자신의 딸을 구해 준 은혜에 보답하기 위해 용왕은 양소유를 용궁으로 초청한다. 용궁에서 후한 대접을 받고 다시 진지로 돌아가려던 양소유는 남악 형산의 경치를 우연히 보고, 그곳을 구경하고 싶은 마음이 생긴다.

남악 형산의 뛰어난 경치를 즐기던 양소유는 그곳에 절이 있음을 발견하고 무엇에 이끌리듯 발걸음을 옮긴다. 절에는 이국적인 풍채를 지닌 늙은 스님이 있다. 스님은 양소유에게 '원수께서 아직은 돌아올 때가 아니지만 이미 왔으니 예불하고 돌아가십시오' 하고 권유한다.

양소유가 꾼 꿈에서 만난 여인은 동정호 용왕의 딸이다. 동정호 용왕은 육관 대사의 제자 성진에게 술을 먹여 계율을 어기게 한 장본인이다. 용궁에서 나와 구경한 형산에 있는 큰 절은 연화도량이니, 성진이 수련하던 곳이다. 절에서 만난 늙은 스님은 다름 아닌 육관 대사였던 것이다.

어쩌면 성진은 하룻밤의 꿈속에서 양소유의 시공간을 살다가 잠깐 성진의 시공간으로 되돌아간 것이라 할 수 있겠다. 성진의 시공간으로 되돌아가는 부분을 입몽으로, 다시 양소유의 시공간으로 돌아오는 부분을 각몽의 과정으로 간주한다면, 「구운몽」이라는 환몽 구조의 이야기는 그 꿈속 이야기의 부분이 다시 환몽 구조를 띠는 '이중 환몽 구조'의 작품이라 할 만하다.

그런데 이 꿈속의 꿈 부분은 몽자류 소설의 특징보다는 농유록의 특징에 가까운 성격을 내포하고 있음을 알 수 있다. 양소유는 꿈속에서 잠깐 머무는 동안 정체성의 변화를 겪지 않고 여전히 양소유로서 생각하고 행동하며 말한다.

특히 주목되는 것은 이 부분으로 인해 현실의 시공간과 환상의 시공간이 그 경계를 허물고 거침없이 뒤섞였다는 것이다. 동정호의 용궁이나 남악 형산의 연화도량이 물론 양소유의 꿈에 나타나지 못할 바는 아니다. 그렇지만 그곳에서 만난 사람들이 모두 양소유가 아닌 성진과 관련되어 있었던 데다가 다시 성진의 모습으로 돌아가기 전에 양소유의 시공간에서 다시 접점을 만들어 내고 있는 것은 간단히 생각할 수 없다.

그 접점에 백능파라는 여인이 있다. 양소유의 꿈에서 능파는 동정 용왕의 딸이었다. 양소유가 성진이 인간 세상에서 환생한 존재라면 백능파 또한 팔선녀 중 하나가 환생한 존재일 텐데, 그가 성진의 시공간이었던 형산 부근에 자리를 잡고 있다는 것 자체가 이미 이채롭다.

나아가 백능파는 양소유의 꿈속에서 만난 여인인데, 양소유의 꿈 바깥 공간에서 다시 만난다. 월왕과의 낙유원 놀이에서 마치 지원군처럼 등장한 여인이 요연과 능파인데, 요연과 달리 능파가 양소유와 만난다는 것은 있을 수 없는 일이며 결코 말이 되지 않는다. 그러나 양소유는 이를 전혀 이상하게 생각하지 않는다.

이 백능파라는 존재로 인해 「구운몽」의 시공간은 정말 현실과 환상의 경계가 완전히 무너진 세계로 나타나게 된다. 말하자면 평범한 인간들의 세계처럼 보이는 곳에 도인과 신선과 귀신들이 마구 뒤섞인 채 어울려 산다. 그러니 무엇이 꿈이고 무엇이 생시인지 알 수 없게 되는 것은 당연하다. 말이 안 되는 것이 있을 수 없는 세상이다.

4. 선비의 삶과 욕망, 양소유의 여인들

환몽 구조의 이야기를 분석할 때면 자연스럽게 꿈 바깥을 실제의 세계로, 꿈속을 환상적인 시공간으로 간주하기 마련이다. 그런데 성진이 육관 대사의 의지대로 세속적인 인간 세상을 경험하는 이 이야기에서 객관적으로 현실에 가까운 양상을 보여 주는 부분은 오히려 꿈속의 세계다.

성진이 원래 살고 있던 시공간이란 사람의 발길이 쉽게 닿을 수 없는 첩첩산중의 절간이고, 그야말로 속세의 인간이 아닌 존재들과 흔하게 교류할 수 있는 별천지이다. 양소유가 살아가는 시공간에도 기이한 일들이 일어나고 사람이 아닌 것 같은 존재들이 함께 숨을 쉬지만, 성진의 시공간과 비교해 보면 훨씬 인간 세상의 현실에 부합한다는 결론을 쉽게 얻을 수 있다.

누구를 만나고 누구를 사랑하며 누구와 사는지가 중요한 것은 아닌 것 같다. 중요한 것은 양소유의 욕망과 그것을 추구하며 돌진하는 그의 삶이 모든 욕망을 생각 속에 가두어 두는 성진의 수련 과정보다는 훨씬 인간적이라는 점일 것이다.

'남악 위 부인의 시녀들이랬지. 나도 이 절에 들어오지 않았다면 벌써 결혼을 할 나이가 되지 않았는가. 예쁜 가정을 꾸리고 아이들을 낳아 기르며 오순도순 살고 있었을지 모르지. 남자로 세상에 태어나서 공부를 하고, 과거에 급제하면 장수가 되거나 정승이 되고, 어진 임금을 도와 백성들을 위해 일하는 것, 그리하여 자랑스러운 이름을 후세에까지 떨치는 것도 보람된 일이 아닐까? 지금처럼 부처님의 제자로 사는 것도 검소하고 고결하여 의미 있는 삶이겠지만 이제 와 생각하니 심히 적막하구나.'

용궁에서 술을 마신 후 다리 위에서 선녀들을 만나고 돌아온 저녁, 성진은 자신의 삶이 적막함을 느낀다. 아름다운 여인과 사랑하고 결혼하는 것, 과거에 급제하여 나랏일을 하고 후세에 이름을 떨치는 것 등이 일반적인 남자들의 이상적인 삶으로 간주되던 시대였다. 그러나 연화도량이라는 시공간에서는 그런 것들이 세속적인 욕망으로 치부될 뿐이다.

육관 대사는 성진의 마음을 읽고 그로 하여금 꿈속에서 그것들을 실현할 수 있도록 한다. 육관 대사의 의도가 제자를 벌하는 것이었든, 제자를 깨우쳐 주려는 것이었든 간에 성진은 비록 꿈에서나마 세속적인 욕망을 마음껏 추구하고 실현하며 승승장구한다.

양소유는 나이 스무 살이 채 되기 전에 선비로서 꿈꿀 수 있는 모든 것을 가지게 되었다. 뛰어난 학식과 글솜씨는 물론 용맹한 기상과 지략을 갖추어 무관으로서 대원수에 오르고 문관으로서 재상에 이른 것이다. 그뿐 아니라 타고난 용모에 풍류까지 탁월하여 남녀노소에게 인기가 높다. 그러다 보니 여덟 명의 여인을 아내로, 소실로 거느리게 되었다.

남들이 백 년 걸려도 못다 이룰 일을 불과 삼사 년 만에 달성한 양소유는 더 이상 올라갈 곳이 없는 상태가 된다. 그의 머리 위에는 이제 황제 정도만이 있을 뿐이다. 그런 상태에서 삼십 년 이상을 살았으니 지루함과 덧없음을 느낄 때도 된 것이다.

"나는 원래 초나라 하남 땅에서 베옷 입고 지내던 선비였지요. 황제 폐하의 은혜를 입어 대장군으로, 재상으로 벼슬이 높아지고 꽃다운 그대들이 함께해 주었으니 백 년을 하루같이 여기며 살 수 있었소. 전생의 인연으로 한데 모였다가 인연이 다하여 각각 돌아가는 것은 자연의 이치가 아니오? 백 년쯤 지나면 이 높은 누대는 무너지고 연못은 메워질지 모르오. 우리가 노래하며 춤추던 땅이 시든 풀 가득한 거친 산으로 변할 수도 있겠지요. 나무꾼과 목동들이 오르내리며 '이곳에서 양 승상이 여러 부인들과 함께 놀았다지. 승상의 부귀영화와 여덟 미인의 꽃다운 자태는 어디로 갔는가?' 할 터이니 인생은 참으로 덧없는 것이 아니겠소?"

꿈을 깰 때가 멀지 않았다. 양소유에서 성진으로 되돌아갈 때다.

5. 「구운몽」의 여성 인물들

「구운몽」은 심각한 철학적 주제만이 돋보이는 소설이 아니다. 작품이 지닌 흥미로운 요소가 대단히 많다. 홀로 외로이 지내고 있을 어머니를 위로하기 위해 지은 소설이니만큼 길이는 길수록 좋고, 무엇보다도 지루하지 않아야 했을 것이다.

양소유와 여성 인물들의 만남과 헤어짐의 과정을 우선 주목할 수 있다. 양소유가 처음 만난 여인은 진채봉이었다. 처음 과거를 보러 가던 길에 누각 아래와 위에서 한 번 마주친 후 유모를 매개로 하여 마음을 주고받은 두 사람은 결혼을 약속하게 되지만 갑자기 전쟁이 나서 헤어진다. 양소유가 채봉을 다시 만난 것은 다른 여러 여인들과 관계를 맺은 후였다.

양소유가 두 번째로 만난 여인은 계섬월이었다. 두 번째 과거를 보러 가던 길에 낙양 귀공자들을 글솜씨로 물리치고 섬월과 하룻밤을 지내게 되었다. 그 자리에서 경패, 경홍의 이름을 듣고 그 존재를 알게 되기도 한다.

정경패를 만나는 과정은 매우 극적이다. 고관대작의 딸인 경패를 만나기 위해 양소유는 여장을 하는 것인데, 양소유가 여자인 줄 알고 대면했던 경패는 자신이 속은 것을 분하게 여겨 나중에 복수를 하게 된다.

양소유의 다음 연인인 가춘운은 경패의 시녀이자 친구였다. 춘운은 경패보다 먼저 양소유와 혼인의 예를 갖추고 소실로서 남편을 섬긴다. 이 과정에서 주인인 경패의 복수를 하게 되는데, 귀신인 척하고 소유를 만나 속이고, 장인 장모 앞에서 낭패를 겪게 만드는 것이다.

양소유와 여인들 간의 속고 속이는 게임은 작품의 후반부에도 지속된다. 연나라의 반란을 꺾기 위해 사신으로 간 소유는 목적을 달성하고 돌아오는 길에 적경홍을 만난다. 경홍은 양소유를 만나기 위해 남장을 하고 접근한다. 며칠 후 경홍의 남자 행세는 들통이 나지만 섬월의 도움으로 경홍도 소유를 섬기기로 하고 나중을 기약한다.

나라에 공을 세우고 황제의 총애를 얻어 승승장구하는 줄 알았던 양소유는 부마 후보가 된 후 여러 가지 우여곡절을 겪게 된다. 경패와 부부가 되기로 약속한 소유는 황제나 태후의 제의를 받아들일 수 없다. 결국 태후가 분노하여 양소유를 옥에 가두었지만,

토번의 침략으로 기사회생할 기회가 생긴다.

토번을 정벌하러 가던 길에 소유는 토번 왕이 보낸 자객을 만난다. 그 자객은 심요연인데, 자객의 행색을 하고 있으나 사실은 하늘이 정한 양소유와의 인연을 이루기 위하여 왔던 것이다. 요연은 양소유를 죽이기는커녕 토번 왕의 정표인 구슬을 넘겨주어 쉽게 항복을 받아 내도록 돕는다.

곧이어 양소유는 꿈속에서 백능파를 만난다. 능파는 동정 용왕의 딸인데, 그를 괴롭히는 남해 태자를 소유가 물리쳐 주고 역시 하늘이 정한 인연을 이룬다.

전공을 세우고 돌아온 소유에게 황제와 태후는 두 공주와의 결혼을 제의한다. 두 공주란 원래 황제의 여동생이었던 난양 공주와 태후가 양녀로 입적한 영양 공주이다. 양소유가 토번 정벌에 나선 사이 난양이 공주 신분을 숨기고 경패를 만났는데, 자매와 같은 친분을 쌓은 후 태후에게 선을 보인 것이다. 태후 또한 경패가 마음에 들어 양녀로 받아들이고 영양 공주에 봉했던 것이다.

영양 공주가 된 경패는 태후와 짜고 양소유를 다시 한번 속일 계획을 세운다. 정경패가 죽었다고 속이고 양소유가 영양 공주를 알아보는지 시험하자는 것이다. 양소유는 깜박 속아 경패가 죽은 줄로 알고 결국 황실의 제안을 수락한다. 영양과 난양 두 공주와 성대한 혼례식을 올리고, 채봉도 동시에 소실로 삼는다.

그런데 이 세 여인이 춘운과 작당을 하여 소유를 계속 골탕 먹이다가 들통이 난다. 자신이 속은 것을 눈치챈 소유는 미친 척하며 여인들을 속이는 것으로 앙갚음을 한다.

소유와 여인들의 마지막 게임은 '벌주 먹이기'이다. 경패와 난양, 채봉과 춘운 네 사람의 지어미를 이미 얻은 소유는 나중에 합류한 섬월, 경홍, 요연, 능파까지 이른바 이처육첩을 거느리게 된다. 이를 난양의 오라비 월왕이 트집 잡아 태후에게 고하자 태후가 말술로 벌을 내린다.

소유는 집으로 돌아와 어머니 유 부인에게 일러바치는 한편 두 공주와 숙인 채봉에게 벌주를 주어 응징한다. 불똥은 계속해서 튀어 나머지 다섯 여인도 모두 벌주를 마시게 되고, 급기야는 자식을 잘못 가르쳤다 하여 유 부인도 스스로 벌주를 마신다. 불효를 저지른 죄로 소유가 마지막으로 벌주를 한 잔 더 마시는 것이 이 게임의 끝이다.

성진이 연화봉에서 만난 선녀가 여덟 명이었으니, 이 모두를 아내로 삼게 되는 것은 정해진 결말일 것이다. 그런데 이들과 만나고 헤어지고 다시 만나는 과정은 하나도 쉽게 이루어지지 않는다.

처음 만난 채봉과 가장 오랜 기간 떨어져 있다가 다시 만나는 것은 물론 섬월, 경홍, 요연, 능파 등도 처음의 만남과 부부가 되는 시점 사이에 일정한 간격이 있다. 첫 번째 부인 경패의 경우는 황명을 거역해야 했을 정도로 가혹한 우여곡절 끝에 인연을 완성한 예이다. 이 과정에서 가장 오랫동안 양소유를 지아비로 섬겼던 춘운도 파도에 휩쓸리듯 타격을 받는다.

하늘이 정해 놓은 인연이라는 것이 무색할 정도로 양소유에게는 무엇 하나 쉬운 것이 없는 파란만장한 사랑이었던 셈이다. 또한 양소유의 이처육첩은 전생에 성진을 꾈려 주었던 팔선녀였다는 것을 증명하기라도 하듯 지아비에게 순종적인 고전적 현모양처의 모습에서 멀리 떨어져 있다.

스스로 사랑을 찾아 먼저 프러포즈하는 채봉의 모습이나 온갖 귀공자들의 구애를 뿌리치고 촌스런 선비에게 정을 주는 섬월의 모습, 남자에게 절대 지기 싫어하는 경패와 춘운의 모습, 사랑을 얻기 위해 왕의 말을 훔치고 남자 행색을 하는 데 거리낌이 없는 경홍, 스스로 자객이 되어 두려움 없이 전장에 잠입하는 요연, 황실의 권위를 벗어 버린 난양, 고통스럽게 사람의 몸을 얻어 변신한 능파의 모습들은 우리 옛 여인들의 진취적인 기상과 능동적인 사고방식 및 행동양식을 고스란히 보여 준다.

6. 육관 대사의 가르침 혹은 벌

성진은 육관 대사가 가장 사랑하는 제자였다. 그런데 용궁에서 술을 마시고, 여인들과 만나 그 아름다움에 유혹되었다. 육관 대사는 성진에게 올바른 가르침을 주기 위해 성진을 꿈꾸게 하고, 꿈속에서 세속적이고 화려한 인생을 살게 한다. 그리고 잠에서 깰 즈음 인생의 무상함을 느끼게 하고, 꿈을 깬 후에는 부처님의 법을 가르쳐 깊은 깨달음을 얻게 한다.

즉 양소유의 인생이자 성진의 꿈은 육관 대사가 사랑하는 제자에게 주는 가르침의 내용이요 형식이다. 그런데 바꾸어 말하면 잘못을 저지른 제자에게 주는 따끔한 벌이기도 하다.

"성진아, 네 죄를 아느냐?"

성진은 얼른 무릎을 꿇었다.

"제가 스승님을 모신 지 십 년이 되었습니다. 그동안 한 번도 스승님의 말씀을 어긴 적이 없었습니다. 무슨 말씀을 하시는지 알 수 없으니 죄가 있다면 가르쳐 주십시오."

육관 대사는 성진의 말에 더욱 화가 난 듯 언성을 높였다.

"중이 공부해야 할 세 가지 행실이 있다. 바로 몸과 말씀과 뜻이다. 네가 용궁에 가서 술을 마셨으니 몸의 공부를 그르쳤고, 돌다리에서 여자를 만나 불순한 말을 주고받았으니 말씀의 공부 또한 그르쳤다. 그도 모자라 절에 돌아온 후에는 세상의 부귀영화를 부러워하고 순간의 아름다움에 유혹되어 부처의 제자 됨을 쓸쓸하게 여겼으니 이는 뜻의 공부를 그르친 것이 아니냐. 세 가지 행실을 한꺼번에 허물어 버린 것이다. 너는 이제 여기 머무를 수가 없다."

성진은 크게 혼날지 모르겠다는 각오로 스승님을 뵈었지만, 이

렇게 쫓겨나게 될 줄은 꿈에도 몰랐다. 그래서 얼른 머리를 조아
리고 울며 빌었나.

"스승님! 제가 정말 잘못했습니다. 하지만 술을 마신 것은 용왕
님께서 간곡히 권하신 탓이고, 여인들에게 말을 건네었던 것은
절로 돌아오는 길을 그들이 막고 있었기 때문입니다. 절에 돌아
온 후에 잠깐 세상의 유혹에 사로잡힌 것은 사실이지만, 스스로
뉘우치고 마음을 바로잡기 위해 애쓰는 중이었습니다. 괘씸하시
면 차라리 종아리를 때려 주십시오. 어찌 이렇게 쫓아내려 하십
니까? 이제 와서 제가 어디로 가겠습니까?"

잘못을 꾸짖는 스승에게 변명도 해 보고 빌기도 해 보지만 소용
이 없다. 성진은 스승의 벌이 자신의 잘못에 비해 너무 과하다고
생각하고 있다. 이후 육관 대사는 성진을 염라대왕에게로 보내고
염라대왕은 성진을 인간의 세계로 환생시킨다. 그다음부터는 양소
유로서의 삶이 시작된다.

그런데 위 부분은 꿈을 꾸기 전일까, 이미 꿈속일까? 육관 대사
에게서 성진이 호되게 혼이 나는 위 장면은 이미 꿈이 시작된 이
후이다. 성진은 자신의 방에서 불경을 읽다가 잠이 들었고, 그때부
터 이미 꿈은 시작되었다. 그 자리가 바로 성진이 꿈에서 깨어난
자리이기도 하다.

그러니 황건역사와 염라대왕을 만나고, 저승사자와 함께 회오리

바람에 실려 양 처사의 집으로 날아간 일들 또한 성진의 의식으로 인지되었다 해도 모두 꿈속의 사건들이다. 가르침이든 벌이든 이미 시작된 것이다.

육관 대사가 성진의 꿈속에 등장한 것은 대원수가 된 양소유를 만난 중반부의 일분이 아니다. 위에서 보듯 꿈이 시작되는 장면에서 육관 대사가 등장하며, 꿈이 끝나는 대목에서도 어김없이 육관 대사가 등장한다.

스님은 손에 들고 있던 돌 지팡이로 누대의 난간을 두어 번 쳤다. 갑자기 사방 산골짜기에서 구름이 일어나 누대를 휩쌌다. 지척을 분간하기 어려운 가운데 소유는 그만 정신이 아득하여 마치 꿈에 취한 것 같았다. 소유는 더 참지 못하고 소리를 질렀다.

"사부는 어찌하여 저를 올바른 방법으로 이끌지 않고 눈속임으로 희롱하시오?"

아내들과 함께 취미궁의 누각에서 마지막으로 경치를 즐기고 있던 소유는 늙은 스님을 만난다. 왜 자상하게 가르쳐 주지 않고 괴롭게 하느냐는 소유의 마지막 외침은 꿈이 시작되던 부분에서 성진이 억울하게 외치던 목소리와 잘 겹쳐진다.

요컨대 육관 대사의 가르침은 그렇게 친절하지 않았다. 염라대왕 앞에 가서 잔뜩 겁먹게 하는 것으로 시작해서 가난한 집안의 아들로 환생하게 하고, 흩어진 여인들을 만나게는 하되 여러 모로 골탕을 먹인다.

애초에 성진이 저지른 잘못은 술을 먹은 것과 여인들을 만나고 다닌 것이다. 그러니 꿈속에서도 술 좋아하고 아름다운 여인만 보면 어쩔 줄 모르는 성격을 타고난 사람이 되게 했다. 그러다 보니 여인들 때문에 괴로움을 당하고, 술 때문에 곤경에 처한다.

어떻게 보면 육관 대사의 시나리오 자체가 경패나 태후의 계략이 그랬던 것처럼 장난꾸러기 어린아이 같다. 아예 여자라면, 술이라면 질색을 하게끔 퍼부어 버리는 것이다.

여인들 때문에 당한 수난, 타고난 주량보다도 많은 술로 벌을 받던 일을 제외하면 양소유의 삶에는 그야말로 거침이 없었다. 누워서 떡 먹듯 장원급제를 하고, 붓 한번 들면 오랑캐가 벌벌 떨었으며, 전장에 나가기만 하면 적들이 항복하거나 맞아 쓰러진다. 그러니 벼슬을 올려 승진하는 것이 가장 쉬운 일처럼 보일 정도이다.

제자를 위한 스승의 벌도 이처럼 섬세하게 계산되어 있다. 작가 김만중의 이야기 구성에 대한 철저함을 엿볼 수 있는 부분이다.

한 가지 덧붙일 것은 동정호 용왕, 남전산 도인, 자청관에서 만난 이모 등 주변 인물들에 관해서이다. 고전소설에서 주변 인물들은 그야말로 우연히 나타났다가 주인공을 구원하거나 도움을 주고, 다시 그야말로 홀연히 사라지기 일쑤다. 하지만 「구운몽」의 주변 인물들은 작가에 의해 적재적소에서 다시 소환되고, 최소한 종적을 남긴다.

동정호 용왕은 능파의 아버지로 다시 나타나고, 남전산 도인은 거문고와 퉁소, 예언서로 인해 끊임없이 자신의 존재를 환기시키고 있으며, 자청관 이모는 소유의 어머니 유 부인에 의해 기억 저편에서 호출된다.

이 모습을 흐뭇하게 바라보던 유 부인은 문득 쓸쓸한 표정을 지었다.

"너희들이 섬월의 일만 기억하고 고맙다 인사하면서, 내 외사촌 누이동생의 은혜는 잊어버렸나 보구나."

소유는 속으로 아차 싶었다.

다음 날 소유는 자청관으로 사람을 보내 이모의 행방을 수소문했다. 그러나 이모는 그사이 자청관을 떠나 구름처럼 떠돈 지 이미 삼 년이 넘었다는 소식만이 돌아왔다.

'이모가 자청관을 떠나 구름처럼 떠돈 지 삼 년'이라는 말도 대충 끌어다 붙인 후일담이 아니다. 처음 양소유가 자청관에서 이모를 만나던 당시의 장면을 보면 이를 알 수 있다.

소유가 큰절로 인사하고 어머니의 편지를 드리니 이모는 반가우면서도 슬픈 기색을 보이며 입을 열었다.

"내가 너의 모친과 만나 보지 못한 지가 벌써 이십여 년이 되었구나. 그사이에 태어난 사람이 이렇듯 훤칠하게 장성하였으니 인간의 세월은 참으로 흐르는 물과 같다. 사실 내 나이 이미 늙었고 번잡하거나 시끄러운 것이 싫어져서 신선 세계로 가려 하던 참이었다. 그런데 언니의 편지 가운데 내게 하는 부탁이 있으니 너를 위해 조금 더 인간 세계에 머물러야겠구나."

즉 이모는 소유를 처음 만났던 때, 즉 3년 전에 속세를 떠날 결심을 하고 있었고, 소유를 위해 잠깐 더 머물렀던 것이다. 소유를 위해 한 일이란 경패를 만나게 하는 것이었으니, 임무를 마친 후에는 바로 신선 세계로 갔을 것이다.

이처럼 「구운몽」은 작가 김만중에 의해 철저히 계산되고 섬세하게 구성된 작품이다. 심오한 철학적 주제를 구현했다거나 환몽 구조의 전통을 이어받고 후대에 영향을 끼친 것 등의 문학사적 의의는 이미 철저히 분석되었고 넉넉하게 평가받아 온 것이지만, 작품이 지닌 흥미의 측면에서도 다시 살펴볼 만한 가치가 있다.

김만중과 「구운몽」에 대하여

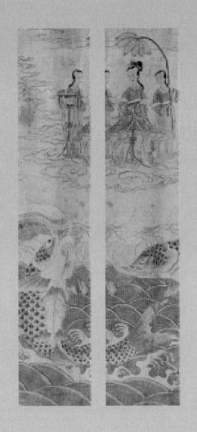

1637년(인조 15년)에 태어난 서포 김만중은 조선 후기의 학자이자 관료이며 뛰어난 문필가였다. 조선 왕조 예학의 대가인 김장생의 증손자이며 충렬공 김익겸의 아들이다. 그의 형 김만기는 숙종의 첫 왕비 인경왕후의 아버지이다. 김만중은 그러므로 왕후의 삼촌이 되는 셈이다.

그의 외가 또한 뒤지지 않는 명문가였다. 김만중의 모친 해평 윤 씨는 이조참판을 지낸 윤지의 딸이며 영의정을 지낸 윤방의 증손녀이다. 윤 씨의 집안에도 왕실과 혼인한 이들이 적지 않다.

김만중은 이처럼 대단한 사대부 가문의 자손이었다. 그리고 그 자신도 열네 살에 진사 초시에 급제한 것을 시작으로 스물아홉 살에 벼슬길에 나가 도승지와 예조참의, 대사헌, 대제학, 예조판서 등의 요직을 두루 거쳤다. 이를 통해 보면 김만중의 학식과 명성을 가히 짐작하고도 남는다.

김만중의 성장 과정에서 가장 많은 영향을 끼친 이는 어머니 해평 윤 씨였다. 아버지가 돌아가시던 해에 태어난 김만중은 형 김만기와 어머니 윤 씨만을 의지하며 자랐다. 명문 세도가의 딸이었던 윤 씨는 두 아들이 남부럽지 않게 성장할 수 있도록 교육에 모든 정성을 쏟았다고 전한다.

김만중의 생애는 그러나 순탄하지 않았다. 입신양명하여 출세가도를 달리던 그의 삼십 대부터 남인과 서인 간 세력 다툼의 여파로 귀양 갔다가 복직하는 일이 여러 번 반복되었다.

그의 말년인 오십 대는 유배지에서의 기간이 대부분을 차지할 정도로 불행했다. 1687년(숙종 13년) 선천 유배지에서 김만중은 어머니를 위로하기 위해 「구운몽」을 창작했다고 전해지는데, 마지막으로 남해에 유배된 것이 그의 나이 오십삼 세이던 1689년(숙종 15년)이었고, 자식의 안위를 걱정하던 윤 씨는 아들의 얼굴을 보지 못한 채 사망하고 말았다. 효성이 지극했던 김만중은 어머니의 장례에도 참석하지 못한 슬픔을 안고, 1692년(숙종 18년) 오십육 세를 일기로 유배지에서 세상을 떠났다.

김만중은 당대의 한문을 숭상하던 다른 사대부들과 달리 우리글로 쓰인 작품을 높이 평가한 것으로 유명하다. 그는 『서포만필』에서, '지금 우리나라의 시문은 제 말을 버리고 남의 나라 말을 배우고 있는데, 그것이 제아무리 비슷하다 해도 앵무새가 사람을 흉내 내는 것과 같다. 마을의 나무하는 아이와 물 긷는 아낙네들이 흥얼거리며 서로 화답하는 소리가 비록 비속하다고 하지만, 참과 거짓을 따진다면 사대부들의 시부 따위와 결코 동등하게 취급할 수 없는 것'이라고 주장했다. 김만중은 특히 송강 정철이 쓴 「관동별곡」, 「사미인곡」, 「속미인곡」 등 한글 가사를 극찬하면서, 우리나라의 훌륭한 문장은 오직 이 세 편뿐이라고 하였다.

또한 성현의 글을 본받고 모방하는 것을 최고로 삼으며 허구적 작품 쓰기를 극도로 경계한 사대부들의 태도를 지양하고, 창작 문학의 긍정적 가능성을 모색하기도 했다. 김만중은 진수의 역사책

김만중과 「구운몽」에 대하여

『삼국지』를 읽고 우는 아이는 없지만, 나관중의 소설 『삼국지연의』를 읽어 주면 우는 아이들이 있다고 주장했다.

이와 같은 김만중의 남다른 생각이 「구운몽」이나 「사씨남정기」 같은 소설을 쓸 수 있게 한 원동력이 되었음을 쉽게 짐작할 수 있다. 그런데 「사씨남정기」의 경우 김만중의 한글 소설을 나중에 김춘택이 한문으로 번역하였다고 전해지는 반면, 김만중이 「구운몽」을 한글로 먼저 창작한 것인지 한문으로 먼저 쓴 것인지는 정확히 밝혀지지 않았다.

「구운몽」은 한문본과 한글본, 필사본과 방각본, 활자본 등 다양한 이본이 남아 있는데, 지금 전해지는 것들은 모두 김만중이 쓴 원전이 아니어서 최초의 창작이 어떤 문자언어로 이루어졌는지를 확증하는 데는 큰 도움이 되지 않는다. 어쨌든 김만중은 한글로 된 소설 작품과 한문 작품을 모두 썼던 것인데, 김만중의 「구운몽」 최초 창작이 한글본이라면 물론 대단한 것이겠지만 설사 한문으로 먼저 쓰고 한글로 나중에 옮긴 것이라고 해도 그 가치를 깎아내릴 수 없다.

20세기 초까지만 해도 우리의 평균적인 지식인들은 한문으로 글쓰기를 훨씬 익숙하게 생각했던 것을 고려하지 않을 수 없다. 익숙한 한문을 통해 초고를 만들고, 자신이 가치 있게 생각했던 한글 작품으로 바꾸어 나가는 것조차도 당대의 기준으로 보면 대단히 선진적인 작가 의식임에 틀림없기 때문이다.

「구운몽」의 기본 설정은 주인공이 현실에서 이루지 못한 뜻을 꿈속에서 실현하다가 다시 현실로 돌아와 꿈속의 일이 허망한 한 바탕 꿈이라는 것을 깨닫는다는 것이다. 육관 대사의 제자 성진이 인간 세계에서 양소유로 환생하여 과거에 장원급제하고 높은 벼슬자리에 올라 아름다운 여인들과 행복하게 사는 꿈을 꾸다가 잠에서 깨어난다는 내용으로, 결국 인간 세상의 모든 부귀영화는 덧없는 것이라는 주제를 담고 있다고 여겨진다.

단순하게 말하면 성진이라는 인물이 부처님의 가르침을 공부하는 승려였고, 꿈속의 양소유가 얻고 누린 유교적 성취나 도교적 풍류는 헛된 것으로 깨달아진 후, 다시 성실한 승려인 성진으로 되돌아간다는 점에서 불교적 의미가 중심이 된다는 해석이 가능하다. 그러나 「구운몽」의 현실과 꿈은 명확하게 구분되는 것이 아니며, 오히려 꿈속의 일들이 훨씬 선명한 현실 세계의 모습에 가깝다고 볼 수도 있다.

양소유가 당대 사대부의 욕망을 추구하고 실현하는 공간과 사건 전개 과정은 과장되어 있거나 지나치게 압축적이기는 하지만, 세속을 벗어난 연화도량이나 신선의 세계, 용궁 등이 배치되어 있는 성진의 공간보다는 현실에 가깝다. 어쩌면 이 소설의 두 공간을 현실과 꿈으로 구분하기보다는 정신세계와 물질세계의 의미로 받아들이는 것이 이해하기 쉬울 수도 있다.

그러므로 이 소설이 유·불·선 3교의 사상의 융합으로 우리 민족의 전통적 세계관 및 인생관을 총체적으로 반영했다는 평가를 받는 것은 당연한 일이다. 이 소설에 나타난 불교 지향성을 지나치게 강조한 나머지 유교적 세계관이나 현실 질서, 도교적 인생관을 깎아내려 이해할 필요는 없다는 것이다.

작품이 창작된 당대로부터 현대에 이르기까지 그 작법이나 문장은 물론 작가 의식, 주제 등 모든 측면에서 「구운몽」만큼 높이 평가된 작품은 없을 정도이다. 무엇이 이 작품을 고전이라는 이름에 값하도록 하는지, 작품의 어떤 요소가 후대의 작가들에게 자극을 주어 꿈 이야기의 계보를 만들어 가는지 찬찬히 읽어 볼 필요가 있다.

이전의 설화나 몽유록 계열의 이야기 문학과 이후의 몽자류 소설 사이에서 분명한 문학사적 위치를 확보하고 있는 「구운몽」은 시대마다 재생산되는 환상 문학의 당대적 전형이다. 또한 우리 중세 소설사에서 허균의 「홍길동전」과 함께 본격적인 창작소설의 전범이 된다.